黑地の絵

黑地之绘

松本清张短经典系列

〔日〕松本清张 著

吴曦 译

人民文学出版社
PEOPLE'S LITERATURE PUBLISHING HOUSE

著作权合同登记号　图字01-2024-1287

Original Japanese title: KUROJI NO E Kessaku Tanpenshuu Vol. 2 by Seicho Matsumoto
Copyright © 1965 Yoichi Matsumoto
Original Japanese edition published by Shinchosha Publishing Co., Ltd.
Simplified Chinese translation rights arranged with Shinchosha Publishing Co., Ltd.
through The English Agency (Japan) Ltd.

图书在版编目(CIP)数据

黑地之绘 / (日)松本清张著; 吴曦译. -- 北京：
人民文学出版社, 2025. -- (松本清张短经典系列).
ISBN 978-7-02-018824-6
Ⅰ.I313.45
中国国家版本馆CIP数据核字第20242MA205号

责任编辑　朱卫净　陶媛媛
装帧设计　钱　珺

出版发行　人民文学出版社
社　　址　北京市朝内大街166号
邮政编码　100705

印　　制　安徽新华印刷股份有限公司
经　　销　全国新华书店等

字　　数　172千字
开　　本　889毫米×1194毫米　1/32
印　　张　13.625
版　　次　2018年8月北京第1版
印　　次　2025年1月第1次印刷

书　　号　978-7-02-018824-6
定　　价　69.00元

如有印装质量问题，请与本社图书销售中心调换。电话：010-65233595

目 录

二楼
1

携款潜逃
37

黑地之绘
69

装饰传记
135

真赝之森
169

纸上獠牙
259

空白的排版
315

草笛
375

确证
395

二 楼

一

竹泽英二近两年来都住在疗养院,但病情丝毫不见好转。经病友的推荐,他开始向俳句杂志投稿,一时间倒也热衷于吟诗作句。可最近也厌倦了。随着身体恢复的希望越来越渺茫,这种疗养生活只剩下了倦怠和绝望。

疗养院坐落在一片靠海的松树林中,从东京赶来要花两小时。幸子每个月的一号和十五号来探望两回。这两天是家里印刷厂的休息日。

"生意怎么样呀?"

英二一见妻子露面就问道。毕竟已经经营了十年,不可能不关心。幸子把写着营业额的小本子给他看。从进账数额中扣除纸张、油墨、活字、机械折旧、维修等费用,一个外勤员工、五个印刷工和两个学徒的工资,以及杂费,剩下的钱就是家里的生活费和英二的疗养费了。只要到了每月一号,英二就非得看到上个月的营业额才肯安心。

"你一个女人家，弄得有声有色呢。"丈夫称赞说。每个月都有盈利。

"你不在家，我只能拼命干活。"幸子说。

"多谢了！比我在家时收入更高呀。"

"才没有呢。你要是回来，不知会有多好呢。我只会拼命地削减经费。女人家嘛，只能做些消极的努力。"

"我们的老主顾，那些公司呀，商店呀，都是你在维持关系吧？"

"靠三宅先生一个人实在应付不过来。每次一有电话打来，我就骑着自行车赶出去，顺便把附近的商户也跑了一遍。不知大家是不是同情我们，经常光顾我们家。就算和其他印刷厂有竞争关系，只要单价差不多，就都会委托给我们。"

"看来你已经很习惯做生意了嘛。你的脑袋灵光，还招人喜欢。"

"才没有呢。大概是干了两年，多少掌握了一点儿窍门吧，见到那些烦人的报价表不会手忙脚乱了。只不过最近接了一份长期订单，材料费上有些吃紧。"

对夫妇两人来说，讨论生意也算是一桩乐事。虽说赚不了大钱，但盈利总比赤字好。

"我是多亏了你，才能这么安闲地躺着。"

换作过去，英二会把枕头上的脸扭过来，一脸满足地望着幸子在一旁剥水果。

可是这两三个月里，英二无论听到什么都提不起精神。他再也不会像以前那样双目有神，更多的时候，只是有气无力地盯着天花板。

"幸子，我想回家。"一天，丈夫对前来探望的妻子说，"躺在这儿跟住在家里根本没有区别。已经坚持了两年，还是这副模样。"

"你在说什么呢！养病不能心急，一定要慢慢疗养。有些人不是已经比你多待了三四年嘛。"幸子反对。

"那种长期病患都是没希望的人。"丈夫的眼角挤出皱纹，嗤笑道，"让我加入他们的行列，还不如在家里躺着舒服呢。听着机器声，我还能找回点儿活力。生意上的事情嘛，我躺着也能给你出点子。"

"你就别管生意了。跟以前一样，总会有办法的。别提这个了，你还是消消气，写写俳句也好，安心静养吧。要是我每个月来两次，你还嫌孤单，那我就来三次、四次。"

幸子哄着丈夫。英二的头发已经干枯，鼻梁削尖，只有眼睛有光。

"不，我每天都想和你在一起。"丈夫半带玩笑地说。

"我也想。不过你这么不讲道理,我很难办呀。"

"才没有不讲道理。你也在这四四方方的病房里窝上两年试试?肯定很快就腻了。从窗户望出去的景色每天都是一样的。早晨一睁开眼睛就忍不住想:哎呀哎呀,今天又要跟这帮家伙大眼瞪小眼了。护士每天来量四次体温,医生上午和下午回诊两次,一天三顿饭。来的都是一样的脸,压根不会有变化。还跟病人交换书来着,不到三天就一本都不剩了,剩下的时间只能盯着天花板。我作为人的感性在一天天流失。我可不想死在这种地方。"

"死……"幸子欲言又止,只能惊慌失措地凝视丈夫,"老公……"

"没什么啦,才不会那么快死。只不过,把我一个人丢在这么个地方,晚上睡不着,就忍不住去想些无聊的事儿。我知道不该想这些。我需要精力,这样下去,要是在精神上认输了,病情说不定会变糟。"

"可是这儿空气好,有人随时照看。家里灰尘滚滚的,护理起来没这儿条件好啊。"

"护理嘛,只要请个贴身的护士,跟这儿就差不多了。对了,如果楼下工厂的纸屑飘上来,多注意通风换气就好了。总而言之，我在这家疗养院已经坚持不下去了，整天郁闷得不像话。要是耳朵能听见印刷机的声音，要是每天都能瞧见你，再让我在生意上掺和一脚，精神一定会好起来的。两个地方的精气神不一样，这可是最重要的。我现在想要的就是精气神。我光是想一想，就好像精神了点儿。求你了，幸子，我在这儿感觉就跟死了没两样。"

丈夫恳切地请求。他过去就是说一不二、从不听劝的人。十五年来共同生活的幸子最明白丈夫的秉性。

他们没有孩子。在她的意识深处总飘荡着结婚没多久的错觉。这是一大优点，或许也是一大"过错"。

两个月后，幸子最终被丈夫的主张说服，这就是"过错"占了上风的体现。

离开疗养院的那天，煞是寒冷。英二在车上裹上了好几条厚厚的毛毯，像个孩子一样，很是好奇地盯着掠过窗外的景色。他十分欢喜地东张西望个不停。车外的日光照在他的脸上，只见他的嘴唇不再湿润，惨白的皮肤失去光泽，毛孔丑陋得刺眼。

幸子一看，备感后悔，顿时有一种想让车子立即掉头开回疗养院的冲动。

二

能在自家的二楼睡觉，丈夫眯着眼，很是喜悦，就差没有拍起手来了。

"真好呀！果然还是自己家最棒。不像我这样在外面睡了两年，是不会明白我这种心情的。"

楼下传来敲打印刷纸的机械噪声，还能听见工匠们聊天的声音。

"就是这个！我做梦都想听这个声音啊。真好啊！难以形容的好。我的精神一下子好多了，幸子。"

丈夫在地板上欢蹦乱跳。

"太好了。不过，我还是有点儿担心。"

幸子战战兢兢地观察着丈夫的表情。

"什么呀？"

"咱们是在疗养期间强行从疗养院出院的，那边的医生很牵挂你。"

"没事的。"丈夫逞强道，"与其睡在那种毫无生趣的地方，不如待在这儿让人心情愉快得多。病情全看心情嘛。总觉得从现在开始，病就能好起来呀。何况你也会一直陪在我身边呢。"

"我当然很开心，但又总觉得特别担心。你高兴成这个样子，真的没问题吗？你万一再不好好保重身体，那可不行呀。"

"没问题。你要是仍然担心，就给我请个贴身的护士来。有了护士，不就跟住院的时候一样了嘛。不，这可是专人专护，说不定比在疗养院的时候还要好呢。"丈夫说道。

幸子当然早就做好了这个打算。她走下楼，跑外勤的三宅站在楼梯口低声询问：

"老板娘，老板的身体怎么样？就这样把他接回家，真的没问题吗？"

三宅五十多岁，是从大阪来的。

"他可不是因为病情好转才回家的呀。"

"我当然理解老板的心情，会不会操之过急了？"

幸子当然明白不该回家，可是她对英二的强求根本无计可施。倒不是觉得丈夫的想法有什么道理，只是被他的心境感染了。疗养院的医生们都不太高兴，认为幸子提出的出院申请太过随意。

那么，他到底要在疗养院里待上多久才能痊愈呢？幸子问道。假如医生能讲出一个确切的时间，她恐怕就算是强迫也会让丈夫留下来。可医生的回答暧昧不清。听到那个等同于沉默的回答，幸子这才下定决心把丈夫接回了家。既然躺在哪里都一样，不如让丈夫过得快活一点儿。实际上，丈夫说得没错，与其每天在疗养院里绝望地躺着，不如回到家里，打起精神，没准真能让身体很快恢复起来呢。幸子把一切都寄托在这微弱的希望上。

幸子翻起电话通讯簿，开始寻找外派护士介绍所。就在离家不远的地方，有一家机构登记了两个电话号码。或许是被两个号码吸引，幸子心头顿时涌上了一股信赖感：看上去是一家有着许多优秀护士的热门机构。

起初接起电话的是个女接线员，幸子交代了一下情况，就换了一个嗓音像男人那样低沉的女人："我是负责人，请问是怎样的病呢？"

机构的会长发问了。幸子回答之后，对方又问了不少关于病情的问题。似乎根据病情的不同，收取的费用也会不同。

"像这样的病人，请一个比年轻人有经验、有点儿年纪的人来照顾会更好。我刚好认识一位不错的护士，这就去问问。"

费用是每天五百日元，包吃住。幸子雇下了这位护士。

来到二楼，只见丈夫闭着眼，深陷的眼眶中满是疲惫。连续坐车两小时的负担立刻显露在了身体上，幸子始料未及。果然不该把他强行带回家。她再一次备感后悔。

丈夫微微睁开眼睛，对幸子笑了："太舒服了，迷迷糊糊地睡着了。"

他的表情像在催促幸子快坐到身边来。

"你会不会太累了？"

幸子把手伸进被子，抚摸丈夫温热的手腕。

"没事。"丈夫说着，噘起嘴唇。已经两年没有这样了。他的嘴唇贴在幸子的脸上，一丝口臭顺着她轻启的嘴唇，顺着热流进入她口中。丈夫的喉头颤动着，吮吸着妻子。

丈夫伸出温热的手，欲把幸子的身体拉进被窝。她赶忙向后退："不行，现在可不能随便乱来。"

丈夫浅浅一笑，眼中流露出不舍的光芒。

"要跟在疗养院的时候保持同样的心态才行。别自以为是，一不小心弄坏了身体，就无法挽回了。"幸子教训道，"我刚才请了个外派的护士。从现在开始，一定要听护士的话。看病方面，就找之前的关口医生吧。"

"护士今天就来吗？"丈夫露出无趣的神情。

"哎呀，怎么摆出这么一副表情？"

"有别人一直留在身边碍事嘛，好不容易能见到你，却什么都做不成了。"

"你怎么还说这种话呢。"

幸子对丈夫刚说完,丈夫就用臂弯抱住她的脑袋,在她的耳畔低声问了一句话。

幸子满脸通红地说:"我还有厂里的活要做。太忙了,什么都顾不上,你专心地只考虑养好自己的身体吧。我忙里忙外,就是为了等你病好的那一天。"

妻子一离开,丈夫就把被子盖在自己的脸上。

委托的外派护士一个小时之后到了。她和幸子的年龄相差不多,看上去三十五六岁,个子有点儿矮,眼睛圆圆的,挺讨人喜欢。皮肤白皙,看来年轻时相当漂亮,不过眼角已经有了下垂的褶皱,头发也很稀疏,毕竟是上了年纪的一张脸。这个年纪还在干外派护士这样的工作,不知她曾经历了什么。幸子暗暗思忖。

她递上一封像是会长介绍信的文件,礼貌地打招呼。虽说有些世故,但好在不算粗鲁,幸子对她有了些好感。介绍信上写着她的名字:坪川裕子。

"坪川姐,您做这一行有多久了?"幸子一边端上茶一边问道。

"我啊,自从十八岁拿了驾照开始在医院上班,一直做这一行。结婚之后倒是有六年没在外工作。"坪川裕子腼腆地回答。

"那么，您先生呢？啊呀，我不该问这个的。"

"没关系。他四年前去世了，我把孩子留在了娘家所在的乡下。"

她看上去似乎早已习惯如何应对这个问题，回答起来毫不怯懦。

"是嘛，那您可真辛苦。"

幸子心想，真不该问这个。至少不该一开始就问，要是留到之后再问就好了。

坪川裕子却显得并不阴郁。毕竟资历够深，让人很放心。体验过家庭生活的人跟年轻人不同，能切切实实地照顾好病人。会长在电话里说是一位不错的护士，看来没说假话。

"那就拜托您了。病人睡在二楼。"

"好。"

坪川裕子从随身携带的手提箱里取出白大褂，立即换上衣服，动作很是利索。

"护士来了，她姓坪川。"幸子来到二楼，拉开移门，走进房间对丈夫说道。坪川裕子在幸子的身后正坐，对病人鞠躬行礼。丈夫抬起头打量护士。坪川裕子也望向竹泽英二。

幸子始料未及的事在二人视线交会的瞬间发生了。

三

坪川裕子是个通达人情世故的护士,她做的每件事都让人体会到诚意,只要看她处理一个个步骤的动作就能理解。她的一举一动充满职业的美感,熟练的手法富有节奏感。

不仅仅是这些。所谓的职业感总会让人感觉到某种冷漠,但假如在一旁观察就会发现,坪川裕子没有那种冷漠。她凡事亲力亲为,满怀热忱,圆溜溜的眼睛时刻关注着病人,从不懈怠。

幸子花了两天时间,把这一切都看在眼里。

"老公,咱们真是找到一个好护士了呢。"幸子趁坪川裕子不在的时候对丈夫说。

"马马虎虎啦。"丈夫抬起头,伸出一只手,调整了一下枕头的位置。

他这回答听上去兴致不高。

"太好了!让她一直留在咱们家吧。"幸子很欢快,"交给她一定没问题,我也能安心忙厂里的事情了。"

"是啊。"丈夫无精打采,眼中却闪着光,"厂里的事情很重要。多亏有这家工厂,我才能躺在这儿。你好好去忙吧。我虽然只能躺着,但下次能帮你出点儿主意。"

"太好了。厂里没有老板坐镇，真的不行，就算你躺着也没关系。我一定会加把劲好好干的。"

坪川裕子回来了。看到夫妻俩正在谈话，她打了个招呼，取过枕边的水壶，立即离开去换水了，看得出来相当识趣。

"坪川护士啊……"幸子低声说道，"说自己是个寡妇。有一个孩子，留在娘家了。"

"是嘛。"丈夫对这话题并没有什么兴趣。

"啊呀，你已经知道了？"

"不，我不知道。"丈夫有点儿慌张地摇头，"我怎么会知道？倒是你，这么快就去问人家了？"

丈夫的眼神中仿佛带点儿责备。

"不小心问了，之后也觉得不该问，她是个辛苦人。正因为是个辛苦人，做起事来才很上心呀。"

丈夫一本正经地闭上眼睛，没有接着妻子的话头说下去。原来坪川裕子已经端着水壶悄悄回来了。

关口医生每隔三天上门来检查一次。病情没有什么异变，但是离恢复还早得很，从医生的神情中能看出这个意思。就算幸子追问，他也只说些不痛不痒的话：没什么变化，要换季了，到了春天大概能好起来。不过幸子早就熟悉疗养院医生的态度，没有感到太大的失望。

关口医生第一次出诊那天，从二楼往下走的时候，对着目送他离开的幸子说："太太，你们请了个不错的护士呢。"

"是嘛，只不过是通过介绍所找来的而已。"幸子抬头对医生说。

"我们当医生的一眼就能看出来，她属于年纪越大经验越丰富的，照看得很好。把病人交给这样的护士，可比交给蹩脚的医生好多了。"

幸子放心了许多。这么可靠的人，真希望她能一直留在身边。五百日元的工资之外，是不是该多给一点儿礼金呢？

坪川裕子非常内敛，与第一次见到她时的印象不太一样。总觉得她应该是更加干脆、爽朗的人，可她很少和幸子说话，总是垂着眼睛，毕恭毕敬的。

"坪川姐，您不要太客气。既然要在我们家久住，就跟我们一样，放轻松点儿也没关系。"幸子对她说。

护士只是低下头，说了一声"是"。幸子觉得她心思太密，要是能再开朗一点儿就好了。还是说，外派护士总是去病人家里工作，做完一家换一家，自然而然地成了现在这样呢？

但是只要能好好地照顾病人，就没有什么不妥。坪川裕子在这方面堪称出色。幸子无论什么时候走上二楼，都会看到她端坐在病人枕边，随时注意病人的状态。幸子怕她无聊，给她准备了一些杂志，却根本没有翻阅过的痕迹，仍旧整整齐齐地摆放在桌上。

"老板现在的心情挺不错。"坪川裕子一见到幸子就用礼貌的口吻报告道，还会取出体温表给幸子看。但是她紧接着就会离开房间。

"她真是太讲究了。"幸子目送护士离开，对丈夫说，"我们又不是新婚夫妇，哪里用得着留下我俩独处？"

本以为丈夫会笑，却只见他面对天花板，眼神迷茫。

"不过她的确在尽心尽力地照顾你吧？"幸子注视着丈夫说。

"还算卖力。"丈夫轻飘飘地回答。

"总比我好吧？"

妻子漫不经心的一句话，却让丈夫忽地露出了可怕的眼神。意想不到的反应让幸子有点儿慌张："我只能趁着厂里不忙的时候才能来照顾你，总比我来得可靠嘛。光凭我一个人，难免会有疏漏。"

幸子再次解释。她也不知道自己为什么要多说这句话。"嗯。"丈夫的眼神已经变得和缓。

幸子一边走下楼，一边思考着丈夫为什么要露出那种可怕的眼神。自从坪川裕子来到家里，已经过去了四五天。在这四五天里，丈夫不知为何变得有些神经质，连看幸子的表情也显得急躁不安，一点儿笑容都不见了。尽管护士照顾得面面俱到，但毕竟不是自家人，丈夫的神经变得太紧张了吧。

厂里的业务很忙。电话订单、记账、报价单、印刷进度、延迟交货的托辞、印完的货物由学徒送去、材料费、票据折扣、应付客户催款、听员工抱怨、重新印刷、校正……直到跑外勤的三宅回来讨论报价，幸子一刻都不能松懈。

幸子极少有空上二楼。多亏有了一个能干的贴身护士，足以让她放心。不过，遇到复杂的报价和麻烦的问题时，幸子还是会找丈夫帮忙。

但是每当踏上楼梯，幸子的心中都会止不住地踌躇。没有什么理由……与其说是护士，不如说是有个女人每天在二楼与丈夫朝夕相处——到底为什么会突然萌生这种意识？为什么对她如此在意？幸子故意在楼梯上制造出脚步声，然后缓缓向上走。虽说工厂很小，但印刷机的声音很响，必须把脚步声踩出不亚于机器的声响。不这么做，她就沉不下心来。可实际上根本没有这个必要。

拉开移门,丈夫与坪川裕子都如常地转头望向刚进门的幸子。幸子这才松了一口气,面颊发热。一瞬间,她产生了自己才是外人的错觉。

四

到了晚上,把隔出病房的移门拉开,合并成大房间,幸子与坪川裕子就睡在另一边。丈夫的病情还没有严重到需要轮流起夜照顾的程度,因此坪川裕子靠着移门睡,而幸子躺在她的身旁。坪川裕子更靠近英二,毕竟她是护士。相比妻子,护士对于病人而言才是最重要的角色,她必须准备好在夜里也能随时起床。

实际上,坪川裕子确实忠实地履行着她的职责,只要英二低声呼唤,她就会立即起身照顾。有时是给床边递去器物,有时是一言不发地等待着,有时是抚背,有时是喂药。幸子时常睁开眼睛看着他们。有时幸子会因为白天的操劳而沉沉睡去,只能偶尔看上一两眼。

这些事本就是护士的职责,但也可以说是一位妻子的义务。而现在,护士把妻子应该做的事抢走了一半,也许已经超过了一半。幸子就算注意到了,也没有精力起床照顾。

这些时刻，丈夫与护士之间的对话极其简短、事务性、轻声细语。一边是病人的指令，一边是听从指令行事。但是这些声音传进幸子的耳朵，总觉得其中藏着秘密，很容易让人联想到行夫妻之事前后会发出的轻声细语。这么一想，幸子才发现丈夫最近很少向自己索吻。还是应当更亲密一些才好。每当幸子来到丈夫身边，坪川裕子几乎都会停下手上的事情，悄悄离开。丈夫做什么都行。丈夫两年来都生活在疗养院里，即便身体虚弱，正常来说也应该更加激烈地追求与妻子肌肤相亲才对。何况，丈夫从疗养院回家的那一天，不就伸手向妻子求欢了吗？

可最近，就算只有幸子陪伴，丈夫也一脸漠然。就算幸子冲动地抱着丈夫的头，送上双唇，丈夫也仅仅是不得不接受般敷衍了事，没有更多的热情。有时，他还会很心烦地或像是害怕什么似的摇着头。

"不要。"他的语气仿佛在责备幸子。此刻他的眼神中早就没有了过去那种难舍难分的光芒，更不可能会问出那些曾让幸子面红耳赤的问题了。

丈夫每当与幸子独处的时候，总好像惴惴不安的，还掺杂着奇怪的焦躁感。丈夫到底是在忌惮什么呢？没错，用忌惮来形容恰到好处。那么他所忌惮的只有护士了。当然她并没有把这当回事，只是丈夫对她有了太过不正常的意识，难免让人觉得病人有点儿神经过敏。

幸子发现，就算去讨论工作，英二也完全提不起精神。他过去是那么热衷和期待这个话题的人啊！哪怕为了报价和银行账目去二楼找他，他也是左耳进右耳出。

"这件事就随你吧。"丈夫只会这么回答，根本没有任何积极的回应。幸子的耐心准备完全派不上用场。

"感觉还没有找回真正的精神呢，脑袋也迷迷糊糊的。"丈夫是这么向妻子解释的。

"刚从疗养院出来的时候，我的确觉得可以打起精神来。现在看来没那么顺利。"

"只要听见印刷机的声音，你就有精神了。刚回家那天你不是说过吗？"幸子紧紧盯着丈夫的脸，机械的噪声在楼下轰轰作响。

"唔，当时我的确这么觉得。大概因为脑袋总是沉甸甸的，现在只觉得那些声音很恼人。"

那还不如回疗养院去呢！话到嘴边，幸子还是没说出口。幸子满怀郁结地走下楼梯，这份落寞不知从何而来。她与正在上楼的坪川裕子擦肩而过。她仍旧低着头，跟平时一样毕恭毕敬。幸子瞥了她一眼，回到运转的机器旁。是因为她吗？直觉太过茫然，抓不住一点儿头绪。她只是一个一周前刚来、上了点儿年纪的外派护士吧，哪里都找不到能与直觉相连的那条线索。

然而，幸子从来没有听见过丈夫与坪川裕子之间的单独对话。幸子所听到的，都是她身处现场时他们所说的话而已，仅仅是病人与护士之间那种事务性的、干涩而简短的交流而已。这并不是两人独处时的对话。她还没有听到过更长的、夹杂着说笑的对话。假如能听到这种对话，就不会有现在这种惶恐不安了。她不在场的时候，丈夫与坪川裕子一定有过不为人知的交流。

坪川裕子仍眨着讨人喜欢的圆眼睛，对幸子说话时总是那么礼貌端庄。她的敬语从来都滴水不漏，俨然"我是外派护士，你是雇主"的冷淡态度。从她的外表只能看出这是个把亡夫之子留在娘家、专心为孩子存储抚养费的女人。她的头发稀疏，眼角的鱼尾纹满是辛苦的印记。幸子只有在与她面对面时才能感到安心。

可是，当护士从自己的身旁走过、低着头走上二楼的时候，幸子的那一点儿安心感就会再度消失殆尽。这种不安的源头不是坪川裕子的容貌，不是她的身体，也不是她的年纪。不，无论怎么分析都找不到源头。那么幸子为什么会如此惶惶不安？是不该让丈夫住在二楼吗？是因为只有坪川裕子一个人留在丈夫的病榻旁吗？

可她是护士，看守在病床旁天经地义。那么，是因为丈夫和她在移门的密闭下、在二楼的房间独处而幸子被隔绝在楼下，所以感到不安吗？很显然，还是因为幸子没把坪川裕子当作护士，而是当作一个女人来看待。想到这里，结论又回到了那种含糊不清的直觉上。

某天晚上，幸子半夜睁开眼睛。病房中照旧开着一盏昏暗的电灯，在微弱的光线下，丈夫与坪川裕子似乎在做着什么事。幸子猛然惊觉，心脏的急剧跳动震遍全身。

可是仔细一看，与往常一样，是护士被丈夫叫醒，做完了护理。她正在抚摸着丈夫的后背。让幸子备感惊愕的是那一道红色。那是护士披在白衣外的羽织，在昏暗的光线下，看上去仿佛一件长和服。

不，就算是这样，在更明亮的灯光下看，那色彩也无疑不符合她的年龄。

起夜时那么冷，光靠一件白衣难以抵挡寒气，披一件羽织也很平常。

可是，思来想去，幸子的诧异感仍挥之不去，神经无比紧绷。耳中传来了丈夫与坪川裕子之间的低声对话。话语不甚明了，连短句也听不清楚。每当他们对话时，就发出舌尖濡湿的声响。

幸子真想掩住耳朵。

五

到了白天,幸子面前的丈夫与坪川裕子依然只是在家疗养的病人和贴身照看的护士而已,对话简短而事务性。两人甚至连视线都不会交会。明晃晃的阳光洒满房间,夜间昏暗而隐秘的气氛已经不见踪影。

冷静地想想,其实那根本不值一提。站在病人和护士的立场上,根本没什么大惊小怪的。在病房里独处的两人,半夜的看护,一点儿都没有异常,异常的或许只是幸子的神经。可是,真不可思议,到底为什么会产生这种疑惑呢?坪川裕子既不是美女,也不年轻,来到这个家庭才十几天而已啊!难以置信,这么短的时间里,男女之间有可能结出恶果吗?

但是这两人在幸子面前从来都是若无其事的表情,不像有什么感情。幸子没看在眼中的部分在她的心中逐渐扩大,都是因为背后的空白时间,是她不在场时丈夫与坪川裕子之间的耳语和动作。坪川裕子的身上仍旧看不出有什么变化。她一点儿都没变,勤勤恳恳,对幸子也很敬重。她与十几天前拿着介绍信出现在这里的时候没有两样,说话总是深思熟虑,很是矜持。幸子坐到丈夫面前时，她照旧会静静地站起来，离开房间。

幸子丝毫没有试探的机会。她开始觉得自己只是在任性地猜疑，和自己较劲。这或许是一件可耻的事。可是她又切实地觉得这种预感并非平白无故，总觉得在某个地方抓住了什么，究竟是哪里呢——那依然只是尚未成形的想法。

幸子渐渐地害怕去丈夫的身边。当然，有些事情不得不和丈夫商量，幸子每次走上二楼都会踌躇。她感到从二楼传来一种威慑感，一种异乎寻常的气氛，如热风般沿着楼梯吹下来。她几乎要放弃去找丈夫商量事情了。那是一种难以名状的煎熬。

常去丈夫病房的人，除了幸子之外，还有关口医生和跑外勤的三宅。幸子观察着他们从二楼走下来时神情中有无特殊的征兆。

幸子在关口医生前来诊看的时候，故意没有上二楼。她觉得这样能让医生更敏锐地察觉到病房中的气氛。

直到关口医生从二楼走下来、穿好鞋子都毫无异样。他所说的，除了病情以外，并没有什么奇怪的词语。尽管每隔三天就要来一次，但与平时别无二致。幸子感到了安心，同时又觉得不太满足。

不过，关口医生某天来家里时说了这么一句话：

"您的先生好像越来越精神了呢。"

幸子不禁瞠目结舌。

"啊呀，病情方面倒是没有大的变化，可是心情似乎变得特别愉快。这是再好不过的。比起吃药，精神上的愉快才是最难得的。"

幸子听到了未曾预料到的信息。幸子印象中的丈夫总是一脸不快地躺在枕头上，一点儿都不快活，从来不笑。不管说什么都很简短，很少有快活的样子。

那么，难道他对医生展露的表情和对自己展露的表情会有不同？不，丈夫是不会故意在医生面前如此表现的，应该是医生偶然目击了丈夫变精神的状态？幸子从关口的一句话中仿佛看到了丈夫在自己不在场时所展露的一部分情形，脑海中浮现出丈夫让坪川裕子坐在身旁、两人愉快谈笑的光景。

比起医生，三宅去英二身边更频繁，每天至少有一两次去谈工作上的事。三宅更有可能察觉到什么。

可是这个大阪口音的外勤员尽管爱耍嘴皮子，却完全不提及那些事。他没提及就是没发生吗？总觉得不该这么理解。他似乎是因为不能说才对幸子采取缄默的态度，说不定反倒会偷偷对工人们说呢！幸子感到被只有自己听不见的流言蜚语包围。

幸子再也难以忍受如此紧绷的神经。再不从中挣脱就要撑不下去了。她想从二楼的压迫感中解放出来。

将那句话说出口的机会比预想的来得更早。某天，工作上出现了一件无论如何都必须与丈夫商量的事。客人已经来了，正在等着，无法再犹豫下去。幸子简直是狠狠跺着脚走上二楼的，有一种内心很抗拒却不得不压抑住的心情。

刚走完这段楼梯，坪川裕子就慌忙打开移门走了出来，手上什么都没拿。她像是行礼似的向幸子低下头，立即逃往楼下。幸子没有看走眼，低着头的坪川裕子面颊上正淌着泪水。

直到护士逃至楼下，幸子的心脏才猛烈地跳动起来。她在原地蹲了一小会儿。要是现在立刻去到丈夫身旁，丈夫的脸上会不会也淌着泪水？这让幸子很恐惧。

坪川裕子脸上闪烁的泪光让幸子一直以来那种无以名状的渺茫的求证迅速凝固成形，原本在幸子面前捉摸不定的东西突然显现出了清晰的形状。一种抽象的存在随着被目击的一道泪痕而在现实中坐实了。幸子下定决心，站起身来。

丈夫虽然在闭着眼睛睡觉，可幸子明白他根本没睡着。眼角没有泪痕。或许是匆忙擦去的缘故，眼睑上还留着几分血红。

丈夫尽管装作在睡觉，但表情很僵硬。他一定意识到幸子就在身边，正在压抑自己内心的惶恐。

幸子坐下来说："老公。"

丈夫听她说了第二次，才微微睁开了眼睛。他似乎感到眼前很耀眼。

"我看还是辞了坪川姐吧。"幸子的语气比预想的更坦然，"换个人来照顾你好了。"

丈夫的嘴角微微地痉挛了一下。除此之外，表情像往常一样平静，没有特别的反应。

"好，随你怎么安排。"丈夫惰怠地回答。听他的语气，似乎是死了心，自暴自弃，硬要在妻子面前装糊涂。

走下楼梯，只见坪川裕子正迎面往上走。这是她一直以来的习惯。

幸子说了句"坪川姐"，叫住了她。坪川裕子回答"是"，接着轻轻地行了个礼。她的面颊上已经没有了泪痕。幸子让她在坐垫上坐定。

只有她们俩面对面。坪川裕子缩着肩膀,微微低头。她的头发很稀疏。她意识到幸子正处于要对自己发布某种宣言的态势。"因为一些情况,从今天开始,请您回去吧。真是受了您不少照顾。"

幸子一边说一边感觉到自己的脸部肌肉在抽动。坪川裕子的肩膀看上去似乎有点儿颤抖,不知是不是错觉。

坪川裕子将双手按在铺席上,低下了头。这是表示已经接受辞退。

"我只是个粗人,根本谈不上多少照顾。"

她小心翼翼地回答道。听她的语气,恐怕不管去哪户人家工作都会这么答复,可她的话还没说完。

"实在抱歉,请您让我留到明天中午再走。毕竟还有些东西要收拾。在那之前,我会好好地照看您的先生。明天的工钱我就不收了。"

她的语气不由分说。因为低着头,所以看不清她的脸,但可以肯定她咬着嘴唇。一股让幸子不得不答应的气魄,如火焰般从坪川裕子的全身喷薄而出。

"明天的工钱我就不收了"这句话久久地留在幸子的心底。当天晚上,她如常地和坪川裕子睡在一起,什么事都没有发生。

六

翌日，过了中午，坪川裕子仍没从二楼下来。

在楼下忙于工作的幸子尽管甚是心烦，却没时间去查看一下。不，准确地说，是畏惧使她裹足不前。

二楼鸦雀无声。就算机器正在印刷，有噪声妨碍，但不至于什么都听不见。幸子把所有精神都集中在耳朵上，只有手还在无意识地劳作，心早就不在原地了。

某种预感终于让幸子坐不住了。她脸色苍白地奔上二楼。在紧闭的移门前，幸子屏息侧耳倾听。她的膝盖颤抖起来，可是她不得不突破这层屏障。"哗啦"，她打开移门。

一男一女盖着被子睡着了。并不是什么雅观的姿势，盖在身上的被子有些凌乱。被子没有动静。

她的预感变成了直白的现实。也太直白了！幸子一时间甚至觉得现在是晚上。一切声音都消失了，而她并没有一惊一乍，只是意识到本应发生的事情理所当然地发生了。她不觉得这是错觉。

幸子掀起被子的一角，丈夫和坪川裕子的脸靠在一起，已经断气。丈夫凹陷的眼窝中，眼睑紧闭着。坪川裕子那双圆圆的眼睛也合上了，眼角的皱纹和生前一样。两人的嘴巴里满是泡沫，有一些淌到了床单上。丈夫长长的头发显得一团乱，坪川裕子稀疏的头发有那么两三缕被脸颊挤偏了。

幸子将被子一角放回去，在旁边坐了一会儿。楼下传来了机器的声音。在这种时候，脑海中竟然会浮现一道道工序，真奇妙。枕头旁边倒着两个空空如也的安眠药大瓶。

丈夫突然从幸子身边逃走了，带走他的是坪川裕子。这个身材矮小、三十五岁的外派护士来到这个家不满一个月就掠夺了她的丈夫，整个过程中完全没有暴露心机，结局太过飞跃了。幸子发现垫被下面露出了白色信封的一角。她伸出手去……

里面装的是账簿，还有两封遗书。丈夫的那份和坪川裕子的那份严丝合缝地叠在一起。

幸子撕开了丈夫的遗书，字迹并不冷静：

突然让你承受这种结果，我只能说抱歉。我绝对不会忘记你这么长时间以来对我的好。对不起，除此之外，我没有别的话可说。本想写上这三个字就吃药的，可我还是觉得要把这一连串的事情告诉你才行，因此我会简单地讲述一遍。就算我写得更详细一些，也只会让你陷入痛苦之中而已。

坪川裕子是我认识你之前的恋人。出于一些原因，我们没能结婚。在这里略去其中的原委。总而言之，我与她分别后就和你结婚了，她也和别的男人结婚了。自那以后十六七年，彼此杳无音讯。

裕子突然作为陪床护士来到这个房间的时候，我彻底震惊了。她也一样，惊愕得甚至暂停了呼吸。不知是幸还是不幸，这件事没有被你察觉。或许命中注定我们会有这一天。接下来的事情没必要写了，你敏感地察觉到了这一切。我这才知道，无论我们怎么掩饰，妻子的直觉总是如此敏锐。

裕子有过一段不幸的遭遇，我也知道自己的身体已经没有恢复的指望了。我们看似是因为一时的同情而互相吸引，实际上是因为过去未能走入婚姻的爱情再度被点燃了。可是，这件事在现实中绝无成功的可能。有你的存在，有环境的制约，还有其他扰人的事情会妨碍。

所幸，我和裕子都觉得与其活着，不如选择死亡，所以……

幸子读到这里,把信丢了出去。没有必要去读坪川裕子的遗书了。留下书信的两人正披着被褥在她身旁沉睡,只留下幸子一个人。妻子彻底被抛下了,丈夫被掠夺者偷偷带走了。幸子身上涌出无以名状的孤独感,身体仿佛在半空中飘游。她用双手撑着地,坐了许久。两人在如此短的时间里结合,竟然是因为在未结识她之前发生的情事。不过即便他在信里称这桩情事是四五天前开始的,结果也一样。

被留下的那个人就在这里。来自世间的嘲笑、怜悯和非难恐怕很快会把她淹没。当然,一切都是毫无来由的。可是,一不小心还留在世上的人必然会遭受这种残忍的对待。幸子感到自己的身体一点点瘫软下去,她已经成了这个世界上最该被蔑视和怜悯的人。所谓"死人才是输了"在这种时候根本就是骗人的,背负伤痕的必定是活下来的人。这不合理,可事实就是如此,这个社会根本不会给失败者解释的机会。

幸子静静地撕碎遗书,丢进火盆,点上火。破碎的纸片燃烧起来。火苗每点燃一张纸片就变得愈加凶猛。

最后,火苗熄灭了。白纸悉数变成黑色的灰烬。灰烬被流动的空气微微摇动,几乎要飘扬起来。

接着,幸子从被子下面把坪川裕子的身体拽出来,本想抱起她，却因为太重，只能拉扯着把她移到了远离丈夫的地方。幸子让她躺下，为她整了整衣服上的褶皱，把她的双手叠在胸前。

丈夫身旁的位置空出来了。那个地方应该是幸子的位置，只有当幸子躺在那里的时候，才可以说她从掠夺者手中把丈夫夺回来了。坪川裕子又变成了一名单纯的雇工，幸子总算获得了胜利。

幸子取来便笺，写起一封新的信。她已经决定让在老家上高中的外甥女当继承人，收信人是外甥女的母亲，也就是幸子的姐姐：

> 丈夫的病看来已经没有治愈的可能。丈夫陷入绝望，失去了活下去的气力。丈夫去哪里，我就跟他去哪里。离开了他，我就活不下去。请原谅我任性的行为。
>
> 护士坪川大姐似乎也愿意和我们一起寻死。我拼命劝阻她，可怎么都没有用，恐怕她也有不得不死的难言之隐吧。唯有坪川大姐这件事，是我一生的遗憾……

幸子一字一句地写着,第一次意识到自己深爱丈夫。哪怕他再怎么欺骗自己,因为这份爱,自己也可以原谅他。无论走到哪里都想和丈夫如影随形,只能……

幸子打开柜子,取出丈夫为了对抗失眠而准备的一大瓶安眠药。丈夫身旁已经为她腾出了空位,正等着她。

坪川裕子夺走了幸子的丈夫竹泽英二,幸子又把他抢了回来。但实际上的掠夺者或许是幸子。

当然,已经把药片全部吞下的幸子对此毫不质疑。

携款潜逃

一

森村隆志从外面回到公司。办公室设在一幢大楼里，在走廊里踱上几步就能看到旁边好几间办公室的玻璃窗都拉上了窗帘。今天是周六，已经过了三点，有不少公司到了中午就下班了。隆志推了推自己办公室的门，这里还有几名职员在加班。小公司就是这副德行啊。每到周六他就会这么想。几乎是在打开门的同时，一股热气扑面而来。在外面只穿一件外套就觉得够闷了，没想到这里还烧着暖炉。这是一栋连暖气都没有的楼。四五名职员正围着暖炉，懒洋洋地瘫坐着。他们看到森村隆志露脸，说了句"欢迎回来"。

隆志脱下外套，拎着手提包走往会计部。会计部被裙板隔开，有一扇很矮的小窗户。这里有现金业务，跟普通的办公区是隔离的，简直像一间牢房。牢房里面，头发稀疏的会计主任正猫着背看报纸。

隆志来到他的办公桌前，打开手提包。会计主任摘下眼镜，抬头望了望隆志。

"辛苦了。怎么样？收成还好吧？"他问道。

周一之前必须拿下一个大订单。主任为收款的事情正急躁不安。

"收到了一半。"隆志毫不含糊地回答。

说出口，隆志才觉得自己此前的行动得到了落实。他从包中取出一捆捆现金和支票。包里面被隔成两半，另一半也装着几叠钞票，露出厚厚的白边。他把包合上，锁扣发出清脆的响声。

"栗栖商会现金五万日元，支票十二万日元；东洋工业现金十二万日元；渡濑产业，现金九万日元；御手洗商事，支票二万八千日元……"

会计主任再次戴上眼镜，把隆志报的详情记录下来，接着开始把支票和现金归整在一起。他一边数着钞票，一边用红铅笔打上勾。

"就这些了，剩下的就是你让我周一之前收回来的那五笔。"隆志报告说。

那五笔总共三十五万日元，所有现金都留在手提包里。"是吗？真难办啊！不过在周一两点之前收齐就好。"

主任看来合计了一下收款还要花多久，愁容满面。

"我会争取尽量在中午之前收回来。"

"是吗？那一定要好好干啊。"

会计主任的老花眼镜闪着光，对年轻的隆志露出笑脸。隆志拿着手提包走到自己的座位旁。他故意把包随手丢在桌上，加入了烤暖的队伍中。

"今天是周六，干脆早点儿下班，去池袋喝几杯吧！你说怎么样？"其中一人对隆志说。

"今天不行呢。"年少的他资历最浅。

"为什么？"

"我和人约好了去看电影。"

"女孩子吗？对了，我好像看到你们走在一起来着。她是哪个公司的？"

隆志没有明说，只是笑了笑。他看到"走在一起"恐怕是真的，隆志和西池久美子真的一起走过了不少地方。涉谷、井之头、多摩川、镰仓……周日的晚上还时常在霓虹灯招牌闪烁的旅馆街四处闲逛。

聊天的话题又回到了酒场上。有人说起哪家店已经还不起欠款，多半要倒闭了。很快，话题转变成了欠款，接着又聊起了工资太低。几个人抱成一团，聊着不景气的闲话，一副自暴自弃的模样。

隆志一眼都没看丢在桌上的手提包，可是他的意识不受控制地被它吸引。三十五万日元的钞票分成四叠，就装在里面。那是想怎么花就怎么花、属于他自己的钱。隆志沉默地听着其他人闲聊，时不时往炉子里加块石炭。

时钟走过了四点。大家分散而去，准备收工走人。隆志打开自己的书桌抽屉，检查了一遍。公司的发票用纸、信封、铅笔、便笺纸，全是这些玩意，一件私人物品都没留。从四五天前开始，就差不多整理完了。

"那我先走了。"

隆志向留下的人打了声招呼，拎着手提包站起身。他穿外套的时候还看了一眼牢房里的会计主任。主任猫着背趴在账簿上，一心一意地拨动他的算盘。

隆志再次打量了一下这间办公室。今天是最后一眼了，一点儿留恋都没有。这个破败的地方再也和自己没有关系了。把门关上的时候，空间的隔离愈加让隆志明确地意识到这一点。

从走廊步下楼梯，隆志单手晃动了一下手提包。大部分办公室都已经拉下了棕色的窗帘，不见人影。今天是周六，这就是周六的意义所在。他从很早之前就考虑到这一点了。

明天是周日，办公室里会是一片死寂，在周一上午九点之前——也就是从现在开始的四十一个小时之内——是不会运作的。这代表着到他的行为暴露之前还有一段时间。在被追踪之前，要拉开绰绰有余的距离，就可以放宽心地远走高飞了，这些时间可是和三十五万日元同样奢侈的。

距离五点半还有一点儿时间。隆志在京桥和银座之间往返踱步，街上仍旧人头攒动，男女老少都有，他们都过着怎样的生活呢？年轻的男女们挽着手，闲聊着，踩着相同的步调行走。真是太荒唐了，这一切跟他现在的心情根本沾不上边，他只觉得整个城市的色调都变得虚无，是一片遥远的光景。摩肩接踵的上班族身穿着体面的服装，可钱包里肯定连一千块都掏不出来。要是把手提包里的三十五万日元撒在他们面前，不知他们会露出怎样的丑态。只要隆志认真起来，就没有做不成的事。看那个从对面走来的得意洋洋的年轻女人，突然对她脸上来一拳都行。连这种事儿都不在话下——人，一旦决定去死，就再没有比死更粗暴、更放肆的事了。

隆志从京桥打了辆车来到东京车站，花了不到三分钟。付钱的时候，出租车司机来了句："你花起钱来真是够大手大脚的。"实在让人生厌。

隆志走上十五号月台时，西池久美子正在人群中挥着手向自己走来。她的表情很快活，拎着一只旅行箱。

旁边刚刚抵达的列车是往博多方向的特快幸风号。

二

车窗外闪过东京的夜景。密密麻麻的灯光不再聚成一团,渐渐稀少,疏远。已经逃出了东京。从那之后,车窗外只剩下一片漆黑。

西池久美子紧盯着窗户说:"总算和东京告别了呢。"她嘴巴里的口香糖散发出薄荷味。

"觉得寂寞吗?"森村隆志说。

久美子微微摇头。暗沉的天空中,只有羽田机场的航空管制灯在来回旋转,两人不经意盯着那里入了神。

特二等车厢里灯火通明,照亮了奢侈出行的旅客。他们把头靠在白色的椅背上,各有各的姿势,似乎每个人都发自内心地期待着这趟旅行。男客们抽着香烟,吐出烟圈;女客们正吃着橘子和点心。

"对了,我们在哪里行动?你已经决定了吗?"久美子问道,用指尖从嘴里取出口香糖,随手丢掉。

隆志摊开笔记本,用手指了指。上面用铅笔写着:博多——阿苏——日奈久——指宿。

"真是要绕好远的路啊!这个子宿在哪儿?"

"你真蠢啊,这个念指宿啦,在鹿儿岛县,是日本最南端的温泉。"

"你有钱吗?"

隆志看了一眼没放上行李架、摆在身旁的手提包。

"当然有了。我打算等把钱全部用光以后再上路。日本的最南端,刚好很符合我们的命运。在那之前就奢侈地玩一玩。"久美子呆呆地点了点头。这个女人不知道他究竟为什么会有钱,只知道要去寻死。

西池久美子无父无母。从五年前开始,是叔父供养她。叔父是个低级官员,明年退休,正在为那之后的生计而四处奔走。他是个吝啬的人,家庭环境让人喘不过气来,没有一点儿生气。婶婶只会对久美子翻白眼。久美子的工资大部分被他们榨走,只有发薪水那天会给好脸色。久美子说自己已经没有指望了。

森村隆志爱上她,一半是出于同情。他出身于长野县和山梨县交界处的深山里,是农户的第三个儿子。老家几乎是大哥大嫂的天下,他从没有从父辈那里收到过一点抚养费。父亲的葬礼过后,他就再也没有回过故乡。

同样凄惨的境遇让隆志在结识久美子的时候爱意如泉水般轻易地流露出来。两人沉溺其中。可是没沉溺多久,干涸的现实再次将两人包围,好像游泳之后,皮肤变得更加干燥难耐。人是不可能永远浸泡在水中的。

那就去死吧。不知究竟是谁认真地说出了这句话。说到底，应该是久美子先说出"好无聊，真想死"这句话。说得对啊，活着没什么意思。隆志面朝天空表示赞成。那之后，隆志说"真想死"的时候，久美子点头同意。这样的对话重复了好几次：一次是在井之头的池塘旁，一次是在代代木夜晚的树丛中。

不经意的对话随着时间的流淌被注入了某种意志，那意志仿佛在人的道路上作出了命运的安排。要是踏出了那一步，就再也没有其他路可走了。当然，环境的严苛也助长了这种情绪。两人一起去死，这种行为本身就有一种甜美的感伤，也可以说是现实的干涸使得他们去追求这种甘露。森村隆志将自己的心意明确地告诉了久美子。她没有反对，只说随时听隆志的安排去行动。

隆志觉得，既然要死，就要让死的那一瞬间足够奢华。迄今为止的生活实在太过悲惨了，让这种日子一直延续到死的那天也太可悲了。哪怕只有一个小时也好，真想随心所欲地享受奢华的滋味。那种气氛要是能持续一整天就好了，能持续两天就更好了。反正已经决定要死了，应该没什么好怕的，根本没必要顾及什么秩序和道德。到了最后一天还要当一名穷酸的上班族，也太不合理了。他的这种虚无的妄想不断发酵。

终于有一天，他下定决心用公司的钱作为资本，去营造那种气氛。要是在死之前很快被抓住就太没劲了，至少需要五天左右的自由时间。和死相比，这五天只是微乎其微的要求。因此，他把挪用公款的日子设定在周六，中间夹着一个周日，那是绝对安全的一天。

还剩下四天。隆志决定选择九州作为行动地点。选择九州的理由既不是没去过也不是对别人说过想去，而是毫无缘由的。大多数逃亡者之所以会失败，都是因为之前去被捕之地旅行过，或者为了寻访故旧而去过，那样就会很快被追查到。对隆志来说，他与九州没有任何因缘，对那儿的地理一窍不通。无论由谁来追踪，都不可能联想到这个地方。隆志认为至少能有四天是安全的。

他在一周前就从收到的款项里抽出一点，买了这列幸风号的特二等车票，只告诉久美子目的地是九州，让她在这一天离家出走。摆放在前方的命运的目的地，那场甜蜜的死亡，很快就要变成现实了。久美子有一瞬间闭上了眼睛，但很快说乐意同行。而实际上，看看现在坐在身旁的她，脸上一点儿没有不安或是忧郁，完全是一副享受最后旅行的愉悦神情。听隆志说要奢侈一回，她毫不生疑。绝不能把挪用公款的事情告诉她，隆志心想。

"对了,"久美子开口了,愉快地调整座椅的角度,仰卧下来,"还是第一次坐这么豪华的火车座位呢。"

"是嘛。"隆志一边点烟一边回应。他露出了略带怜悯的笑容,这个女人只坐过三等车厢的硬座。

"我说……"久美子在座椅的阴影中摸索着他的手,"那张椅子,为什么空着呢?"

她说的是对面的第三张座椅。有两个位置空着,能看到绛紫色天鹅绒的座椅上罩着白布。

"预订了座位的人会在之后的车站上车。下一站是热海,他们有可能是从热海上车。"隆志回答。

窗外已经是一片暗沉沉的相模湾海面。他翻开一本周刊杂志。列车停下来了,窗外亮了起来,吵吵嚷嚷的。热海到了。"你瞧,他们来了。"久美子的语调听起来很可爱。

斜对面那两个正在等待旅客的空座位,终于有一位中年绅士和像是他妻子的人落座了。

三

有空座位的时候,单从表面上看就让人感到不安。

而现在有这对中年夫妇把空位填满，隆志和久美子都感到莫名的安稳。

至于为什么感到安稳，恐怕是因为这对夫妇从打扮和态度都散发出成熟的安稳气质。丈夫大概四十七八岁，夹杂着不少银丝的头发被细心地梳成了分头，连梳齿的纹路都清晰可见。无论是西装的纹样还是领带的品位，都给人有教养的感觉。他有点儿瘦削，眼神很是柔和。他瞥了一眼在车窗下游移的热海街灯，便从口袋里取出烟管，用纯白的手帕擦拭起来。

妻子将丈夫的外套仔细地叠好，自己也脱下大衣，一起摆放到行李架上。大衣是银灰底色配黄褐色纹路的海豹皮草。大衣下的和服是深色调的绢布面料，披了件深棕色的锦纱羽织，哑光色泽让整体显得很沉稳。她大概不到四十岁，细长的面庞流露出高贵的气质，收拾完毕就坐在丈夫身旁的位置上，一言不发地翻开杂志，眼神很是宁静。

丈夫点燃烟管。妻子将杂志放在一旁，接过丈夫刚用过的手帕，细心折叠好，塞回他的口袋。还顺便把掉在丈夫膝盖上的香烟灰烬拂去。

丈夫说了一两句话，妻子把脸凑过去回答。两人的脸上浮现出微笑，说起话来细声细气。妻子做出轻巧又雅观的姿势，靠在丈夫身上。

"这对夫妻品行真好。"久美子小声说。

隆志点了点头。久美子替他说出了心里话。这对夫妻的气质中流露出一种周围所有乘客都望尘莫及的沉稳、高贵、静谧的爱情。

那之后，隆志的眼神就时不时地移到对面那两人身上。丈夫衔着烟管在读书。妻子从旅行箱中取出威士忌的方瓶，打开瓶盖。丈夫放下烟管，手握一只小杯子。妻子将瓶中酒注入杯中，又盖上瓶盖。他们的动作像是有一种节奏，配合无间。丈夫说了句什么话，妻子笑着摇了摇头。看她摇头的姿态，显得有些羞涩。大概是丈夫劝她也喝点儿威士忌，被她拒绝了。

隆志望向另一边，看了看久美子。久美子向后靠着椅背，已经睡着了。孩子般的睡相。那是对隆志的爱情坚信不疑的表情。可是，就在此时，他莫名地感到久美子离他很遥远。

说很遥远，或许有点儿不着调。总之，确实有一瞬间体会到了距离。一直以来如胶似漆的关系突然变得很遥远。隆志无法解释个中原因，可那无疑是受到了对面那对夫妻的影响。仔细一想，这边的两人尽管有过剩的爱情，却没有生活。而那边的两人以内敛的爱情为前提，建立了稳定的生活基础。这种反差化作肉眼不可见的压力。隆志之所以在一瞬间感觉到久美子离自己很遥远，恐怕就是源于此。

隆志低下头。对面的妻子已经把雪白的手帕盖在脸上，睡着了。真是礼仪规整的睡姿。丈夫仍旧握着烟管，眼神在书本上游移。

刚过中午，就到了博多站。乘客们开始收拾行李。隆志帮久美子把行李箱从架子上取下，交给久美子。

"到站了。"

她的口吻仿佛在说：总算到了。车窗外是一座陌生的车站。隆志握紧了手提包，三十五万日元的钞票不算重。看了看手表，从九点开始已经过去了四个小时。或许到了明天这个时候，事情就会败露。隆志仿佛看到牢房里的会计主任正在给老主顾打电话，面无血色。

下车的时候，隆志又瞥了一眼对面的夫妻。丈夫拎着手提箱站在通道上，有意无意地望向隆志这边，眼神仍很沉稳，但看来有点儿焦急。妻子穿上了大衣，跟在丈夫身后，背影很是苗条。她正用手指轻抚丈夫的肩膀。隆志在久美子面前站起来，往外走。

一来到车站前就有人靠过来为旅馆揽客。他们被领去一家街巷深处的小旅馆。房间只有六叠①,很是狭小,打开移窗就立刻能看到隔壁屋子里的储物柜。

原来这些揽客的是以客人的穿着来安排旅馆价位啊!隆志恍然大悟。隆志的外套是三年前买的,久美子的衣服也早已退色,下摆还能看到一点儿污渍。两人的鞋子满是褶皱,软塌塌的。一想到这两双鞋就装在旅馆玄关的鞋柜里,他就脸红起来。旅馆的人怎么可能知道他的手提包里装着可以随便挥霍的三十五万日元?

"咱们去百货商店吧。"女服务员端来了茶和点心刚离开,隆志就开口了。

"百货商店?"久美子惊讶地睁大双眼。

"嗯,去购物。我们得换一身更高级的行头。"

容不得久美子愿意与否,隆志就对旅馆人员说要外出,还问到了百货商店的地址。

那是一家和东京的大商场一样气派的百货商店。隆志先给自己买了外套和西装,虽然是成衣,但好歹是英国制造。隆志当场试穿了一下,很是轻柔,手感也不一般,像春天的阳光那样暖和。衣服和鞋子总共花了将近

---

① 一叠大约为 1.62 平方米。

十万日元。尽管久美子畏畏缩缩的,隆志还是强行让她换上了涤纶套装和羊毛外套。一穿上去,女店员就露出半带嫉妒的眼神,说了句:"真合身。"宝石蓝散发出高贵的光泽。久美子的一套衣服花了七万日元。这次购物,隆志比平时买大甩卖的一根领带还轻松。

久美子瞠目结舌:"没问题吗?"眼神中满是不安。

"没关系。我前天从公司辞职了,拿到了一点儿退职金。"久美子接受了这个说法,放心了。

回到旅馆,无论是领班还是女服务员,都把眼睛瞪得老大。谁让你们以貌取人?隆志这么想着,说要换一家旅馆。女服务员连忙说还有更好的房间,隆志毫不领情,当即离开了。走出去的时候,还留下了一千日元的茶钱。女服务员行道别礼时,几乎把头抵在了榻榻米上。

H酒店是博多最高级的酒店。来到前台,戴着蝴蝶结的接待员丝毫没有少见多怪,只是对两人作了一揖。隆志取过钢笔,流畅地签下假名字。身穿深蓝色制服的女服务员率先搬走了行李,他和久美子穿着刚买来的新鞋子也踏上绯红色的绒毯。

那天晚上的梦,可谓极尽奢华。

四

第二天早晨，两人从博多出发，前往熊本。根据笔记上预定好的路线，还要从熊本去往阿苏。中途的景色都在一片明媚的阳光照耀之下。

这个时候，公司一定已经报了警，正在搜索森村隆志的下落呢。恐怕他的故乡会首先被追查。他有什么朋友、他曾经旅行过的地方……查的大抵就是这些。谁都不可能注意到九州。想要找到这里，还需要一些时日。

手提包里还留着十七八万日元。一身行头花了不少钱，旅馆费也花了一万日元。一点儿都不觉得可惜。还剩下这么多钱，对于旅行三四天的梦想来说绰绰有余。

到达阿苏已经是下午挺晚了。坐着摇摇晃晃的观光巴士上了山，一片枯黄的山峦在眼前绵延。导游小姐正在滔滔不绝地介绍，气氛很是甜蜜。两人眺望着流转的景色，可以看见远处朦胧的大海，白云之下的草地上牧马成群。

火山口上是褐色的绝壁。地层鸣动，烟雾升腾。两人注视着这片光景。

"你说，自杀的人是从哪里往下跳的？"

其他的观光客一边闲聊，一边从两人背后走过去。

因为烟雾的遮挡，看不清下面。隆志和久美子在那里聊的都是些无关紧要的事，内心却在交流着自杀者的话题。

外轮山①像一层外壁把火山口包围。尽管它的内侧是宽广平坦的原野，但外轮山的包围使人感到莫名其妙的憋屈。或许是因为被包围而产生的压抑感吧！这座山就像是要把人逼进火山口，不许任何人逃离。太阳缓缓落下，躲进外轮山的阴影中。

"下山吧。"隆志说。

久美子点点头，她的脸色也已经变得苍白。坐巴士下山，回到了名叫坊中的车站。

"有没有什么好一些的旅馆啊？"隆志刚说完，司机就打开门让两人上车。汽车在平原上开了一阵子，接着开始上山。接下来是一段像是箱根或日光会有的白色平坦道路，在平原的农田里尚能见到踏麦苗的景象，到了这里，只听见灌木丛中传来莺鸟的啼叫声。

到了半山腰，有一家白色外墙的酒店。在暮色苍茫的深山中，酒店的灯光把窗户照得透亮。汽车转着圈来到大门口，身穿白色制服的服务生立刻跑了过来。

---

① 外轮山指火山多次喷发后，老火山口边缘成为环绕新火山口的山脊。这里特指阿苏外轮山。

在这里，前台也照样把隆志和久美子当作贵宾来接待。在服务生的引导下走上铺着红色绒毯的楼梯，一对外国夫妻正往下走，和他们擦肩而过。

这不可思议的景象让隆志感到自己仿佛成了电影中的角色，就连言行举止都自然地入戏了。他抻直大腿在走廊上来回踱步，那个在脏兮兮的办公室里围着小暖炉烧石炭的他已经烟消云散。

"简直就像做梦。"久美子进入房间时小声地说。

这家观光酒店是阿苏山里排名第一的酒店，房间的色调和摆设都充满奢华气息。隆志靠近久美子，张开双手把她抱住。即使作出这么夸张的动作也毫不奇怪。

来到休息室，只见落日余晖淡淡地照耀着远处的平原和大海。海的另一边，可以看见如浮云般色彩淡薄的山峦。山峰顶端与暧昧的烟云互相交融。

"真漂亮啊。"久美子抓着栏杆微微叹息，"那是什么山？"

"云仙山吧。"

直到说出这句话，隆志才意识到已经来到了相当远的地方。这里距离东京太遥远了，无论是生活，还是感情——从现在开始，另一种生活就要开始了。但恐怕只有三天或者四天。他茫然地思考着下一个瞬间会发生什么，可是，仅仅想一下这个现实，都会感到有一种隔阂，无法全身心地投入。这道隔阂被空气般的不安填满。吃过晚饭，隆志请久美子出去散步。夜幕笼罩四周，可以嗅到凉爽的深山气息。两人一直走到了离灯火很远的地方，在暗沉的天空下，黑魆魆的山仿佛近在眼前。

两个人手牵手，不时驻足，唇齿相交。两人的嘴唇都在夜气中变得冰凉。这个暗黑的世界简直无边无际，能延伸到无穷远。万籁俱寂，只有枯草的气味。

在黑暗中穿行，岔路分两端，一条通往日暮的深山，一条通往遥远的大海。

久美子轻轻吟唱。

"你念的是什么？"隆志问。

"是诗啊，外国的……"

隆志当然明白那是诗。词句显得甜美而不祥，久美子身上也散发出不安的气息。她是想借着甜美的诗句来排遣那种窒息般的不安。她已经知道自己的终点即将到来，隆志也是百感交集。

刚开始往回走，就有一滴雨落在身上。没想到竟然走了这么远，两人加快了脚步。不经意间发现背后有什么东西，回头一看，只见两头牛跟着走来了。久美子尖叫着抓住了隆志的手臂。牧牛缓缓地跟在两人身后行走。

"我害怕。"

没事的，隆志说。和牛之间的距离渐渐拉远，雨滴的数量也变多了。

总算来到能够看到酒店大门的地方，只见一男一女撑着伞在前面行走。被伞遮盖的部位很是昏暗，看不清他们的脸。但女人穿着酒店里的和服，背影很是苗条。那把伞移动着，离远处酒店的灯光越来越远。

隆志不禁立刻联想到了幸风号上见到的那对中年夫妻。"刚才那两个人该不会是我们在火车上见到的人吧？就是从热海站上车的那对夫妻。"

久美子又回头看了一眼，可那把伞已经走进了黑暗之中。"没注意到我们呢。"她说。

虽然回到了房间，但隆志的好心情已经不知丢在了哪里。刚才在一片黑暗中感受到的情绪，让人有一种骤然间的落差，那是某种好似一落千丈的感受。这种消沉感从遇到那对夫妻之时就开始浮现。冷静地衔着烟管、风度翩翩的丈夫，言行沉稳又流露出高贵气质的妻子，一想到他们的行为举止，隆志就陷入了一种难以言说的崩溃。那种坚如磐石的稳定的生活风貌正压迫着他。

"跳舞吧？"隆志说。

来到大厅，只见外国夫妇正在跳着一支探戈。隆志静静在旁观看，等到外国人离开，换上吉特巴舞，他才舞动了起来。必须是这么激烈的舞蹈才行，否则就无法排解这种情绪。他想要为自己鼓劲。

五

翌日，从阿苏出发到达熊本，两人去参观了古城遗迹。没什么让人眼前一亮的东西，他们慵懒地在城市中闲逛。

下午乘火车下行。所谓的下行，就是去往更南端，距离东京越来越远了。

几个小时之后，到达了名叫日奈久的车站。这是笔记本上的第二条线路。

旅馆靠海很近，是一栋被白色围墙环绕的大屋子。

女服务员带他们进了一个宽敞的套间，有十叠大的房间、六叠大的休息室和一个放着会客室家具的小房间。看来是一见到两人的穿着，就立即带去了最高级的房间。

在苏峰①落款的书轴前,香炉冒出缕缕青烟。

"两位是从东京来的吗?"女服务员看着登记簿上的字说。隆志不禁露出慌张的眼神。女服务员小心翼翼地笑了。"因为很难得有东京的客人来。"女服务员原来只是想套近乎,还介绍了一下附近值得一玩的地点。在登记簿上写了东京,真是失策啊,隆志想。

这个时候,警方的搜查会覆盖到这里来吗?家乡、熟人、朋友,那些地方肯定已经被彻底清查了。犯人可能会在附近流窜——隆志想起报纸专栏上的一句话。当局要是明白这么搜查没希望的话,肯定会重新调整追踪线索的。不,或许已经开始这么干了。一条看不见的线说不定早已经伸到了身边。

还有两天啊,他想。

屋檐下是一片星空。久美子一直盯着大海的方向,可从这里不怎么能看清。

"要不要去海边?"隆志邀请道。

久美子老实地跟着去了,她也没什么精神。

海边吹着冷风。一远离屋舍,就看不见其他人影,只有强烈的潮水气味。隆志把手搭在久美子的肩膀上。

---

① 德富苏峰(1863—1957),日本作家。

她颤抖得那么厉害，甚至从肩膀传到了隆志的手掌上。

"太冷了。"久美子辩解似的说。

风确实很冷。远方有黑黑的小岛，居民家的灯火犹如随着空气摇晃，一闪一灭。

"回去吧，会感冒的。"隆志说。

"会感冒"这种说辞也太不自然了，气氛变得尴尬。"没关系，再走一会儿吧。"

她沿着海岸走去。在旅馆听女服务员说过，这片大海是到了夏天就会漂起"不知火"[①]的有明海[②]。

还有两天就要死了啊。隆志很想这么说，却发不出声音。一旦说出口就显得太残忍了。久美子一定也感觉到了。隆志觉得现在没必要说了，在感情层面已经交流过太多次了。就算要说，也应该说："我们现在就死。"

对面小岛的灯塔上灯光闪烁。

隆志想起来这里的列车上还透过车窗看到了羽田机场的航空管制灯，当时他们刚逃离东京。

没想到死之前的奢华旅行会让人的心情这么消沉，完全出乎预料。他期待的是人生最后的满足感。他本打

---

① 日本九州地区传说中的海面怪火，在八代海和有明海一带出现。
② 日本九州最大的海湾。

算将一名穷酸上班族未竟的梦想实现，在三四天里将一切燃烧殆尽。曾经妄想过的事情，有一部分的确成了现实，可是那种满足感像是从指缝中溜走一样，很快消逝不见。

他不明白这是为什么。然而，能够确定的是，这种感受并不是自然而然地从他心中流露而出的，那是因为他被某种阴云遮盖了。那是靠自己无法战胜的东西，是某种更为充实的东西所带来的阴影。隆志认为就是那对夫妻……

对面燃起了红色的火焰，黑沉沉的松林中冒出了火光。"去看看吧。"久美子说。

人在这种时候，自然想要追寻更温暖的色彩，毕竟海岸边连一点渔火都看不见。

那火光原来是在烧烤。在海风吹拂的松林下，一间临时棚屋旁点着火，火上架着大大的炉灶，一位老人正在加柴火。星空之下，红艳艳的火苗显得比之前见到的任何东西都美。

两人静静地观看了二十分钟左右，往回走。

旅店的女服务员问："这么冷的天，你们去哪里了？"

"去看别人烧烤了。"

听到这个回答，女服务员瞪大了眼睛："是嘛，竟然走了那么远。"

"喝点儿酒怎么样?"隆志说。

他本来不喜欢酒,以前也没喝过。"好啊,我也来一点。"久美子说。

在他们漆黑的心中,或许把酒当成了刚才见到的炉火。当天晚上大概两点左右。隆志被某个声音叫醒。

"实在抱歉。"是一个压低了嗓音的女声。

一旁的久美子也睁开了眼睛,隆志打了个哆嗦。

"真是对不起,有警察想见一下所有房间的客人,只能劳烦两位了。"

女服务员在移门外小声说。

隆志的脸色变得苍白,心脏怦怦狂跳,一股血气冲到头顶,连指尖都颤动起来。他想说些什么,却卡在咽喉。等一等啊,等一等啊!他心中如此叫唤着,说出口的话却是另一句。

"请进吧。"

竟然说出了口。这种急中生智似的伪装实在太容易被人揭穿了,连自己都不忍直视。久美子起来,赶忙收拾了一下,打开了明亮的电灯。她一脸担心地盯着隆志。

移门打开了。"打扰了。"

女服务员礼仪端正，正准备膝盖跪地挪进屋子，却不知被谁从背后叫住。两个身穿夹克衫的男人站在女服务员的背后，打量了一下隆志他们的脸，叫住女服务员的似乎就是其中一人。

男人们小声耳语了两三句，接着，其中一个刑警突然大声说道："真是打扰你们了。已经没事了，请好好睡吧。"

这句话是对隆志他们说的。女服务员道歉之后，关上了移门。听到刑警们的脚步声渐渐远去，隆志的心跳变得愈发激烈。他瘫坐在地板上，一动也不动。要是动一下，心脏恐怕会破裂。

"你怎么了？"久美子问。

她的嗓音中满是惊惧。她肯定也在想是不是追查的就是自己。不过，对她而言，那只是单纯的离家出走被追查而已，至于隆志带着公司的钱正在逃亡这件事，她丝毫都没想过。

隆志开始认真地思考余下的两天里会多么地令人喘不过气。夜晚的空气让肩膀变得冰凉。

到了早晨，送茶来的女服务员连忙为昨晚发生的事道歉：

"听说出了个大案子，犯人好像是一对年轻的夫妻，有消息说他们来了日奈久，所以昨天晚上就在彻查这一带的旅馆。不过听说还没查出来。"

没查出来就好，隆志想。

隆志洗了把脸，坐在能看见庭院的椅子上。今天早晨的天气很好，阳光很灿烂，似乎能感受到外边冰冷的空气逐渐在阳光下融化。

喝着茶，顺便展开报纸。隆志扫视了一遍社会版面，都是当地的消息，根本没有写到自己，就连女服务员说的案子也没登上去。

"啊呀。"坐在对面椅子上的久美子忽然低声惊呼，"就是那对夫妻嘛。"

隆志放下报纸，朝庭院里瞥了一眼。

庭院相当宽阔，有池塘，也有假山，种的树也不少。南国风情的棕榈树正向天空舒展着叶片。

而在几棵树之间并排行走的，正是那对中年夫妻。丈夫依旧身穿端正的西装，嘴里叼着烟管。发型也一样，打理得一丝不苟。看来他正沉浸在清晨散步庭院的愉悦之中，稍稍弯着腰，缓步行走。

妻子则一步不离地陪伴在丈夫身边。她扭动苗条的身姿，仿佛不配合丈夫的步调就不罢休似的，也缓步行走着，在这过程中还不住地关注着丈夫的状况。真是一副恬静又充实的景象。

"没想到那对夫妻也会住进这家旅馆啊。"久美子感慨地说。

"嗯。"

"不知是从哪里来的呢？应该是留宿热海，又来九州观光的吧。真是让人羡慕啊。"

没错，这对夫妻真是让人羡慕。隆志继续凝视着他们。那对夫妻正绕着庭院欣赏池水，水面在早春阳光的照射下波光粼粼。

他们两人的身上满是稳定生活的迹象。无论是丈夫叼着烟管的样子，还是妻子陪伴左右的样子，都好似冬日闲适的阳光一样，蕴含着一种凝固的静谧与温情。他们的感情建立在坚固如楼房般的生活之上，真是让人欣羡不已的中年稳定感。

竟然存在这种人生！隆志感动得几乎要流泪。

丈夫与妻子正在静静地交谈。不经意间，丈夫抬起头来看了一眼这边，可以看到他温柔的眼神中流露出讶异的表情，接着他又对妻子说了些什么。妻子白皙的面庞也看向了这边。啊，他们是在火车上遇见过的人呢，她回应丈夫的时候仿佛这么说。夫妻两人向隆志和久美子投来一个微笑。

隆志感到有一种宛如希望的感情从身体中涌出。

六

"从那之后,你们就再没见过那对夫妻了吧?"检察官问隆志。

"见过。在指宿的旅馆里偶然碰见了,当时还聊了几句。"隆志回答检察官。

"你们聊了些什么?"

"很普通的话题,旅行真好呀之类的。那对夫妻还把我们请去了他们的房间,款待了我们一番。"

"嗯哼。"检察官用鼻音回应,"连指宿都去了,你那时仍打算殉情吗?"

"总而言之,还是按照计划去了指宿。现在回想起来,我要寻死的想法在那时候已经有了很大的变化。"

"变成了什么想法?"

"死无所谓,不死也无所谓。不,或许我是不想死的。还是不想死的意志更强烈。"

"那又是为什么?"

"是那对夫妻让我产生了这种想法。其实我很羡慕他们,好想有一天也能过上那样的人生。就是这种想法。"

"你是带着公司的钱逃出来的,你觉得能实现吗?"

"我觉得能。我会清算自己的罪行,之后我打算拼命努力重建自己的人生。我从那对夫妻身上获得了勇气。"

"所以你自首了?"

"没错。"

检察官盯着隆志的脸瞧了好一会儿,接着掏出一支香烟递给他,自己也点上一支,一字一句地说:

"那对夫妻,说不定还很羡慕你们呢。"

"哎?这又是为什么?"

"在他们看来,你们两个肯定是在天真无邪地享受青春,什么都不用担心。"

"什么都不用担心?"

"没错。"检察官点头。

"比起你们两个,他们身上所背负的重担就重多了。那个男人是贪污了六百万日元的罪魁祸首,是某家公司的会计科长。你们以为是娇妻的那个女人只是酒吧的老板娘,做了他的情妇。你们俩倒是从他们身上获得勇气回到东京来了,他们俩却殉情了,在旅馆吞药自杀。"

隆志停止呼吸、哑口无言的时候,检察官正在给他量刑,打算为他申请缓刑。

黑地之绘

一

【一九五〇年六月，华盛顿特电二十八日发】美国国防部已确认韩国汉城①二十八日沦陷。

【华盛顿三十日发】暂时返美的麦克阿瑟元帅副官艾克上校三十日在国防部发言如下：将派遣四万美军至朝鲜，分别为进驻日本的第一骑兵师团一万人与总司令部直属部队三万人。

【大田特电七月一日发】被派遣至韩国的美军部队将于一日下午到达大田。预测后续还将输送部队人员。

【总司令部二日下午八时十五分发】第二十四步兵师团长威廉·迪恩少将将出任朝鲜派遣美军的总司令官。

【总司令部四日发】美军部队三日晚在韩国前线首次对朝鲜军采取军事行动。

【韩国基地十一日发】美军陆地部队十一日晨在大

---

① 小说发表于1959年，当时的首尔叫作汉城。

田北以压倒性优势与朝鲜军交战，遭受重大损失，十一日正午再度撤退。

【总司令部十二日发】美军撤退至锦江南岸。

【十五日发】朝鲜军十五日夜攻克锦江南岸公州。

【韩国基地十七日发】锦江沿岸的美军十六日被朝鲜军突破前线后，不得已撤退至新地点。朝鲜军在强大炮火的掩护下，向大田发动迅猛进击，并投入了美军前线无法抵挡的大部队。

【十七日发】美军十七日放弃大田机场。

【美国总统东京支局长记】美国在韩国战线继续投入两个师团的步兵部队。

【美国总统特派员于美军第八司令部二十五日发】朝鲜军二十四日夜占领了韩国西南角的海南，并向东部进击，同夜占领求江。朝鲜军在大田南面的行动致使大田与釜山之间铁路南线有可能在大范围的迂回作战中从东面被切断。美、韩两军的补给路线受威胁。

【华盛顿二十四日发】杜鲁门总统增加美国兵力约六十万，为了应对一切有可能发生的战斗，美国二十四日在议会提出了总额高达一百零五亿一千七百万美元的追加支出预案。

*

太鼓祭典的喧嚣声从好几天前开始就传遍了全市的角角落落。祭祀仪式还需配合传统乐器的伴奏，根据习俗，祭典前的几天就会在每条街道分别配备一面太鼓，安放在道路口敲打起来。目的之一是装在彩车上让街头巷尾的小孩们都学会太鼓的打法，另一个目的则是让太鼓的响声如浪潮般覆盖整座城市，营造出祭典前的氛围。炎热的七月十二日和十三日就是每年在小仓举行祇园祭的日子。

祭典之日临近，青年们从小孩子手中夺走鼓槌，鼓声立刻变了样，洋溢着飒爽的活力。鼓手一般是两人一组，他们戴着头巾，将夏季和服的上半身脱得精光，围绕着高台上的太鼓，一边舞蹈一边挥动鼓槌。到了祭典当天，全市各街区的太鼓演奏竞相争艳，对自己的技艺充满信心的青年们挥洒着汗水，奋力敲打。从章法上来说，大多是一种称作乱打的鼓点，像曲艺的伴奏，而声音上则只是不断重复单调的旋律：咚咚咔、咚、咚、咚咚咔、咚、咚、咚。就是这样一个循环，没有其他的变化。闻者则不同，从四面八方传来这种音调，杂乱地钻进耳朵，让人沉浸在祭典的错综繁杂之中。

就这样，太鼓的响声会在祭典到来的几天前充斥在小仓的街头巷尾。白天的艳阳下，响声略带困乏，一到晚上，反倒显得格外响亮有力，鼓声特别活泼。不光在城里能听到鼓声，就连在大约二里外的农村也能听见。从远处听闻这种喧嚣声，感受到的是一种低沉、统一、迟缓、暗藏着妖气的协调之音，置身其外的人比身处其中的人更能感受到祭典的气氛。

乔诺营在市中心一里开外。那里本是战时的临时陆军补给用品厂，美军驻扎之后，就直接征用作补给站了。有整整两万坪[①]，木制的灰色建筑物外建起了白色的混凝土围墙，周围张起尖刺铁线围成的路障，还耸立着以探照灯来回扫视的瞭望台。里面有几百名美军士兵，主要从事士兵装备的修理和军粮生产。时不时会有装满可口可乐瓶的卡车穿过正面的拱门，向火车站驶去。

然而，到了七月初，这个军营里的士兵数量猛增起来。猛增之后又锐减，可立刻又被塞满。士兵们不知从哪里坐着火车被运来，又立即出发去了别的地方，很快又有相等人数的士兵被补充进来。市民们都知道他们要去的地方是朝鲜，可是没人知道他们是从哪里被运来的。

---

① 1坪约合3.3平方米。

就在兵营被充满、送走几个来回之后，七月十日早晨，有一支部队来到了兵营。大概需要五六节车厢才能装下那么多人，他们全都有着黑黝黝的皮肤。很不幸，因为他们很快就要被运去朝鲜战场，所以只能在这里稍作停留而已。很不走运，这批部队都是黑人，驻留那天，刚巧是祭典的太鼓声响彻全市的时刻。

为什么说不走运呢？或者说为什么很危险呢？日本人恐怕是不会懂的，但身在小仓的陆军司令官摩根上校担心不已。他曾经要求市政府当局，让祭典尽量不要敲响太鼓。

市政府当局询问了理由。询问的同时也没有忘记强调，这一传统祭典被称作太鼓祇园祭，是地方文化遗产，而太鼓是祭典不可或缺的要素。司令官摆出一张臭脸，坚称太鼓的声音很扰人。市政府当局则询问这究竟是怎么回事：是因为当地驻扎师团长迪恩少将作为朝鲜派军的指挥官而渡韩，在他离日期间要收敛一些，还是因为美军在韩国受到朝鲜共军的压制，在如今的战况下接到了自行约束的命令而必须叫停太鼓？上校摇摇头，表示原因并非如此，可是也并未明确解释，说法很是模棱两可。于是市政府当局拒绝了这个要求。要是现在叫停太鼓，祭典就会变得无比冷落，更不必说一旦市民把这件事与朝鲜的战况联系起来，一定会民心不安。哪怕是为了安稳民心，鼓舞士气，也很有必要让祭典按照每年的惯例继续实行。面对这样的说辞，司令官只是眉头紧蹙，缄口不言。他在当时没有说出感到畏惧的理由——然而之后很快被印证。

黑人部队于十日抵达。他们是从岐阜县南下的部队，几天之后的命运就是被送到朝鲜与朝鲜共军交战。他们已经预料到了黑暗的命运，很容易想象得到他们正处于绝望的战栗中。朝鲜军已经派出了美军根本无法抵挡的大部队，正一路南下。放弃了大田又从光州撤退，在西南方向又受到压制，美军在釜山偏北地区可以说是抱头鼠窜。接下来的计划是在那里投入黑人部队。毫无疑问，距离上战场只剩下不到五天。他们自己是最清楚的：他们的命运如撒向共军大海中的一抔细沙。

部队抵达的十日，小仓的大街小巷自然已经被太鼓声充斥。兵营就在一里外，刚巧听得清清楚楚。这声音在传来的过程中逐渐协调，好似远处正有一场歌舞盛会。

黑人士兵们想必满心不安地倾听着打击乐的轰响。咚咚咔、咚、咚、咚咚咔、咚、咚、咚……单调的节奏不断反复，旋律恍若成了一段咒语。他们一定瞪大了眼睛左顾右盼，半张着厚厚的嘴唇聆听鼓声。这声音就像森林深处传来的原始人在祭典上舞蹈的鼓点声。这么想来，兵营和城镇之间那一片黑沉沉的区域与晦暗的森林地带别无二致。

黑人士兵们累积在心底的郁愤之情、绝望的恐惧、被压抑的冲动都在太鼓声中被搅拌均匀，奇妙地融合起来，不断发酵。鼓声给黑人士兵们带来了如此明显的刺激。远处传来的鼓乐声就好似他们的祖先在仪式上、在狩猎时敲响圆筒形及圆锥形战鼓而发出的声响，让他们陶醉在祖先的远古血性中。

他们就这样整整两天都在兵营中百无聊赖而又满心忧虑地听着太鼓声。第二天刚巧是城里的祭礼正式举办的第一天，鼓槌的敲打声达到了最高潮。一种鼓躁在他们之间悄然产生。远处传来的旋律恰巧与肉体中节奏性的冲动产生共鸣，他们的肩膀上下起伏，自然而然地随着节拍拍动手掌。黑人那种令人沉醉的舞蹈本能怎么可能不被煽动呢？

黑人士兵们在迷离的状态中听着太鼓声。那单调又原始的乐音在传来的过程中交杂混合，成了统一而沉闷的音阶，不断扩散开去。他们歪着脖子，鼻孔大张，发出粗野的喘息。

兵营周围建着一圈土堤，土堤上筑着荆棘般布满尖刺的铁线围栏。瞭望台的探照灯能照亮整片地面，却没能阻挡士兵在平日里悄悄溜出去。这是因为土堤上到处镶嵌着排水管道，那些管道从兵营大院通向道路一侧的水沟。排水管的直径宽到足以容纳一个大块头在里面匍匐前进。士兵们往往于傍晚通过排水管外出，找个女人过夜，早晨又顺着管道回营。所幸排水管的出入口都是探照灯照不到的暗处，行动很是自由。假如曾在日本旧军队中领教过近乎苛刻的内务规章，恐怕很难立刻接受如此事实。可只要看到过连放哨时都把枪扛在肩膀上、嘴叼香烟坐在一角的美军士兵那懒惰的姿态，这样的小小越轨行为根本不足为奇了。排水管就是士兵们夜晚的通行道。

七月灼热的太阳落下山，天空会有一阵子被澄澈的蓝色光芒笼罩，这道光淡去之后，夜幕就会迅速降临。远处的太鼓声愈发激烈，乘着刚刚降临的夜幕席卷而来。日本人无法理解，这种打击乐器竟能形成一段段透过皮肤直接让身体内部的血肉发生共鸣的旋律。黑人士兵们被鼓声煽动，渐渐变得坐立难安。这咒语般的声音已经萦绕在他们的耳畔整整两天。

风停了，蒸笼般的空气愈发浑浊，刚巧是九点左右。士兵们的身影已经悄悄集中在通行道的入口处。他们蜷曲着高大的身子，在土堤的阴影中蠢蠢欲动。他们一个个钻进排水管，用膝盖爬行。物品碰撞在排水管上发出金属声，那声音并不是来自靴子上的铆钉，而是更沉重的撞击声，是自动冲锋枪的枪托或者腰间的手枪刮擦水管发出的声响。此情此景，与平日里三三两两的白人士兵快活外出的景象大相径庭。

依旧能够听到太鼓的声响。黑皮肤的士兵们在排水管入口处排队，依次进入。他们的肩膀起伏着，踩着拍子一步步前行。自动冲锋枪与手榴弹都悬挂在他们宽阔的背脊上，全副武装。他们想要逃离死亡的恐惧，释放被压抑的渴望的本能：这改变了一切。瞭望台上的探照灯只照亮了土堤上的杂草、碎石路与一部分农田，在隔离带的阴暗处，黑人士兵的身影越来越多。太鼓发出的沉闷音律激发了他们的狩猎者血统。在这场狩猎中，满是从苍白绝望中喷薄而出的漆黑狂喜。

兵营位于小仓市中心的南面。东面有大约四百米高的山脉，西面是更低的丘陵，当中则是相当平坦宽阔的原野。兵营北临城镇，其他几个方位的农场和田野中有零星的聚居处或者村落。农家也不例外，还有在城市郊外地区建造的一批住宅。这是一个闷热的夜晚，民宅的灯火都没有被防雨窗遮住,在暗夜之中连成一片,远远地闪着光。

黑人士兵们以那些灯火为目标前进着。没有一个人熟悉这一带的地理,这与他们几天后性命未卜的状况是相同的。哪怕他们根本无从获知信息,也对海那边的战况非常敏感。他们明白,美军一步一步的败退都与自己的命运息息相关。在满地炮车残片的战场上,自己手脚碎裂躺倒在地的景象,从某种概率上来说,一定早就浮现在了他们的脑海中。距离那种场面成为现实,快则只需一百几十个小时,顶多再多活一阵子。但哪怕是一小时也好,一分钟也好,他们都想让末日临近的意识从脑海中消逝。这种行为近似祈祷。

说到底,响彻非洲大地的原始部落敲打出鼓声本就是仪式中的祈祷。他们的祖先被当作开垦美国殖民地的劳动力而被抓走时,对白人所传播的"上帝恩惠"产生感激之情,为了在作为奴隶的受束缚生活中寻找一丝光明而创作了黑人灵魂乐。其中流淌着的,是非洲原始音乐的旋律,是有别于上帝的、潜藏着某种咒语色彩的祈祷旋律。

太鼓声仍旧源源不绝地从远处传来,那是沉闷而类似咒语的响声。也不知黑人士兵们是否正在为生命的绝望而祈祷。他们不顾前路会出现什么，只是行走着。他们的靴子踏平了草地，损毁了农田，向着民宅灯火的方向行走。狩猎者的血液在他们的体内沸腾、翻涌。这片黑暗，成了狩猎者们潜行的密林。

黑人兵们分成五六人一组或者十五六人一组，并不是很统一。没有一个白人士兵，却有黑人士兵的将校军官混迹其中。他们从兵营西南方位的广阔区域分散到了多个村落中，没人知道那些肩扛自动冲锋枪、背负手榴弹的士兵分成了多少组，也不存在有谁领头或有谁是盲目跟从。他们尽管以各自的小组为单位在行动，组与组之间却毫无联络，更没有发号施令者，彻底分散了。只能说，对战争的恐惧和魔法般的祈祷让总计二百五十人全部成了统帅。

天空晴朗，山头的天蝎座徐徐移动着方位。

前野留吉在家中听到远处人声嘈杂，说话声并不是很清晰。"大概是附近有谁看祭典回来了。"

留吉躲在蚊帐中，从正在阅读的书本上抬头倾听。

妻子芳子正在电灯下为他缝补工作服。他在附近的小炭坑里当文员，炭坑经营不善，不知哪天就会倒闭。

家里有六叠和四叠半的两个房间。房租很便宜，因为屋子太旧，地段又偏僻。附近还有五六户人家，都隔着农田，相距挺远。前方是路，对面是田地。

芳子停下手上的针线，想听得更清楚一点，可嘈杂声很快变作一片宁静。

"是大村家那边吧。"

她只穿了件衬衣，发际却冒出了汗珠。蚊子从耳旁嗡嗡飞过，她将头甩向一旁，看到了柱子上的时钟。已经过了十点。大村家是一百米开外的十五六户人家中开百货店的，无论日用品、点心、水果、酒类还是每天经过三趟的巴士车票都有售。

"回来得可真晚啊。"留吉翻过一页杂志，"祭典到了今天晚上该结束了吧。"

芳子说了句"是啊"。已经听不见太鼓的响声了。

"大门关好了吗？"留吉问。

"我这就去关。"芳子说。

"把门关上就太热了，再吹一会儿风吧。不过话说回来，今晚真是一丝风都没有呢。"

就在此时，远处响起了两记爆炸声。由于位置相当远，声音既小又短促。

"这个时候还放什么烟花啊？"

话音刚落，又传来了一记爆响，声音比之前更轻，感觉像是从晦暗的黑夜尽头穿了过去。

"怎么吵个没完了。"

留吉扔下杂志,伸出手指挠挠头发。不光是烟花声,他又听到了刚才的嘈杂人声,这回似乎是从更近处传来的,可仍旧分辨不出是谁在说话。

隔壁小屋中传来鸡群拍打着翅膀乱跑的声音,狗也吠叫起来。地面响起杂乱的脚步声,还有低沉的口哨声。

房门被敲响的时候,留吉已经在蚊帐中起身,趴着判断外头不寻常的声响究竟是什么。芳子也站了起来。

外面的噪声逐渐平息,但有一句话清晰地飘了进来:"你好,老板娘。"

那嗓音像是从咽喉中发出,显得异常而难明。"老公,是驻军。"芳子对丈夫说。

她并没有感到害怕。附近偶尔也会有美军士兵带着女人经过,有时会来买点儿东西。

"这个时候来,真没辙。"

留吉从蚊帐中爬出来,他只穿了件跑步衫和短裤。他从屋子里窥见外头的暗处聚集了五六个高大的男人。

留吉背后的昏暗电灯在壮汉的瞳孔中反射出光芒。尽管身子还像影子一样黯淡,眼睛却亮得像是蒙了张白纸,这些眼睛全都直勾勾地盯着留吉。

"老板,你好。"其中一人用粗犷而沙哑的嗓音说。五六个高大的身影纹丝不动地堵在大门口。

留吉不说话,点了点头。

"啤酒。"壮汉突然点起单来。

"啤酒,没有。"留吉挥手说。

听到这句回答,静止的身影第一次晃动起来。"酒!"壮汉大喝一声,随着脚步声逼近,一张脸猛地出现在留吉眼前,如同贝壳内壁般泛着光泽的白眼睛在电灯的照耀下闪着光。除此之外,无论鼻子、面颊还是下颚都是漆黑的,只有厚厚的嘴唇显出几分粉红。从他嘴唇中冒出的酒臭直喷向留吉的脸。

"酒,没有,没有。"

留吉摆着手,几乎扇出了风。他这才注意到对方和平时的状况有所不同,便慌张起来——背着枪的人出现在视野中,不安感忽地涌起。

后面一个男人快速地说了几句话,好像狗被掐着喉咙在吠叫,很短促,另外三个人回应他的词语更短。

留吉被一股强大的力量推开了。壮汉们的靴子踩在铺席上,拉开移门闯进了家中。

芳子赶忙跑进蚊帐的一角,不由得惊呆了。一个黑人士兵伸出粗壮的手指指向她,嘻哈大笑起来。蓝色蚊帐旁，身穿白色衬衣的她不住地发抖。黑人士兵们吹起了口哨。

"来嘛，老板娘。"

其中一人用黝黑的手指从下往上撩拨了几下。尽管他们身穿暗绿色的军服，却仍能透过紧贴着身体的褶皱窥见魁梧的身躯、宽阔的胸口和闪着黑光的皮肤。他们死死地盯着芳子，其中一人已经踏上了榻榻米。这轻轻的一踏就让家里的门窗为之一震。

留吉站到了黑人士兵们面前。他的身高只到面前男子的胸口处。他承受着来自头顶的压力，高喊道：

"酒，没有！你们回去吧！"

黑人士兵们的视线转向了留吉。他们的手伸向肩上的自动冲锋枪背带，将枪取在手中。又把战斗帽脱下，丢向天花板。他们的头发像被烧焦了似的缩成一团。留吉脸色铁青。五六个黑人士兵身上散发着强烈的酒臭和野兽般的酸臭。

两个士兵弯腰去了狭小的厨房。从留吉的位置能看到他们手电筒的光摇晃着向那边而去。传来了橱柜翻倒的声音和器皿破碎的声音，这声音持续了整整十分钟。

两个黑人士兵回来的时候，一个人手中提着五合瓶①，并高高举起向同伴炫耀。青蓝的透明酒瓶被猿猴般的黑色手指紧紧握住，瓶底晃荡着两合左右的液体。黑人兵们纷纷赞叹起来。

留吉想起自己喝剩下的一点儿烧酒。与其说是忘了，不如说是完全没放在心上。他以为这批军人只是偏爱啤酒而已。他们现在找出了两合烧酒，让留吉多少有点儿放心，至少算是勉强满足了他们的要求。两合烧酒给五六个人喝，肯定转眼间就没了。留吉的心脏怦怦直跳，观察着黑人士兵们的神色。

他们将自动冲锋枪从肩膀上卸下，丢在榻榻米上，径自盘腿坐下。他们的腰间还缠着手枪腰带，似乎也很碍事，也解开了。圆圆的小腹立刻突了出来。留吉急中生智，从厨房捧来了一摞六只茶碗。他是打算给这些野兽撒点儿饵，以便尽快赶他们走。

其中一人解开纽扣，脱下了暗绿色的上衣。外衣下还穿着相同颜色的衬衫，但泛着黑光的皮肤反倒将衬衫的颜色映衬得愈发鲜艳。同伴们也接二连三地跟他一样脱了上衣。六座巨大的黑色大山出现了。

---

① 五合瓶，日本烧酒常用的玻璃瓶标准。一合为180毫升，五合瓶的容量为900毫升。

两合烧酒只够在六只茶碗中分别倒上少许。这些酒转眼间就流进了他们浅红色的嘴唇，从厚厚的嘴唇边缘滴淌到下颚，闪着光。他们咧开雪白的牙齿，用敦实而沙哑的嗓音加鼻音快速交谈。喧闹声中，挂着蚊帐的房间深处传来了移门关闭时发出的微弱声响，被留吉的耳朵敏锐地捕捉到了。

黑人士兵来的时候就喝醉了。他们之前喝过了，从他们闯入的时候就能看出。扁平的鼻子被粗大的鼻孔撑开，正面注视的时候能感到他们热腾腾的鼻息。

其中一人取过空瓶，向呆站在原地的留吉摆动了几下，说了些什么。留吉摇摇脑袋，他的脸上自然地浮现出卑微的笑容。突然间，酒瓶飞到了半空，击中留吉身旁的橱柜，碎了一地。留吉的脸色变了。

"老板娘！"其中一个人撑着膝盖站了起来。他的眼神望向蚊帐方向，硕大的躯体摇摇晃晃，看来在他盘坐的时候，之前的酒劲上来了，步伐踉踉跄跄的。

"老板娘，不行。"留吉说。

他刚才听到移门关闭的声音，察觉到芳子已经钻进了壁橱。他说不行，只是想表达老板娘已经不在这里了。

"不行？"

黑人士兵跟着重复了一句,接着挺起胸,深呼吸似的耸起双肩。这个男人的眼睛散发出异样的光芒,盯着留吉,那张漆黑、懒散、滚圆的脸上很明确地显露出与日本人互示敌意时的表情。他把留吉的话当成了直白的拒绝。坐着的其中一人突然发出笑声,另一人呼唤其姓名,表示声援。

留吉看着眼前的这个男人脱下了绿色的衬衫,恐惧不已,想要逃跑,却因为芳子躲在壁橱里而只能干咽口水,不敢动弹一步。脱下衬衫的男子裸露上半身,满身漆黑的肉疙瘩,好像犀牛的身体般四处隆起。他的身上像是披着黑色的鞣革,仿佛一动肌肉就会发出吼叫。留吉看到面前的一团黑色的正中央有一只粉红色的大鹫正伸展着翅膀,大鹫的头恰巧在心口处,向上抬起鸟喙,翅膀则伸展至双乳处。

黑人士兵很是自豪地展示了一下他的刺青,将手伸进裤兜,握着取出了某个东西。他面对留吉,耸起一侧的肩膀,略微猫背,手中握着的东西发出"啪咔"一声。伴随着金属的撞击声,弹出了亮闪闪的刀刃。

留吉当场呆若木鸡,血气从脚底冲至头顶。他的膝盖忽然脱力,脑海中只剩下呼救声,浑身汗流如注。

坐着的五个人吵吵嚷嚷地站了起来。他们互相交谈了几句，便迈开大步走进了有蚊帐的隔壁房间。他们切烂了蓝色的蚊帐，用靴子猛踢薄薄的被褥。留吉下意识地做出了动作，抓住挡在面前的那个黑人士兵紧握匕首的手肘，使劲向后拉。

移门被掀翻，传来芳子的尖叫声，黑人士兵中爆发出欢呼声。他们像野鸟般叽叽喳喳，吹起尖锐的口哨。

"老公，老公！"芳子叫喊道。

从留吉站立的位置看不清芳子的身影。留吉抿了抿嘴上的汗水，大喊：

"快逃，快逃啊！"

然而，留吉也明白，芳子的身体已经被黑人士兵按住了，他的叫喊只不过是白费力气。家中的地板发出一声声震响，芳子尖叫起来。黑人士兵发出高亢的笑声，断断续续地交谈着。

留吉突然说了句："MP[①]。"

我要去找 MP 告你们！这是留吉急中生智地从口中蹦出的词语。这句话在黑人士兵身上起到了未曾预料的效果，首先是叉腿站在面前紧盯着留吉的男人，眼神很不安地朝外面看了一眼。

[①] MP，即 MilitaryPolice，指美军驻日宪兵。

与此同时，隔壁房间里的四个人也一个接一个地走了出来，他们向暗沉的屋外窥探了几眼。既然只出来了四个人，就代表一定还有一个人留在里面紧紧地抱着芳子。

他们压低嗓音，互相交谈起来。看住留吉的那个人一边紧盯留吉不松，一边加入了对话。他们的话语很是短促，像是有什么担忧。在电灯光线的照耀下，胸口文着的大鹫那双粉红色的翅膀在黑底之上变得格外显眼。

其中一人跑去了外面，他的脚步声在昏暗的屋外显得匆忙而杂乱。屋子里的黑人士兵们一言不发地聚成一团，似乎正在屏息关注外头探子的状况。

留吉心想，或许还有指望，黑人士兵们或许就这么打道回府吧！一抹希望浮现在脑海中。芳子的嘴巴可能被捂住了，正发出呻吟，只有她那里还在发出激烈的声响。留吉忍住没有呼唤妻子。要是在这个状况下说了不该说的，惹得黑人士兵们恼羞成怒就糟了。他害怕的就是这一点。

探子从外面回来了。这个男人在这群人中尤其高大，背脊非常宽阔。他一边挥着手，一边用低沉的嗓音说起话来。另外五个人瞪大了白眼睛，竖起耳朵听他讲。探子说的内容多半是外面夜色很黑，这一带完全是孤立的，MP的吉普车根本不会开到这儿来。实际上，外面也确实安静得让人会竖起耳朵。

外出查探的那个最高大的男人比谁都更加亢奋,他似乎认为自己上当受骗了,死死盯着留吉的脸,吐了一口唾沫,像被火点着了一样吼叫起来。留吉也明白自己是因为骗了他而在挨骂。留吉绝望了,直接瘫软下去,快要坐到地上。可在那之前他的下颚就挨了打,在目眩中倒地了。

五名黑人士兵朝着隔壁房间鱼贯而入。芳子又喊叫起来。黑人士兵们叫唤着,吹着口哨,踩出纷杂的脚步声。留吉的脑袋里一片模糊,丧失一半意识的状态不知持续了几分钟,当他意识到身体被绳子绑起来的时候,已恢复了清醒。

手被绑在身后,绳子从胸口到手肘都缠得紧紧的。那把弹簧匕首就在他面前一尺左右的地方,插在铺席上,闪闪发光。汗水流进了留吉的眼睛和鼻孔,喉咙干燥得发疼。

黑人士兵们不知在什么时候已经脱掉了长裤,只剩下短裤,五团黑色的肉块在电灯的照射下泛着光。他们已经彻底放心,正沉醉于即将到来的一场飨宴。六人之中一定有一个按住了芳子,芳子发出气喘吁吁的声音,黑人士兵的语气反倒格外温和,似乎在抚慰着她。

五名黑人士兵咧开嘴，露出白牙，嘲笑起留吉来。他们组成了一道隔墙，挡在了隔壁四叠半房间的入口处。尽管站着，却一点儿都不安静，他们不停地活动着身体和腿脚。他们相当急躁，都在等着轮到自己。他们跺着脚，互相拍打着肩背，那脚步声仿佛形成了一种旋律。

即使在这过程中，他们的嘴巴也没有一刻停止过，高声的嬉笑简直没完没了，那笑声中流露出一种紧绷的亢奋。他们情绪高涨，黝黑的脸上像是被刷了一层漆，汗水闪着光。

浑身赤裸后，他们的身体鼓起来，小腹垂下去。像猿猴的身体一样，成了圆筒形。最高大的男人依旧挡在留吉面前，肩膀上下律动起伏。大家都踩着拍子跳了起来。隔壁房间里，那个黑人士兵发出了呻吟声，他们便朝着那个方向大声起哄，嘴里呼叫着各自的姓名，吹着口哨，闹个不停。

壮汉们像是已经无法再忍耐下去，有一个舞蹈了起来，漆黑的胸口用红色线条文着女人裸体的一部分，双乳隆起的胸脯让那幅画看上去更加立体了。他缩起身子，又立即舒展。每当皮肤的褶皱伸缩，刺青上的女阴部位就动起来。露这一手似乎是他的拿手好戏。其他黑人士兵一边抖动着腰腹和腿脚，一边露着白牙，观赏起那男人厚实的胸脯来。黑色鞣革般的底色上，女阴形状的图画泛着桃色，像活物一样蠕动着。

隔壁的黑人士兵呼唤了另一个名字，五人中的一人赶忙去了那边。他是其中最矮小的男人，另外四人在他的背后起哄。轮到的矮小男子挥挥手。

四人又变成了五人，完事了的男人回到了行列中。他很明显混有白人血统，只有他有高耸的鼻梁，皮肤也只是像染上了一层灰色，称得上是个美男。他耸了耸高高的鼻梁，提起短裤，笑嘻嘻地面对众人。接着，他的视线扫过留吉的脸，有一小会儿流露出怯弱的眼神。这个男人的指甲上画着一个淡红色的桃心，还斜着写了一个女人的名字——UMEKO。

芳子像是死了一样，不再出声。只有黑人士兵发出喘息声、呼喊着，在这边五人的喧闹声中，断断续续地传到留吉的耳中。留吉感到有一把火在体内燃烧着。

将近一小时的暴风雨过去了。在那之后，榻榻米上到处都是泥土，杂乱的器物如洪水过境般散了一地。移门和壁橱都倒了。

留吉独力挣脱绳索。这也是多亏黑人士兵已经离开，他的动作才敢大胆一些。重获自由之后，他本能地冲到门口，关上大门。比起提防黑人士兵再次闯入，留吉更担心附近的邻人会偷偷跑来多管闲事。他接着喝了口水，毕竟全身汗如雨下。剧烈的心跳让他痛苦不已，腿软得几乎无法直立。

留吉连滚带爬地上了榻榻米，来到隔壁房间。已经有很长时间没听到芳子的声音了。朝里面一望，一堆蓝色蚊帐上横躺着一个白花花的东西。

芳子的头发如火焰般散开，脖子胡乱地扭向一边，仿佛一块破布那样躺着。她的脸扭曲着，嘴巴微张，露出白牙，已经没了意识。她的内衣被卷起，推到了脖子附近，缠成了一个圆环。胸腹都裸露在外，双腿大张，从下腹部到大腿上都流淌着鲜血。

理智已经从留吉的头脑中飞走。周围的事物开始倾斜，无法分辨远近。他趴倒在妻子的身体上，双手捧住她的脸，摇晃了几下。芳子那失去血色的苍白脸庞上，雀斑显得尤其刺眼，让人不愿多看一眼。

"芳子，芳子！"

留吉继续呼唤，却不能自如地发出声音，那干哑的嗓音难以想象是出自他的嘴巴。

不一会儿，芳子露出痛苦的神情，从唇齿深处挤出了呻吟声。她的脖子动了。她像是要推开压在自己身体上的重负，屈起了背。

"芳子，是我啊！芳子！"

留吉继续呼唤。芳子微微睁开了发黑的眼睑，一双白而无光的眼睛。她似乎已经认出了留吉，却没有回答他，只发出笛声般低沉的喘息。

留吉从妻子身边离开，踏上榻榻米，双脚一点儿都不听使唤，根本无法正常行走。他来到厨房，用小桶装了点水。连如此简单的动作，他都无法自如地做到。他走在榻榻米上，踉跄得把水溅得到处都是，总算回到了妻子的身边。

他把三条毛巾浸入水桶，拧干，手上已经没了握力。接着他蹲下来，用湿漉漉的毛巾擦了擦芳子的腹部和胯下，毛巾被血染得通红。他又拧了一把，重新擦拭。芳子的唇齿间漏出了呻吟，双脚伸直，任他照顾。他嗅到了一股动物的气味。

他像个照顾尿床婴儿的母亲，继续着手上的动作。他甚至联想到了死者在入棺之前被灌肠的景象。他清洁着妻子的皮肤，甚至不觉得现在这一瞬间属于现实，至少他不觉得自己仍身处于现实之中。自己究竟在做什么？为什么会在这个地方？目的是什么？他都不知道了。他感到自我忽地疏远而去，连与妻子之间的距离都变得模糊不清，脑海中的狂躁翻江倒海，那股离心力将他的思维抛掷向四面八方，只留下迟钝。当屈辱和丑陋满溢到极限的时候，反而像是无声的，让人意识不到。

留吉将翻卷在芳子身体上的内衣拉下。她的内裤也被扯烂了。留吉取来她的浴衣，盖在她身上。蚊群肆虐，他又将散了架的蚊帐挂起来。泥土突然散落下来，掉在榻榻米上的声音让他恍然间回到现实。军靴在蚊帐上留下的泥土向他证明了这一切都曾经真实地发生过。真是不可思议，相比榻榻米另一边像陶器一样平躺着的妻子的身躯，周围的痕迹反而更能让人意识到现实。

来到门外，暗沉的夜幕依旧一望无垠，覆盖了森林与农田。远方的天空中略显出光亮，那是城镇的方位。他朝那个方向奔去，气喘吁吁，膝关节嘎吱作响。

不知从哪里传来了烟花的声响。可这时候不可能会有烟花——这与黑人士兵闯入之前听到的声音是一样的。

无论哪栋屋子都关上了防雨窗，也没了灯光。右手边的池塘显出一片蓝白色，黑漆漆的树林挤作一团，微微发白的小路从二者之间穿过。

突然从旁边冲出了两三个人影。留吉大惊。

"你要去哪里？"对方用清楚的日语诘问道。他们头戴钢盔，身上挂着手枪，手电筒的光正面照在留吉的脸上。留吉一阵目眩，心脏像是快要被撕裂似的狂跳。

"你们是警察吗？"留吉上气不接下气地说。

"是啊，发生什么事了？"三名警官来到留吉身旁，这么问，似乎已经预料到发生了什么。

"黑人士兵来了，我正要去派出所。"留吉喘息着说。

"他们还在吗？"警官立刻问。听他们的口气，好像已经知道黑人士兵的事了。

"已经回去了。"留吉回答。

"几点回去的？"

"大约二十分钟前。"

"来了几个人？"一旁的警官问。

"六个人。"

"嗯。"那名警官取出了手册，其他警官用手电筒照向他的手册。

"你的名字？"

留吉没有立即回答。不知从哪里冒出来一股力量阻止他回答，像是被问到了一个难以启齿的问题。

"你叫什么名字？"警官催促道。

留吉只能咽下口水回答："前野留吉。"

警官来回问了两遍住址和姓名，记了下来。

"遭到什么损失了？"警官打量着留吉的脸，露骨地带着轻佻的语调。

"酒……"他像是在避开对方恶臭的吐气，低下头说，"他们闯进来抢了酒喝。"

我究竟是为了控诉什么而冲出家门的？一瞬间，对自己的反问飘过他的脑海——他可不是为了报告这种事情而冲去派出所的。可是，反问激起了另一层反问，好像注入热水中的一道冷水，被深底里更冷的水从底部冲散，这便是他脑海中的状态。混乱的心情急剧地朝着违背本意的方向凝固了。

"只有这些损失吗？"警官再次用手电筒照亮留吉，盯着他，似乎在说：不可能只有这点儿小事吧？

"就这些，只是酒被喝光了。"留吉沉痛地回答。之所以竭尽全力地让语气显得很沉痛，是为了尽可能地强调这种心情，避免除此之外的心情被察觉。他只是表演得符合常识和逻辑，让自己的答案无懈可击。

"家人呢？"

"只有我和妻子两个人。"他回答时听到了脑海中的尖叫声。

"嗯。"警官从嗓子里挤出回应，擦了擦鼻子，"太太没被施暴吧？"

"没有，"留吉立刻回答，"那几个士兵喝酒的时候，我老婆从后门逃跑了。"

警官像是有点儿不满意,并不追问,只是再一次确认了留吉的姓名。警官显然不信,三人没再说话。

"好吧,我们明天会去看看。"其中领头的警官最后说道,他的嗓音很是高亢,"今晚你就回家吧。外面很危险,好好关紧门窗,绝对不能再外出乱跑了。城里的交通都封锁了。"

留吉这时才明白为什么警官们会头戴钢盔地出现在这种地方。

"那群黑人士兵犯了什么事?"似乎并不仅仅殃及自家,这种奇妙的安心感不知为何让他壮起胆来。

"你那里才去了五六个人,可是总共有三百名左右的黑人士兵出逃了。"警官告诉他。

"还没抓着?"他问。

"抓不了。那群家伙带着自动冲锋枪和手榴弹呢,我们根本无能为力啊。"

暗沉的空中闪起一道光芒。光芒消失之际,响起了烟花声。"不知是哪里开枪了?"警官朝那个方向说道。

"MP出动了吗?"留吉浑身打了一个冷战。

"光靠MP远远不够,兵营那边已经出动了两个中队,开来了几十辆吉普车,吉普车顶都装了机关炮。"

警官兴致勃勃地透露，"还偏偏是在祇园祭的晚上，这个余兴节目真够夸张的。"

"只是小小的叛乱吧。"另一个警官也带着几分兴致说。

"MP司令官说了，逃兵要是不听话，就用机枪把他们全歼了。白人和黑人真是水火不容啊。"就在此时，北方的天空亮了起来。"是照明弹！"警官大声喊道。

"有趣。上啊，上啊，把他们全干死！啊，让人回想起打野战那阵子呢。"

零星的枪声也从其他方位传来。留吉终于明白刚才的烟花究竟是什么了。

他一言不发地从警官身旁走开，双腿微微地颤抖着。

"喂！"背后传来警官的说话声，"黑鬼们都逃进那边的山里了，回去的路上小心点儿。"

远远地，总算听到了类似吉普车来回驶过的轰鸣声。黑沉沉的树林和田野间，光芒在闪动着。

回到家，芳子和之前一样躺在蚊帐中，听不到她的呻吟，身体也毫无动静。透过蓝色的蚊帐，妻子那像是干巴巴摆在被褥上的身体让留吉觉得有点儿像妖怪。

空气静止在他离开时的状态中。他仿佛一条回到旧水缸里的鱼，将这陈旧的气息吸入肺中。

他撩起蚊帐走进去。浴衣盖到了芳子耳朵的位置,她滚过几次身,衣服包裹住整个身子:蓝色的绣球花纹样显得满是褶皱,变了形;收拢的头发又散开来。他觉得很难靠近妻子。

整整沉默了好几分钟。芳子虽然看上去像个死人,但留吉明白,她醒着。蚊子嗡嗡叫着掠过他的耳畔,让他感到一股寒意。

他就那么坐着,再也无法动弹。哪怕只是稍稍动一下,四周紧绷的空气也会晃动起来,震起的波浪仿佛会刺痛他的皮肤。可是,并非自己不动就不会打破这种状态。不久,芳子的喉咙中传出了呜咽声。从啜泣声开始,逐渐变得高昂,变成了痛苦不堪的、男人般的号泣。

"芳子。"

留吉的手伸向妻子的身体,是她的号泣诱使留吉伸手的。她俯卧着,不住地挣扎,身体僵硬无比,几乎要把留吉伸出的手撞开。他又呼唤了两遍妻子的名字。与其说是主动呼唤,不如说是被这种情形下的无形力量逼迫而不得不喊。在这种情形下,屈辱的本体显然是妻子,而自己是被连累者。这种尴尬的不协调感促使他不得不与妻子的屈辱贴合得更紧密一些。这种局面,与其说是夫妻之间的因缘关系造成的,不如说是本体与边缘的位置关系制造出了感情上的不平等。

芳子弹跳似的打了个滚,伸出双手攥住留吉的腰带,猛烈的力道让他几乎摔倒。

"我要死,要死。"芳子脸上混着泪与汗,喊叫着。

不知是不是因为电灯刚巧照射在她的脸上,只有鼻梁和额头泛着光,简直像个怨灵。无论是说话声还是燥热的呼吸,都与他所认识的妻子不再是同一个人了。

"还不至于要死吧!"留吉吼了回去,"都是我的错,都是我太窝囊了!"

这句话说完,他没了力气。留吉倒在妻子的身体上,抱住她。妻子在他的臂弯中像小动物一样挣扎着,留吉感受到了她的体温。

"我要死。明天就去死。"

"不许去死!又不是你的错,都是因为我这个做男人的太没骨气。原谅我啊!"

他凑近到妻子的脖颈旁。她猛然抬起下颚,但很快又将眼神投向他的脸。在逼仄的阴影中,她的眼睛闪着光,那是在检验他的眼神。他不知为何张皇失措起来。可是,下一个瞬间,芳子就疯了似的抱紧了他,响亮地哭了出来。

留吉将覆盖在妻子身体上的浴衣掀去。她的腿想从他的控制下逃脱,而他用自己的双腿紧紧抵住。

要用这种行为来将自己同化到妻子所遭受到的屈辱之中吗?留吉在激昂的悸动中再一次感受到自己为了靠近妻子所作出的努力。他的胸膛汗水淋漓。可是,即便动作跟上了律动的节奏,意识的疏离感仍旧没有消除。

昭和二十五年七月十一日夜晚,小仓兵营发生了黑人士兵的集体逃离和随之而来的暴行。想要准确地了解这起事件的始末,对任何人来说都是几乎不可能的,因为几乎所有的记录都被销毁了。

可是,有一个事实是很明确的——他们是二十五师团二十四连队的黑人士兵,大约二百五十人。

他们从晚上八点左右开始离开兵营,散布在夜幕之中。他们持有手榴弹和自动冲锋枪,全副武装。他们袭击了民宅。正值仲夏,有不少房屋都没有紧闭房门,轻易就能入侵。面对武装集团发动的掠夺与暴行,民众根本无从抵抗。

日本警方了解到事态严重性已经是九点左右。可是面对美国的军队,他们无能为力。警察署长召集了全部警员，尽可能不殃及更多市民。从市内到城野方面的交通要道被全线封锁。之后，A报社的新闻广播车向市民通知了险情，警告市民将门窗紧闭。日本警方能够采取的最大限度的应对措施只有如此而已。

黑夜的街道上，广播车大声播放着，来回奔走。即便如此，通告内容还是有所限制：不能说是驻军的集体逃脱，遣词用字很是模棱两可。可是这种模棱两可反倒让市民们更切身地产生了紧迫感。请关紧门窗，请不要外出。新闻广播接连呼吁。

随着黎明到来，城野方面的民宅受害信息接二连三地传来，仅仅正式报给小仓警署的就有七十八件。都是暴行、抢劫、勒索案件，无法放到台面上的妇女被强暴案件则数量不明。案件之中，有下述情形：

> 某公司职员正在家中与二十五岁的妻子吃晚饭，突然间，房门被踹破，闯入四五名黑人士兵，伸出黑手乞要白酒与啤酒。该职员从厨房取来一升瓶装酒，他们便放下枪开始饮酒。该职员趁此机会让妻子爬出窗外，躲进储物室。可酒后的士兵开始寻找他的妻子。其中一名士兵发现妻子已经不在房间里，便使用冲锋枪的枪托殴打该职员，使他负伤，

足足两周后才痊愈。还有一人，妻子与婴儿留守家中，黑人士兵闯入，用满是泥土的军靴将房间踏遍之后，又用饥渴的眼神盯着妻子的身体，其中一人还隔着内衣亵玩了她的乳房。听到门外吉普车的声音时，他们便打破窗户逃跑了。

MP 的行动非常迟缓。有数十名人员曾经来到现场附近，但并不知道他们具体做了什么。不过面对二百五十名全副武装的军人，无能为力也是自然的。逃兵开枪后，MP 也应战了，可是他们明白自己做不了什么。

接着，两个中队的镇压部队出动，他们驾驶着装甲车与配备二十毫米口径机关炮的吉普车前往。部队发射的照明弹照亮了夜空，军用机关枪和自动冲锋枪互射，子弹画出火红的尾光，枪声在森林周边六公里范围内都能听到。

逃兵所属部队二十五师团的 M 准将声称对此全权负责，他提出亲自去说服逃兵并坐上吉普车的时候已经过了夜里十一点。城野北面一带的农田中，一批黑人士兵正在黑暗中彷徨。几十辆吉普车将他们包围，并打开车头灯照射。在一片强烈的光芒中，黑人士兵纷纷从草堆或稻田中站起来。草地在强光下被照得恍若白昼，逃兵们黝黑的身上浑身是泥，只得抱头鼠窜。M准将用扩音器向他们喊话。

数小时后，黑人士兵们只能举手投降，大部分被赶回了兵营。他们背对吉普车，被机关枪的枪口指着，车辆以相当于他们步行的速度一直跟到了军营门口。

谁也不知道他们接受了怎样的处分。恐怕并没有受到处分，或许已经没有处分的必要。不到两天，他们就从乔诺营消失了。深夜，美军的大型卡车载满士兵，沿着小仓与港口间铺设的"十三间道路"呼啸而过，这样的情形根本就不稀奇。黑人士兵们究竟是何时、如何被运走的，没有一个市民知道真相。

"希望市民们不要对本次事件抱有负面的想法，今后继续与美方保持友好。"军营的小仓司令官向市民发表了大意如此、表示遗憾的简短声明，刊登在各大报纸的地方版面了事。

事件过后一两天，有好几个在附近的山中或森林间彷徨的黑人士兵被MP或小仓警署逮捕。他们提着酒瓶或啤酒瓶，踉踉跄跄地走着，疲劳的眼神中闪着哀怨的光芒，像幼儿一样毫不抵抗。

这场祭典已经收场，太鼓的响声也结束了。

二

【仁川一九五〇年九月十五日发】美国海军陆战队及步兵部队十五日在韩国西海岸仁川大规模登陆，正向朝鲜军发动攻击。联合国军总司令官麦克阿瑟迅速接手了作战首席指挥权。

【美军司令部二十六日发】第十军团自朝鲜军在三八线以南发动偷袭整整三个月后夺回了汉城。

【第八军司令部十月九日发】美军第一骑兵师团第一连队已经在开城北面突破了三八线。

【中古洞十一月一日发】从宣川向西北方面进发的第二十四师团所属部队一日进出了距离中朝边境直线距离二十二公里以内的地区。

【第八军司令部十一月四日发】第八军当局四日确认在朝鲜西部战线参加了与至少相当于两个师团的中共部队[1]的战斗。

【华盛顿十一月三十日发】杜鲁门总统在三十日例行记者会上坦言"美国政府为了应对朝鲜的新危机，正考虑在有确凿必要的情况下对中共军队使用原子弹"。

---

[1] 指中国人民志愿军。

【平壤十二月一日发】驻平壤联合国部队二日夜晚开始从该市向南撤退。

【东京】美第八军虽然于五日从已放弃的平壤向南后撤，但是东面依然受到中共军队百万前锋部队的威胁。

【兴南十三日发】位于东北战线狭小桥头阵地的联合国军十三日从兴南港撤退。然而此乃分秒必争之际，在长津地区被联合国军逼退的中共军队据称正为了给予联合国军最后的压力而在集结。问题在于，面对位于俯瞰兴南港的雪山中的中共军队的攻击，联合国军能否平安撤退？第十军各部队兵力推定为六万。根据前线报告，第十军各部队已经从十万中共军队的包围中逃脱，到达了东海岸，其中还包括进出东三省地区与朝鲜边境的美第七师团第十七连队。

【美第八军前线十二月二十九日发】美第八军情报将校军官根据过去数日的战况判断，中共军队一部已经突破三八线，可以认为已经进入了开城及高浪浦地区。

*

一九五一年元旦，各大报纸的头条都刊登了麦克阿瑟给日本国民的信。他在信中提及朝鲜目前的战况，声称只要是威胁世界和平的人，无论是怎样的侵略者，美国都会下定决心将其击退。可是短短四天后，报纸上就刊登了如下报道：由于中共军队已经跨过三八线，美军不得不再次放弃汉城，后退至水原、原州一线。

到处都有传言说数不清的美军士兵战死的遗体被运送到了北九州。尽管一部分是风言风语，但也有表面的实感。这些传言大概是从去年秋天开始传播的。

一艘潜水艇停泊在彦岛海域，正在处理战死者的尸体。由于普通民工不愿参与，只能从门司、小仓、八幡等地找来了殡葬从业人员。

最初的传言听上去很不可信。不过，在殡葬从业人员被征召或火葬场业务被讨论之前，人们已经几乎认定就是这样了。因为那是美军的机密，所以一切听上去都是那么神秘，那么合理。

随着日子一天天地过去，传言也开始一点点地增添了真实性。

紧靠邻门司崖壁的潜水艇会将大量士兵的尸体运上陆地。这种作业大多是在夜间进行的，尸体被冷冻在船底，几乎被冻成了固体。由于它们的样子很像鱼干，负责装货的民工们便把那些尸体称作"冰鳕鱼"。

据说"冰鳕鱼"的数量多得惊人，每次都会有好几辆灰绿色的军用卡车开来，要将它们全部装上去。尸体根本不会被装进棺木，只是卷上一层被子就堆起来。尸体堆上再盖一块外罩，以避人耳目，卡车在深夜的道路上全速疾驰向小仓的补给厂。

于是，"战死士兵的尸体处理在补给厂的建筑物中进行"这一流言继续传播。到了这里，殡葬从业人员就退场了，轮到从事这行业的特种民工接手。由于是特殊工种，超出常理的高额日薪引起了众人关注：据说不是按日发薪，而是每处理一具尸体就支付八百日元。

八百日元。也就是说，一天处理三具就能拿到两千四百日元，这足以让耳闻的人目瞪口呆了。是相当高的收入。极高的工价自然让人想象这工作要面对多么凄惨的场面。要亲手去处理那些四分五裂的尸体、腐烂的肉片，这种惹人厌恶的想象很具有官能刺激。如此刻骨铭心的体验，确实值得极高的报酬。

哪怕给再多的钱，这种工作还是免了吧！大多数人在他人前都会这么说。可是，很快地，报酬丰厚这一点就让人们的想法从猎奇变成羡慕，这想法像血球细胞一样分离，又凝固。毕竟钱来自正在打仗的美军，支付那样的金额也是理所当然的。谁都不会质疑一具尸体值不值八百日元这个金额。

有人很快认出了处理尸体的劳工,他身上会散发出异样的臭味。举例来说,要是他坐在电车上,那么光凭他身上的气味就能识别出他是处理尸体的人。臭味无疑是最惹人生厌的味道,不过那可不是尸臭,而是强烈的药物臭味。可以想象闻到的人在电车座位上掩面作呕、脸色铁青的样子。不过即便在这种场合,每个人的大脑中仍旧没有摆脱一具尸体八百日元的算计。

随着一天天过去,计算的数额一点点得到了修正。工资没有那么高,通过口口相传得知顶多也就日薪六百日元左右。这就意味着从朝鲜运来的战死者尸体的确数量惊人,希望被尸体处理所录用的劳工数量也在不断增加。风言风语终于变成了铁打的事实。

广播播完晚九点的新闻,时常会加播这么一段:

> 各位登记劳务人员,如需申请驻军相关工作,请在今晚十一时前到小仓市职业安定所门前集合。

那么过了晚上十一点会介入怎样的工作呢?听广播的大部分市民是不知道的,其中有人知道那是与运输和处理战死者尸体相关的工作,但是知道具体是什么工作内容的人很少。

广播里的通知并没有持续太久。朝鲜战线因中共军队反攻，美军一路撤退。这绝不代表战死士兵的数量已经减少到不需要劳务人员了。这代表已经不再使用广播临时募集劳工，驻军的尸体处理工作进入稳定状态。

事实上，已经可以确认尸体处理所就是城野补给厂大片领地中建筑物的一部分。那些建筑物在旧陆军时代也曾经是补给厂，其中三栋两层楼和二十栋仓库由于太过陈旧而用于尸体处理。

建筑物入口处写有"尸体处理班"的标识，简称A.G.R.S，被日本劳工戏称为"艾吉雷斯"。

建筑物周围的空地上有不少装着尸体、被运来的棺木，胡乱地堆成山。臭气在有风的日子甚至能飘到附近的民宅，在降雨的日子又沉淀下来，蔓延到整片土地。

A.G.R.S 被双重警备队守卫着。普通的补给厂与尸体处理班的建筑物之间会站着警卫兵，内部还有哨兵来回走动。他们都戴着塞满厚厚纱布的口罩。可光凭那点儿防护，根本无法抵御强烈的臭味。他们只能尽量背对着那些死亡建筑物而呼吸，嘴里咀嚼着薄荷味极强的口香糖。

A.G.R.S 的建筑物被分成三个区域，三者对于不同的工序都是很有必要的：一个是用来对尸体进行外部处理的地方；一个是用来进行内部处理即解剖的地方；剩下的那一个，就是储藏尸体的仓库了，当然，仓库的规模是最大的。

刺激性的臭味充斥了整个停尸间。为了消除尸臭，为了防腐，福尔马林气体像浓雾一样弥漫着，刺激着眼睛，给鼻子造成极大的痛苦。这里的日本劳工也都穿上医生的白大褂，还分发了口罩和手套。不仅如此，连内衣都是统一分配的，一天换三次。假如一天不换三次，根本没法摆脱臭气的侵蚀。

然而，口罩不必多说了，就连薄薄的橡胶手套，最终对日本劳工来说都成了碍事的玩意儿。他们渐渐变得习惯起来，面对死尸，面对臭气，那些老练的劳工逐渐适应了。"要是拘泥于这些表面功夫，根本别想好好干活。"他们说。

从仓库的冷冻室把尸体扛过来是他们的工作之一。尸体都像装在壁橱里，整整齐齐地收纳在架子上。总共几百具尸体，都躺在抽屉中，呼吸着冷冻的空气。

将尸体搬运到外观室并放置在处理台上，是劳工们第一阶段的工作。工作台分为两列，每列十二台。至于放到哪个台子上，都是由军医努着下巴或者伸出长长的手指来作指示。尸体仍穿着军服，可没有一件是完整的。军医会对着摆上新尸体的处理台敬个礼，劳工们也有样学样。

一直到除去外衣、脱掉内衣，都属于劳工们的工作范围。而蹲下来面对这些受了伤或支离破碎的战死士兵，就是美军医生们的工作了。劳工们把脱下来的衣服塞进箱子就退场了。这些沾染血肉、化作一片漆黑的可怕布片，将被搬运到十公里以外的深山里，在前日本陆军射击场遗址统一焚毁。

外观室里曾有大约三十个日本劳工在工作。他们必须等军医检查完尸体，再送去解剖室。检查非常精密，且耗费很长时间。军医们仔细调查，中士们负责记录。尸体的胸口会挂着黄铜制的铭牌。就算颜面被损毁，那些雕刻着凹字的饰物还是会像办仪式似的被排列在同一位置。当然，上面刻着的是编号。铭牌又被赋予了"狗牌"的爱称。编号是千万位数的一长串数字。

自然也会有没了"狗牌"的不幸尸体。铭牌主人的身体大多已经没了原形，那就只能仔细地调查身高和齿形，照X光片。中士们需要从尸体主人生前及出征前所记录的资料中辨认出他的身份。这是非常细致入微的鉴别工作。资料中的数字是当事人存活时的痕迹，而躺在处理台上的躯体只是死后的遗物。

漫长的确认工作结束后，中士就会命令日本劳工把尸体送去内观室。这时，两三个劳工就会把全裸的死尸搬上运输车，送去下一个房间。

这个房间里也有将近三十个处理台，分成两列。这里的器械看上去像解剖室一样复杂，但要做的不是解剖，而是组装。

尸体有着各种各样的形态。子弹会将一个人撕裂，腐败会让尸体显得愈加惨不忍睹。把这些令人不忍直视的躯体与四肢修复，然后组装成活人的形状，就是这个房间的"美丽职责"。军医会用手术刀将尸体切开，取出有可能导致腐败的脏器。处理台上流淌着水，发出清澈的潺潺声。潺潺的流水会聚成一个水洼，接着变成一条水流，流向下水道。脏器就在那片水洼中互相纠缠，随波逐流。将四肢组合起来是非常困难的，是需要熟练技术的工序。军队所属的技术人员将破碎的部分收集起来，像考古学家凭借陶土器的碎片复原一把壶那样，创造出完整的人。

必须给予死者安详的睡眠容貌，让他们以被上帝召唤而去的平静表情来面对祖国的家人，这也是一种礼仪。这便是死者的权利。死者并非"虚无"，他们无疑在彰显着自己的存在。

为了避免尸体进一步支离破碎，取走脏器的空洞处会塞满防腐剂的粉末。接着将大腿分开，从髂动脉注入混有福尔马林溶液的升汞水①。吊在头顶的灌注器中装满了透明的淡红色液体，然后通过导管注入尸体的皮下。于是，苍白的死人脸很快有了漂亮的血色，仿佛恢复了生机。容器中的液体逐渐减少，看上去像一块浅红色的玻璃逐渐向下滑动、消失，而死者也逐渐被注入了"生命"。红彤彤的脸颊又被涂上桃红色的面霜，整张脸恍若熟睡中的活人，有了光泽。

解剖室其实就是让死者复苏的房间。那些丑陋的裂痕都被缝补，伤痕都被掩盖，丝毫看不到苦痛的迹象。好像他刚说了声"晚安"，现在刚躺下而已。就这样，给死者化妆的工作完成了。接着他们会躺进卧棺。棺木底部配有床垫，四壁都贴着铜板。死者被两条柔软的毛毯裹着，四周的缝隙都被纱布、脱脂棉和干燥剂填充，身体被撒上富有芳香的防腐剂粉末，只有脸部上方打开一扇玻璃小窗，让他与熟人打声招呼。每个豪华的棺木价值三百美元。死者享受着这份奢侈，坐上军用机，荣

---

① 升汞水，即氯化汞溶液。

归祖国。

这样的制作技术——整形和注入药物的工序全部是由大约六十个军方专家一手包办的。战争不断扩大，数不清的阵亡士兵被送到了位于北九州的这个基地，专家也从东京派遣到这里。他们是直属远东军的。无论是军医、中士还是日本劳工，背地里都被称作"送葬人"。

即便送葬人越来越多，集中在 A.G.R.S 的尸体还是越积越多。美军一度将共军逼退的时候，曾将此前撤退时埋在地里的战死者尸体挖掘出来送回基地，那些尸体大多是用橡胶袋或帐篷包裹起来的，里面的物体有一半已经化为白骨，其中还混杂着肚子鼓得像木桶那么大的巨人状尸体。如今这些尸体当然已经算是新鲜的了，美军越过三八线，被中共部队再次击退后，最新鲜的死者无疑就是这些。

仓库的整理架上只能收容大约三百具尸体，每天的处理数量到八十具时已经是极限了。军医们终日烦躁不堪。

可是，真正烦躁不堪的或许是那些正在排队等待的死人。那些在外面堆成山的死者渴望着赶快被收进抽屉，让冰冷的空气将自己的身体冻起来；架子上的死者则渴望着赶快从这里出去，接受化妆。死者们喃喃细语着，控诉着自己遭遇的不公。

军用飞机和轮船仍无止尽地将新的尸体搬来。

牙医香坂二郎留意到，自己每天早晚都会偶然与一名劳工坐上同一辆电车。

电车是来往于小仓市内外的小车。每天早晚，都要载着上班族与学生开往城市的众多角落，总是非常拥挤。可是即便在电车不怎么挤的时候，那个劳工也必定会站在售票员席旁边吹着冷风。那个男人身穿草绿色短外套，裤边卷起，脚穿军靴。一看他的装束，香坂牙医就明白他是兵营里的驻军劳工。不光如此，连他是A.G.R.S的雇员也看出来了。牙医之所以知道，是因为他本人就是在尸体处理班任职的日本医师。香坂二郎并不认识他的脸，这其中另有缘由。

那个男人看上去三十五六岁左右，压瘪了的制帽下，留长的头发显得乱糟糟的。他毛孔粗大，脸色毫无光彩，也从没笑过。或许是因为没有展露笑容的对象吧，他总是孑然一身的样子，一双呆滞的眼睛茫然地转动着，眺望着车外。

香坂想过总有一天要跟这个男人搭句话。在回程电车终点站下车，那个男人背对他行走时，他追了上去。

"你家也是往这个方向吗？"香坂见路人已经变少，

搭讪道。

"没错。"那男人没有放慢脚步，回答道。

道路一头的农田已经上冻，一阵寒风掠过。"你是在艾吉雷斯工作的吧？"牙医加重口气问。

"没错。我认识医生您。您也知道我在那里工作吗？"

那男人的视线微微闪烁，抛回一个问句。他的眼角挤出了带着雀斑的皱纹。

"我不认识你的脸。"香坂回答。

"那你是怎么知道我的？"

"因为你身上有尸体的臭味。"

"可我从不脱口罩和手套，每天很小心地换内衣。"

"没用的，已经渗进你的指甲和毛发里了。"牙医说，"你是什么时候来这个地方的？"

"三个月前。"

"你竟然能狠下心做那种工作？"

"因为我失业了。我工作的炭坑因为产能不足倒闭了。我只是个文员，即使去别家也赚不到什么大钱。"

"摆弄尸体这工作就那么来钱吗？"

"每个月工资有一万六千日元。兵营里的劳工都盼着去艾吉雷斯工作呢。"

"的确是这样，我还听说东京的失业者专门为此来小仓呢。不过,我听说的是有可能一天拿六七千日元呢。那么,你已经适应那工作了吗?"

"勉强还行吧。刚开始差点吐出来,我刚吐了点儿口水,就被中士骂了个狗血淋头。"

"你算不错的了。"牙医说,"还有人因为侮辱尸体被开除掉了。哦,你是往这个方向走吧?"

来到了岔路口,他站住了。那男人点点头。"好像我以前没在附近见到过你?"

"我是一个月前刚搬来的。"

"之前呢?"

"之前住在三萩野,在补给厂的附近。"

"亏你能在这里租到房子啊。"

"租了一间农房而已。"

"家人很少吗?"

"只有我一个人。"

牙医像是要确认男人的年龄,打量他的脸。

"太太呢?"

"分了,一个月前。"

劳工留下草绿色上衣的背影,走远了。冰冷的云在暮色中沉淀,他朝着暮光,看似很冷地蜷缩肩膀,略微前倾地往前走。

第二天，香坂牙医想去找找昨天那个劳工，却因为工作繁忙没能实现。他的工作是从部分尸体上调查齿形，然后对照资料中所记载的情况来确认死者姓名。无数个下颚在他面前堆成了山，牙医忙得满身是汗。

工作总算告一段落，他打算去完成那件一直挂心的事。身旁的"人类学家"轻轻吹着口哨，他刚完成对白骨头盖的测定。

"不行啊，这个也是朝鲜人。"

牙医对他的话充耳不闻，站了起来。那个男人似乎不在这个房间里，他又走向隔壁的解剖室。

大约三十个日本劳工在那里工作。要在其中找到那个男人是很容易的，只要在仔细戴着口罩和手套的人之中辨认就好了。

那男人将黑人死者从解剖台上搬下来，正准备运给"送葬人"。牙医用手指碰了碰他的肩膀，他只将眼神转了过来。他眼角的皱纹很有特点。

"很熟练嘛。"牙医小声搭话，"你不怕死人吗？"

"不怕，因为黑人很多。"劳工回答说。

这回答让牙医有点儿吃惊。一般来说，透出灰色的黑人皮肤应该更让人毛骨悚然。

"是嘛，黑人是挺多的。"牙医环顾四周，不置可否地表示同感,"你在看什么?"

"刺青。"

黑人的皮肤有些退色,只有文出来的红色图案格外清晰。有的图案画了人,有的画了人体部位,有的是鸟,还有文字组合,五花八门,位置大多是隆起的躯干和手腕。

"外国人的刺青没有日本人这么强调艺术性。"牙医说着,感受到了他的某种眼神,"你对刺青很有兴趣吗?"

"只是觉得有趣。"劳工的眼神毫无笑意地回答。

"虽然很有趣,但内容真是幼稚到极点。哎呀,那是个舞女吧。"

牙医从解剖台的旁边望去。一个脑袋裂开的死人,从胸口到腹部都画着草裙舞女。他的大腿上正被注入福尔马林溶液。

"医生。"劳工开口了,"这群黑人的脸都长得一样,根本分辨不出来。可是,有刺青就立刻能区分了呢。"

"是啊。用刺青鉴别的方法,我们也在使用,和齿形、身高、X光同时进行。"

"那么,你们的资料上也有刺青记载吗?"

"有啊。"

牙医刚回答完,就再次注意到了他直视自己的目光。可是，他又默默地干起了手头的搬运工作，牙医只得离开。

那天下班后，牙医再次看见劳工在电车售票员席旁吹着冷风。牙医下车后追赶上了劳工："我还不知道你的名字呢，怎么称呼？"

"我叫前野留吉。"劳工的手依旧插在肥大的外套兜里，回答道。"你对黑人士兵的刺青很有兴趣，对吧？"

"我正在寻找。"

"寻找？"牙医产生了兴趣，"说不定资料上会有记载。是怎样的刺青？"

"不，不用了。"劳工留吉来到岔路口，留下这么一句话，"我一个人知道就好了。"

香坂牙医渐渐期待起与前野留吉同行。留吉看上去有满肚子话，却不肯说，毫不亲切。他的脸色也总是铁青，皮肤既粗糙又干燥。所谓的生气似乎在这个男人身上一点儿都找不到。可是牙医看得出那并非源自生活的疲惫。牙医之所以很想和这个不讨人喜欢的男人对话，是因为他的身体中流露出难以捉摸的倦怠感。

牙医很快就把想法付诸行动。下了电车，几片街区之间的乡下小路是他们的"老地方"。有时天空只是一片暗沉的背景，有时猎户座正沿着山的一角爬升。

"你说和太太分手了。"牙医某一天问道，"是因为关系变差了吗？"

"我和我老婆都不愿意分开。"留吉说。

"那又是为什么？"

"情势所迫。"

"看来是说来话长啊。那么你们难舍难分吧？"

"不，我们都想早点儿分道扬镳。不知道她现在过得怎么样。"留吉小声说，接着又沉默了。牙医心想，更深的缘由，恐怕只有这对夫妻身边的人才能知晓了。

"你一个人能赚一万五六千日元，够了吧？"

牙医在另一个场合多管闲事地打听。

"算是够了。"留吉弓着背，边走边回答。

"花在什么地方呢？"

"并不花在什么地方上。我租了间农房，回去之后只是在床上躺着。"

"什么都不干吗？"

"只是睡觉。"

牙医有点儿惊诧地望向留吉。他的目光依旧迟钝，侧脸显得毫无生气。

"那你赚那么多钱没意义啊？"

劳工并没有回答这个问题，对牙医说起别的事：

"工会说，为了改善劳动者的待遇，要搞抗议斗争。"

"我知道。"牙医说，"不过多半是白费劲儿。"

"有两个很坏的中士总是欺负日本人，工会想向司令官提出换人的要求，假如上面不答应，还打算闹罢工。工会的代表正在劳工中间到处游说。"

"那两个人真的很坏吗？"

"有很多人都挨了他们俩的打。要是被他们俩看不顺眼，很快就会被开除。"

"中士根本没那种权利吧？"牙医歪着头问。

"是可以通过合法手段做到的。"

"怎么做？"

"比如说，送东西给劳工，军需物品，比如香烟或者毛毯之类的，甚至连给门卫看的通行证都会帮忙签好，无论怎样谨慎的劳工都会欢天喜地地带回家。那两个家伙随后就会立即打电话给MP，说日本人把军需用品私自带回去了。MP再联系日本警方，刑警就会以违法持有驻军物资的罪名抓人，然后以此为由解雇。"

"就连有签名也没用，真是漂亮的陷阱。完全利用了《敕令》第三百八十九条啊。"牙医说。

"白人都很歧视有色人种啊。日本人像兔子一样掉进了陷阱,他们看着,一定吹着口哨沾沾自喜呢。告到司令官那里去也是没用的。区区罢工,根本吓不到他们。他们完全没把日本人放在眼里。"牙医接着说。

"我也一样,仅仅因为我是日本牙医,在工资上就受到了歧视。倒不是说特别低,可是那些澳大利亚人、匈牙利人,只要是拥有美国人权的,报酬就格外高。论技术,我觉得自己的水平更高呢。与其说是因为国籍不同,不如说是对有色人种的歧视。"牙医说到这里,放低了声音,"怎么样,你也注意到了吧?战死者的尸体当中,黑人士兵也比白人士兵多得多吧。"

留吉抬起视线,作为回应。

"根据我的推测,尸体中的黑人士兵占了所有士兵的三分之二,白人士兵是三分之一。也就是说,黑人士兵的数量是压倒性地多。这就意味着黑人士兵总是被安排在战争的最前线。"

又来到了熟悉的岔路口。留吉似乎想说些什么,却欲言又止,一个人走开了。直到他离开自己身旁,牙医才感觉到鼻尖飘着一股淡淡的腐臭。

翌日,香坂牙医仍旧与死尸们战斗着,准确地说,是在和那些下颚战斗。几十个下颚像装饰品似的,上面都装着牙齿,散乱在桌上。他需要一一测量,根据牙齿来识别出那些人的姓名。卡车依旧每天前赴后继地运来死者。无论是活人还是尸体都令人焦躁不堪。

"你说得对,黑人士兵的确很多。"留吉在回家的路上对疲惫的牙医说,"照你的说法,真的能推断黑人士兵都被安排到最前线去了吗?"

牙医像是见到稀奇事物似的,注视起留吉的脸来。这个无精打采的劳工的表情虽然没变,却流露出了一种奇妙的活力。

"我是这么认为的,从比例上来说。"牙医已经很疲劳,语气冷淡地说,"朝鲜战争中的美军,白人的数量比起黑人,绝对是压倒性地多。可是战死者的尸体的数量,比例竟然会倒过来,肯定是因为战线上的配置不同。难道不是这样吗?"

留吉既没有赞同,也没有反对。他保持着沉默,只发出脚步声。因为他的脸再次面朝前方,牙医也搞不清楚他究竟是不是在思考。

"黑人士兵知道自己遭受了如此对待吗?"

过了一小段时间,牙医才开始深究这个问题的含义:

"你是想问,他们知道自己会被安排到战争最前线的那些位置上去吗?"

"我说的是,送死。"

留吉把自己的表述订正成了更激进的用词。

牙医露出不快活的表情，故意用与前言矛盾、模棱两可的说法回应：

"只能说他们不走运吧，也死了不少白人呢。"

"可是，"劳工的口气很强硬，"他们一定认为是去送死吧，因为他们是在一路溃败时被送去朝鲜的。"

"谁知道呢。"牙医也因为不悦而变得固执起来，"他们应该是坚信美军的优势，没有想太多就上了前线吧。"来到岔路口时，劳工似乎已经无意反驳了。

"那群黑人也很可怜啊。虽说可怜，但是……"他喃喃自语着，自顾自背对牙医走开了。牙医从他的肩膀上再次嗅到了腐臭。

李奇微代替被罢免的麦克阿瑟担任远东军司令官之后，美军与共军的战线边界逐渐胶着在三八线上。从二月开始，就听到关于停战谈判的零星传言。

可其实那时的 A.G.R.S 忙碌到了极点。这是因为此前都在作战状态，而此时总算有了更多空闲去回收那些支离破碎的战死者的尸体，所以被运送来的尸体的数量再次激增。当然，釜山也有简易的设备，可是如果要认真地向死者和美国市民表示敬意的话，还是必须送到小仓的 A.G.R.S，因为在拿着高薪的送葬人队伍里，每个军医都对自己的教养感到无比自豪——拥有着人偶师般熟练的技术。

到了这个时期，尸体不再是匆忙地用帐篷布包一下就送来。尽管质量有些粗劣，但总算能装在木棺里运输了。那些空木棺在空地上堆积出了好几座小山，像堆满了鲜鱼的鱼市。

七八十个美国人和几乎同样数量的受雇日本人继续与这大群的死者战斗。活着的人只是一个个单数，可死者就是无可计数的复数了。枯槁的头部、躯干、手臂、腿部，像被断成几截的爬行动物一样，各自呼喊着、主张着生命的存在。

有十个头颅就必须找到十具躯体，还要找到与之相配的二十条手脚，才算得上是完满。至于手指，更是需要一百根。

香坂牙医那一天处理的尸体已经搁置有些日子了，肯定已经超过一百天。他虽然不确定是在什么地区战斗过，但看上去就像是被埋在地里后又被挖掘了出来，视觉上可真够刺激的。依旧是黑人士兵比较多，黝黑的皮肤已经变成奇怪的色泽。

牙医的工作无关躯干和手臂，但是在检查牙齿的当儿，至少是能当个旁观者瞥上一眼。一个没了脑袋的躯干上只有刺青还完整地保留着，他的双乳之间画着一只展翅高飞的大鹫，鸟喙正巧咬在他的心口部位。红色的颜料一点儿都没退色，很是鲜艳。

秃鹫也不算稀奇啊，牙医心想。外国人总爱在刺青时画上鸟类，那是出于一种幼稚的心理还是有着某种咒术的意义呢？图案本身很幼稚，点画的技术也很拙劣，可这张画布并非白色的皮肤，而是黑底的，让人莫名其妙地感受到这幅绘画中浓厚的原始氛围。

那个扭着腰、高举双手的舞女形象简直再平凡不过了。比起图案，牙医更关心刺青的主人该如何欣赏刻在自己胸口的这幅画。该从什么位置来看呢？牙医思考起来。从上面低头看，只会更不方便。刺青的主人看来一生都背负着这种宿命。恐怕这个男人比起自我欣赏，主要目的更在于让他人来鉴赏吧。牙医同意，绘画的本质就是如此。

随着一声低沉而短促的口哨，传来了小小的嘈杂声。牙医本来注视着梳齿般镶嵌着的门齿与臼齿，此时不得不中断视线，看了一眼身旁。一个解剖台被中士们围了起来。"人类学家"丢下手中的头盖骨，加入了围观的队伍。牙医也暂停了对牙齿的研究，走向那边。

一个魁梧的黑人士兵几乎毫无损伤地仰卧在解剖台上。他的身上也刺着一幅黑底红线的画：从心口到肚脐的部位，稚拙地画着女人身体的一部分。大家的视线都集中在那幅画上。

不知是出于怎样的目的，这个黑人士兵竟会在自己的身体上弄出这样的恶作剧呢？牙医完全无法理解。这个男人是低能儿吗？还是说他曾经在西部某片荒芜的农田里劳作，是几乎没有教养的贫农呢？否则的话，就不可能刺上那么下流的图案。牙医的眼前已经浮现出这名士兵在战友面前自豪展示刺青的情景：艳阳高照，被炙烤得灼热的战线上，战壕外，直到地平线都没有一颗黑点，干涸惨白的地面吐出火舌。昏暗的战壕中，背靠背坐着的士兵们也一样，被压抑的性冲动让他们神经紧绷，无比疲惫。就在此时，这个黑人士兵身上小丑似的绘画肯定让战壕中的观众们大呼过瘾。不知那算不算得上久旱逢甘霖，总之他一定会得意洋洋地摆出各种姿势来展示吧！

牙医一边回到自己的位置上，一边想：要是他退伍回乡，那图案肯定无法示人。这刺青多半是他在日本的某个基地里刻上的。无知的他，根本没有考虑到回乡之时会多么后悔。

可是,牙医此时的脸色又有点儿变了。对啊,那个黑人士兵或许根本没有指望过可以活着回国。他或许是因为预见到了死亡,才赶忙在肚子上刺了那幅画。这么想来,他也并非无知。他印证了自己的绝望,成为腐尸躺在了这里。

可是,几个小时之后,一件让牙医意想不到的事情在另一个房间里发生了。

军医们被一大早就源源不绝的死尸搞得筋疲力尽。他们将备用的手术刀排开,放置在解剖台旁,像裁纸一样,接二连三地将一个个肚子切开。二十四张处理台上都是如此。这一边,高高吊起的灌注器中,淡红色的溶液也源源不绝地注入死者身体中。那一边,"送葬人"正为他们涂抹桃红色的面霜。这是一间弥漫着尸臭与福尔马林气味的工厂。

"刀。"中间一张解剖台旁的军医说道。

他高高举起刀刃已经变钝的骨膜刀,要求换一把。比起小型的圆刃刀,军医们更喜欢偏大的骨膜刀,因为这里并非手术室。中士想递出备用刀,刀却不在本应在的位置上。

"刀!"军医瞪着布满血丝的眼睛喊道。

中士不知所措,赶忙去寻找刚磨好的那把骨膜刀。

一个日本劳工在角落里蹲着,不知在做什么。中士从他的背后悄悄接近,从上往下窥探,接着发出了异样的怪叫声。人们听到叫声,纷纷聚拢而来。

前野留吉手里握着骨膜刀,蹲在地上。几具没了手臂、圆滚滚的黑人躯体躺在他的面前。漆黑的皮肤上是一片片画布,上面用红线勾勒出图案。他专注的眼神正对前方,一只展翅的大鹫被切割成三片,裸女的下体被斜着撕裂,一切仿佛幻象。然而,聚集到他身后的人是不可能立刻理解他那异乎寻常的眼神的。

留吉仿佛没有听到身后的骚乱声,没有回头。

装饰传记

一

我打算为昭和六年①过世的名和薛治写点儿东西的想法已经超过三年了。我从某个人那里听说了他的生平，心想或许能把它写成小说。最初只是心血来潮地产生了兴趣而已。我在构思小说的时候，大多是从这种无凭无据的想法开始的。

名和薛治，用现在的话来评价，是个被称为"异端画家"的人。日本美术的变迁过程是一路追随着欧洲的各种风格的过程，一直以来，这都成了主要倾向。在这股潮流中，多少有些离经叛道、孕育出个性化作风的人，被那些一直固守在自己圈子内的作者称作"异端"。从某种意义上讲，似乎也包含了或多或少可称为奇特的生活作风。

如今，名和薛治已经凭借独特的画风而名声大噪，

---

① 昭和六年，即1931年。

遗作展也屡屡举办，还推出了面向大众发售的画集。尽管他在世时已经得到了一部分人的认可，可包括画坛在内的大多数人直到现在才真正认识到他是一位拥有强烈个性的天才。在此基础上，从他的艺术晚期到四十二岁死亡的这段时期里，他的生活又遭遇了离奇的变故。可以说，他作为一名异端画家已经是毋庸置疑的大人物了，况且他还终生未娶。

我之所以认为名和薛治的一生很适合写成小说，是因为他艺术晚期的颓废生活和冬天在北陆路的断崖坠落而死的结局。他为了探索绘画题材，经常来到能登半岛旅行。在西海岸一个名叫福浦的渔村附近，他从海岸绝壁上失足坠落而亡。没有遗书，今天，他的死亡被描述为意外，可在那之前他就遭遇了一连串离奇的生活变故，有一部分美术批评家直到现在还认为他或许是自杀。他深受博斯[1]和勃鲁盖尔[2]的影响，一直以来绘制的都是充满北欧幻想风格的画。一想象到他是在冬季阴郁的云层之下投身于自己最爱的暗沉大海中而死，我想要调查一下名和薛治、写点儿东西的欲望便蠢蠢欲动。

---

[1] 博斯，即耶罗尼米斯·博斯（1450—1516），荷兰画家。
[2] 勃鲁盖尔，即彼得·勃鲁盖尔（1525—1569），荷兰画家。

名和薛治于明治二十一年①生于东京。明治四十年，进入白马会研究所，次年有三件作品入选文展。明治四十四年，在神田举办了首次个展，同一年还与当时的新锐画家共同举办展览会，展出了包括风景与少女画像等在内的十六件作品。他在这个时期还是后印象派风格，可到了大正二年，在第三次个展上推出二十件作品时，却呈现出明显受到卢米埃尔②影响的画风，让众人大为惊讶。其实从那时的两年前开始，他就受出版社的委托，为杂志绘制讽刺漫画，以此作为副业，摆脱了贫穷，有了生活基础。当年，他因同伴组建赫路社，于第一次展览中展出了二十件作品。大正四年，赫路社解散。次年的大正五年，组建苍光会，他又展出十七件作品。至第三回展览，共计展出了四十多件作品。大正六年，退出该会；大正七年，留法；大正九年春，回国。在此期间游历了安特卫普，受到了博斯和勃鲁盖尔的影响。回国之后，他的绘画题材往往取自北国生活，以写实的画法为基础，营造出幻想般的世界。这个倾向后来愈发强烈。尽管他的特殊风格获得一部分批评家与美术家的认可，

---

① 明治二十一年，即1888年。
② 卢米埃尔，即奥诺雷·卢米埃尔（1864—1948），法国画家。

却未被画坛的主流接纳。大正十四年秋,他来到山阴旅行,此后也屡次来到北陆地区旅行。昭和三年左右开始,他沉溺于新潟、金泽与京都的花街。昭和六年,在石川县能登西海岸不慎死亡。

以上就是根据芦野信弘著《名和薛治》卷末年谱而总结的名和薛治的大致生平。他自大正末期到昭和初期,已经被认可为画坛大家,画作也卖出了相当高的价格。可是正值天才的名声逐渐攀升之际,他的生活却骤然陷入了堕落。这种堕落方式也可以说是他自己毁灭了自己。他的死,实际上谜团重重,才涌现出了许多关于自杀的说法。

如果调查一下名和薛治,说不定会有一些有趣的发现,我的这个想法尽管已经拖延了三年多,但并不代表我在此期间一点儿都没关注过。一有时间,我就会阅读一些关于他的美术书籍,也采访了自称认识他的人。可是那并非正式的调查。首先,我没有美术史方面的相关知识。要写名和薛治,无论如何都需要一定程度的相关专业学习。由于个人的怠惰和其他工作的干扰,心想着总有一天会全力以赴,便把正式实施的日子一拖再拖。

某天早上,我在报纸的下方角落里看到了芦野信弘的简短讣告。这个人的名字几乎早已从公众面前消失,如今能登报反倒稀奇。我想多半是因为他曾经是苍光会的会友，是因为这个头衔而登上了报纸。可是当"享年七十二岁……"那四五行报道映入我的眼帘时，我还是惊叫出声了。糟糕，我心想。芦野信弘是我为了写名和薛治而最想拜访的人。

我之所以有这个打算，是因为在怠惰之中仍对名和薛治进行了一点点调查，发现再没有第二个像芦野信弘那样一生陪伴名和薛治的密友了。据芦野的说法，他与名和结识是缘于明治四十年曾在白马会研究所共事。芦野比名和小两岁，自那时起，无论在绘画方面还是私生活上，两人都有着密切的关系，并且一直维系到最后。芦野的画相较于名和，简直是毋庸置疑的拙劣之作，可是芦野与年长两岁的名和似乎成了名副其实的兄弟，年轻时就生活在同一住处，后来也时不时邻居；即便后来分开了，芦野也会每隔三天拜访一次名和。

再没有第二个像芦野那么熟悉名和的人了。恐怕他连名和胸口有几颗痣都知道吧！实际上他也真的出版了名为《名和薛治》的传记书，可惜页数甚少。然而其他优秀的美术评论家谈论名和薛治时，都必然会参考芦野信弘的这本小书，因为除此之外就没有参考文献了。关于名和这个人及其履历，芦野的著作可信度极高。当然，必须摒除他的艺术观。

名和薛治是个不写日记也不写笔记的人，对他的日常生活如此熟悉的芦野所写的书肯定具有重要的意义。可是我认为，这本书不可能呈现名和薛治的全部。既然这本书是公开出版的，就一定省略了一些需要避讳的地方。我很想了解那些被省略的部分，这就意味着，要写名和，就不得不与芦野见面，亲自问一些问题。

尽管我早就有了这想法，却误以为芦野幸弘会永远活下去，这真是一个严重的失误。芦野死于七十二岁。我知道他已经相当高寿了，可我一直以来盲目地坚信着：至少在我去见他之前，他会活着。

从已经出版、众所周知的书里取材，任谁都不会太感兴趣。想要调查名和，芦野称得上是重要一环，可他突然过世，我只能把取材名和薛治写小说的念头抛在一边。

二

不过，机会随后再度降临，我偶遇了认识名和薛治的其他人，讨论的是微不足道的片面话题，当那些玻璃碎片般的内容逐渐累积时，我这才为没能接触到更大的碎片——近乎碎片原形的芦野信弘——而感到后悔万分。

事到如今，我切身感受到芦野之死是何等地令人痛心。

可是，这种后悔之情促使一度放弃的我重新拾起这个计划。不断地从其他方面听闻碎片般的信息，我对名和薛治重燃兴趣。因此，我开始思索，说不定芦野信弘仍保留着一些有关名和的未发表原稿，即使只是未完成的部分，但极有可能仍保留着。这只是我的想象。不过就算根本不存在那种原稿，也一定能从其遗属口中得知一些他生前的情况与名和的事迹。当然，我不清楚他是否会把未在书中谈及的内容告诉家属。不，那样的可能性是极高的。这么一想，芦野手中与名和有关而未公开发表的资料，或许有几分之一就是由他的某个家人保存着。

想要收集这种资料是相当麻烦的。之前芦野信弘还活着、随时能见到、资料触手可及的时候，我偷懒没去，现在事情变得麻烦起来，却又莫名其妙地跃跃欲试。我萌生了去和芦野的遗属面谈并根据谈话内容来撰写关于名和薛治文章的冲动。

那是一个晚秋的晴天，我单手拿着笔记本，在世田谷一边穿行一边寻找。芦野信弘有个名叫阳子的独生女，我从认识芦野的画家那里听说，她结婚之后和丈夫共同住在父亲的房子里。住址是从报纸讣告上得来的。

世田谷的路很难找。我在秋日艳阳下热得满身是汗，总算找到了那个街区。从路口地藏边上一条山谷似的斜坡路往下走，一小片竹林旁，有一间屋子。那是一座日式木结构却又融合和洋的建筑物，既破旧又矮小。朝西的板墙上，蓝色油漆已经剥落，格局看上去仿佛是一间画室，不仅整体显得破旧，甚至能想象在刚建成时就"弱不禁风"。考虑到他生前画着根本卖不出去的画，那么芦野信弘会住在这种不起眼的破屋子里就再贴切不过了。

推开有些拉不动的格子移门，我发现虽然户外明晃晃的，里面却暗得像地窖。走出了一个三十四五岁、身材微胖、表情僵硬的女人。在略微昏暗的玄关第一眼看到她，直觉就告诉我，她是芦野信弘的女儿。不仅因为她是从这屋子走出来的，还因为一看到她的脸，我就觉得她肯定是芦野的女儿。

我客气地说明了来此拜访的目的。女人承认自己就是芦野的女儿阳子，却没有请我进门的意思。她将宽大的膝盖并拢，在榻榻米外的横框上蹲坐下来，这是拒绝访问者走进的姿态。

"我父亲没有留下那种东西。关于名和大师的，只有那本书而已。"阳子的眼神飘过眼梢上翘的单眼皮，抬头望着我说，"我也从没有听父亲谈过名和大师的事情。父亲总是沉默寡言,是不怎么爱说话的类型。"她将我的疑问原样奉还。

从这样的态度就能得知,她对我没有一丝好感,从一开始,我就被拒之门外了。这个女人很明显不会愿意将父亲关于名和薛治的材料交出来。假如有几分好感,至少应该说点儿什么。她没有露出微笑,取而代之的是从狭长眼角中发射出的让人备感难堪的锐利目光。

芦野信弘的妻子,也就是阳子的母亲,很早以前就和芦野分开了,现在连是死是活都不知道。据告知我这些情况的人说,分手前的芦野夫妇与名和交往甚密,仅次于芦野信弘、对名和最为了解的就是阳子的母亲。不知道她是何时离去的,但假如是在阳子记事儿之后,那么阳子或许会听母亲讲过名和的事情。我虽然觉得问这些多半不会有结果,但还是毅然决然地问了。

"我和母亲分开的时候才三岁,根本不可能知道。"阳子依旧用强硬的态度回答。

"是吗?那么您对名和先生有什么记忆吗?"我问。

"名和大师去世的时候我才七岁。不可能有记忆。"

她的单膝动了起来,意思是,再说下去也不会有结果。回到阳光明媚的道路上,我意兴阑珊地走着。死去的芦野信弘或许还留着关于名和的遗稿,要是询问一下遗属，或许能有所收获。怀着这种想法的我，期待彻底落空了。可是，并非由于失望，而是刚才遇到的芦野女儿阳子给我的印象实在太倒胃口了。她那咄咄逼人的冷淡态度让我无法释怀。被不悦的心情驱使，我无意识地走上了豪德寺站前的陡峭石阶。

我想要调查和写一写名和薛治的计划并没有因为这件事而放弃。仅凭从三四个人那里听说的有关名和的碎片信息，已经足以激起我的求知欲。与此同时，对芦野信弘，我也产生了额外的兴趣。说实话，我探访芦野的家人是因为被这二人同时吸引。名和薛治选择了他喜欢的北国风情和人物作为绘画题材。在扎实的写实风格之中又进行了概括化的处理，整体以灰、白、绿作为主基调，以红色作为点缀，来协调整体的色调，画面浮现出一种来自北欧的冰冷幻想风格。《暗之海》《雪中渔村》《鱼市》《割麦》《夏日》这几幅画最能体现他的特色，也是代表作。他在冷彻的美景中必定会强行加入一些辛苦劳作的农民或渔民，在诗情画意中时常会添加一些民俗风格的诙谐元素。这种形式的原始感从不拘泥于现代艺术的成规，因此他的画风从未赶上主流的浪潮。当时日本的西洋画风潮受到塞尚的影响，色彩明朗、丰富，野兽派和立体主义也开始从另一方面崛起，于是名和薛治的画无从对标,处于被孤立的地位。尽管他已经与近代风格充分贴合,但那种北欧文艺复兴式的写实风格与时代潮流背道而驰。然而,他那幻想性十足的画面被后世批评家评价为"让画着塞尚风格的画家们偷偷地感到歆羡"。

芦野信弘的书中写到过,我听到的碎片般的信息中也提到过,名和薛治是一个自信十足的人。据说他曾经痛骂那些追捧舶来的塞尚风格并擅长模仿他的画家。这么说来,他在《自画像》中展现的容貌——肌肉像红土般隆起,无论是狭小眼睛中的光芒、肉感的大鼻子还是粗大的嘴唇都洋溢着强烈的生命力。他的臂力很强,喝醉了与人争执时必定能把对方按倒在地。他的抗争心理在面对竞争对手时发挥到了极致:在团体中,要是自己受到控制,决不善罢甘休。实际上,他在短短一年之后就退出了自己亲手创办的苍光会,也是因为同好之中有好几个人限制了他的自由创作。他曾经把这些人批作背叛者。

从这些事迹中也看得出名和薛治拥有天才身上常见的强烈自负。他如今已被美术史学者承认为天才,才能这么说。他认为自己主导创办的苍光会必须一切如他的意,否则决不罢休。他不接受会员中的任何人反对他。他离开同好会的唯一理由,就是因为在关于是否接受他人作品入选的评议中，有两名同好会的审查员未赞成他而已。

三

在名和薛治眼中，自己周遭朋友们的画作恐怕都是拙劣至极的。至少我认为他是这么一个人。他在反抗所谓"巴黎派"的外来流行的过程中，就是因为顽固地坚持自己的艺术理念，那种气节使得几位朋友成了他的同志。可即便志同道合，他在内心中或许一直都在轻视他们。置身事外地看，当然也能从别的视角来解释。将他逐出苍光会的朋友，后来的造诣都达到了大家水准，但终其一生都无法摆脱他的影响。如今苍光会的掌门人叶山光介甚至被恶评为"模仿名和并擅加变形作为个人风格"。最讽刺的是，叶山就是将名和逐出苍光会的其中一人。

芦野信弘的《名和薛治》中曾写过这段话：

> 名和的脸看上去比别人要大一倍，无论鼻子还是嘴巴，都比其他人更夸张。他的眼睛因为近视而

显得肿大凸出,还有紧盯着对方的脸说话的癖好。他一走进我们中间,我们就感受到一种无法与之匹敌的压迫感。

这段话在体现名和薛治风貌的同时,还很好地表现了当时朋友间的感情。恐怕这种压迫感的根源是名和出众的画技,这种意识甚至让人觉得他的脸比普通人更大。朋友们认为"无法与他匹敌"无疑是因为他的画。

然而若论其中谁感触最深,我认为并非芦野信弘。芦野比名和小两岁,是几乎在同一时期加入葵桥的白马会研究所的,他终生都是名和薛治的挚友。除了挚友之外,最关键的是,芦野并没有值得称道的画作,只有西洋画爱好者才知道还有这么一个旧派画家,只能记住他的几件作品,还被认为是对名和薛治最拙劣之作的模仿。实际上,其他的同伴随着年龄增长都实现了在某种程度上被称作大家的成就,只有芦野信弘中途掉队了。他的后半生沦为方便考察名和薛治生平的传记作家。

我在反复阅读《名和薛治》几遍之后,最大的感想就是他确实与名和关系很好。在大正八年的部分,他曾经写了下面这些文字:

一九一九年冬，名和离开巴黎，去往比利时的安特卫普。他坚称巴黎毫无可学之物，实际上是因为无法谋生而逃亡到别处，结果也印证了他只是在说大话。在安特卫普，他多半是偷偷寄居在玛丽安娜酒吧，受老板的照顾。在法国学画的穷学生中，他是无人不知、无人不晓的日本怪人。这家酒吧的老板很喜欢艺术生，总有四五个人在他那里无所事事。有名的达达派艺术家竹森无思轩的女儿芳子就是他老婆。名和大约在这间酒吧混了六个月。在此期间，他去了安特卫普和布鲁塞尔的皇家美术馆好几次，都是为了去看那里展示的勃鲁盖尔画作。不，准确地说是去学习。他在当时寄给我的信中曾经用强烈的措辞描述了发现勃鲁盖尔的喜悦之情。从那些蕴含了无比热情的文字中也能看出，那是一种无论如何抑制都会喷薄而出的欢喜。那段时间，每周一次，我都能收到他厚厚的书信。无论哪封信都在讲述着勃鲁盖尔有多么优秀，信中满是对北欧文艺复兴中的现实主义的赞誉。阅读书信的我，眼中仿佛被吹进了他炽热的呼吸，握着书信的手仿佛能感受到他高亢的心跳声……

对勃鲁盖尔的发现让名和薛治完成了奇特的艺术风格，而读到本文也能明白，名和诉说那种强烈感动的对象，除了芦野信弘之外就别无他人了。而且从这篇文章中还能窥见芦野阅读信件时的那种亢奋。

名和回到日本之后的事迹也被从未停止探访的芦野捕捉下来了。我在前文中提到过，他几乎是不到三天就要见一次名和。芦野似乎是在名和旅欧期间结婚的，夫妻两人曾经共同探访过他。他在书中这么描述此事与画作的关系：

> 名和回到日本后，突然打算绘制日本的旧式生活画。他要画的是仍残留在农村或渔村中那种贫困的旧式日本。当然，通过呈现幻想风格的画面来诉说重压下劳动生活的悲哀，很明显是受到了勃鲁盖尔的影响，不过他对传统的兴趣又转向了刻画日本旧式妇女的形象。我的妻子就是这样一个女人。他饶有兴致，渐渐地又开始绘制艺伎与舞伎。可是，他笔下的女性并不是侍奉在酒席旁的那种美女，而是像疲惫的中年妇女一样，形色苍白，又因精准的写实风格而显得像是妖怪……

名和薛治从昭和二年左右开始,移居到了北多摩郡的青梅镇郊外。

《梅林》《早春的溪流》《山村风景》等都是他晚年为数不多的佳作,也就是所谓青梅时代的作品。居住在麻布六本木的芦野对前往那遥远又交通不便之地毫不在意,依旧像是拜访邻居一样,时常去往青梅。他曾在书中记载:

> 我每周去青梅两次左右。他像是一蹶不振似的,不怎么工作,只是待在大房子里无所事事。心情时好时坏。心情好的时候会烤从附近河里抓到的鱼,摆出酒来。我虽然不能喝,但他的酒量相当厉害。他一旦喝醉就会粗暴地胡言乱语,听起来有一种懊恼。我觉得他像是走投无路,那或许是他从次年开始放浪生活的前兆。心情不好的时候,连我也会被他的女佣拒之门外。我会在长途电车中摇晃着、路途迢迢地回家。可是到了第三天,我又忍不住想去见他。我不知白跑了多少次青梅,但一点儿都不觉得辛苦。有时会抱着阳子一起去……

芦野的《名和薛治》中对这样的交游关系有着面面

俱到的描写。也正因为这样的描写，让这个作者的作品成了研究名和薛治最珍贵的材料。在多次阅读这本书的过程中，我不禁产生了好奇：单纯地叙述值得敬畏的挚友名和薛治难道就是芦野这辈子的追求？

芦野也是画家。他与名和几乎是在同一时期起步的，他并没有展现出应有的才华，中途就几乎等同于消失了，但仍旧与名和保持亲切交往，直至晚年。

想到这里，我似乎能够隐约地理解芦野信弘所处的立场。芦野亲眼见到名和这个天才出现在眼前，被他彻底折服，丧失了自信，才华的嫩芽还未伸展就已干枯。扼杀芦野才华的，正是名和那强大的天才。芦野在名和面前逐渐萎缩，说"无法与他匹敌"，便放弃了自我。从这一点来说，身处最接近名和这一位置是芦野的不幸。有名和这样的天才作为挚友很不走运，其他的同伴都比芦野有了更长足的长进，理由恐怕是他们比起芦野，跟名和保持了较远的距离，所以说芦野是不幸的。不仅仅是这些，芦野身上的自卑感致使他无法离开十分自负又性格强硬的名和。于是乎，他与名和的交游呈现出一种奇特的形式，最终，他成为名和薛治的传记作者。

我对绘画不够熟悉，这样的推测或许会有谬误，但我自认为在人际关系上，这种解释是有说服力的。我本是为了调查名和薛治而认真读这本书的，读到一半却被著者芦野信弘吸引了另一半的兴趣。我去芦野家寻找遗稿、问话，有一部分也是源自这份兴趣。

而且，我还有一个疑问。

四

名和薛治从昭和三年左右离开了在青梅的住处，先是回了一次东京，接着很快就去北陆地区旅行了。他为了写生，经常会去北陆，可那段时间，他一幅画都没画，只是按照新潟、金泽、京都的顺序，流连于各地花街，沉浸于酒精中。一直以来都是单身的他，去那种地方倒也没什么奇怪的，可这一时期的放荡就像是将他此前的生活彻底推翻了。他已经四十岁了，画作在画商手中能卖出相当不错的价格，并没有经济上的问题。他在两年的放浪生活中将所有钱都花光了，最后是因为缺钱而在金泽和京都再次执笔卖画，可那都是因为需要现金而不得已地作画。

名和晚年为什么会出现如此奇怪的堕落行为？这很是令人费解。根据批评家的解释，他是在自己的艺术道路上碰壁了，因为无法打破这面墙而异常痛苦。到了末期，他的幻想画变得愈发粗制滥造，几乎成了诡异的妖怪画。碰壁的他想要逃离这种苦痛而挣扎，可他往年丰沛的天赋已经从画面的每个角落里衰退、消失了。况且，据说刚刚兴起的野兽派、立体主义、达达主义、超现实主义等全新艺术主张以及无产阶级美术家对他的非难也使他无比痛苦。

名和绘制妖怪画，也是由于受到他所热爱的博斯所绘地狱图的影响。很难断言，拥有强大自信心的他，会输给整个画坛对二十世纪野兽派的热烈追捧。可是无论受到过怎样的批判，他都不可能开口回答了。然而，他在画作上的生命力骤然衰退也是事实，这现象与他的生活堕落是有着明确联系的。不过，他败北的原因究竟是什么？难道只是单纯地在艺术上遭遇了瓶颈？从芦野的文章中的确能够窥见名和陷入了一种懊恼的状态，却并没有给出确凿的解释。我从认识名和的几个人那里听说的内容也没有超越批评家的评价，或者说，都是不得要领的臆测。

我产生想写写名和薛治的想法，主要是因为他晚年的骤然堕落。为了调查这件事，我去追寻芦野未发表的遗稿，从而拜访了其遗属。芦野信弘一定知道更详细的情况。他还有未在《名和薛治》中叙述的部分。这就意味着，我去世田谷拜访芦野的女儿其实是为了同时了解名和薛治与芦野信弘二人。

可是，芦野阳子摆出僵硬的表情拒绝了我。或许与我的想法正相反，芦野的遗稿实际上根本就不存在。然而她那冷漠的态度激起了我的逆反心理，演变成一种斗志，点燃了我。

我当即拜托在报社文化部门工作的某个朋友，以向叶山光介询问名和薛治详情的名义，向叶山提出了会面申请。苍光会的掌门人叶山可谓无人不知无人不晓，他和芦野是同僚。

在萩洼，被树丛包围的某处，我找到了叶山光介的宅邸。那是一栋古旧而宽敞的屋子，从大门口到摆放着石佛的玄关，我走过了一条长长的石板路，刚巧与办完事离开的来客擦肩而过。即便如此，我还是在玄关一侧类似候车室的地方等待了整整三十分钟，才终于见到屋主。叶山光介的样貌正如我在照片上所见，顶着一头散乱的银发出现了。

"听说你想问名和的事？"他凹陷的眼眶中流露出一丝笑容，眼角的层层皱纹挤成一堆，"他是天才，毋庸置疑。虽然结局有点儿诡异，但假如他一直活到现在，肯定无人能敌。连高井和木原都要颜面无光了。"

叶山举出了画坛上两个大人物的名字。然而,听叶山的口气,似乎自己也在列,是和那两位同一阵营的。他也是驱逐名和的人之一。

来客接二连三地等在旁边,听着我们的对话。在这种状态下,根本无法沉下心来。我像是白来一趟似的,刚说了二十分钟就打算告辞了。

"是嘛。我这里忙得很,真是失敬了。下次能慢慢谈的时候,再来好了。"叶山光介用略带怜悯的口气说。

看到我正要站起身,他又接着问了句:"你读过芦野的书了吧?"

我说读过了,他便点点头:"名和的事迹就像书上写的一样。"他似乎是在断言,没有其他好说的。

本想找芦野先生问问那本书以外的事情,没想到他去世了,实在遗憾。我如此说道。叶山听到这句话,以锐利的眼神凝视我。

"你就算见到了芦野,他也什么都不会说。"他看向一边,"全都写进那本书了。所有的事都装了进去。除此之外,他是不会开口的。"

听到他煞有介事的口吻,我便问,这是否意味着无话可说?"不,他应该是不想说。芦野也是因为结识了名和而荒废了的可怜男人啊。"他喃喃自语般地说。

我能够充分理解他话中的意思。可是，他接着随口说出的话实在出乎我的意料：

"他老婆也自杀了呢。"

我惊讶地盯着他的脸。

什么？他们不是分手了吗？我不禁激动地问道。

"不，那是分手之后的事。不过我要告诉你，这也是我从别人那里听说的，真假未辨。但假如是真的，芦野这人也实在太可怜了。"

叶山光介有点儿慌张地修正自己的发言。可是我认为无论他如何解释，一定都坚信芦野的妻子是自杀的。

我即将离开时，将曾造访芦野家并见到他女儿的事透露给了叶山。接着他像是责问般地说："是嘛，你见到阳子了？"目不转睛地盯着我，眼神再度变得锐利。

"很像吧？"叶山说。

当然，我心想他话中的意思应该是"阳子是否长得很像父亲芦野信弘"，便点了点头。可是，他那时的眼神中似乎流露出了某种特殊的表情。一旁的来客迅速地插进我刚才站立的位置，我只得取了外套离开。

叶山光介在离别之际说的那句"很像吧"，我是在过了几天之后才理解其中真正含义的。他那时的眼神实在太让人介意，正是那眼神给予了我暗示。

"很像吧？"

他的问句并非指阳子是否与父亲芦野样貌相像。

那是一种更为复杂的口气。所谓的像，并非指父亲，而是指另一个人。

我在世田谷的小屋见到阳子那张微胖而又僵硬的脸时，直觉立刻告诉我她就是芦野信弘的女儿。但仔细一想，我其实根本没在照片上见过芦野的脸。我明明根本不知道芦野的容貌，为什么一见到阳子的脸就判断为芦野的女儿呢？因为我产生了错觉——我把他与名和薛治的脸混淆了。

我以为见过的那张脸，其实是名和的脸。名和与芦野在我的意识中被混同，所以当我见到阳子时，产生了错觉。名和与芦野在我心目中的形象竟然如此统一，这才是我在臆想中生出的错觉。

叶山光介说"很像吧"，真正含义是指："阳子与名和薛治长得很像吧？"

我恍然大悟，连忙取出名和的画集，上面有名和的《自画像》：丰满的鼻子、厚厚的嘴唇、红土般隆起的面颊，还有因为近视而变得狭长的锐利眼神，是一张无论何时欣赏都能感受到充沛生命力的脸。我还记得阳子从暗沉的房间深处来到我面前，当即跪坐下来。我从这一幕搜寻出阳子僵硬的脸在记忆中留下的痕迹,那让人感到格外不知所措的细长眼角,真是一模一样。

阳子的父亲是名和薛治,不是芦野信弘。芦野当然也知道这件事。芦野的妻子与他分开乃至之后疑似自杀的传闻,因此而变得真实可信起来。那张《自画像》的印刷照片版依旧摊开在我面前,我有好一会儿都保持着同一个姿势,动弹不得。

五

我不知第几次又翻开了芦野写的书。我发现上面写了这么一短话:

> 名和回到日本后……兴趣又转向了刻画日本旧式妇女的形象。我的妻子就是这样一个女人。他饶有兴致,渐渐地又开始绘制艺伎与舞伎。

迄今为止,我都是毫不在意地浏览这段文字,可现在,我像是触碰到了一根拉紧的琴弦,立刻有了响声。

芦野是在名和旅法期间结婚的,对方恐怕是一名艺伎或有着类似气质的女人。名和回国后,第一次见到了芦野的妻子。从外国归来的人，多多少少会被日本的传统美再度吸引，那或许是海外游子的一种乡愁吧。名和也是其中一人，他见到芦野的妻子后，"饶有兴致"的措辞中包含着很深的意味。芦野对名和的感情动向心知肚明。在此事之后，这本书还记载了十数年之后的相关内容。芦野回想起妻子与名和相识的最初一幕，于是使用了这种意味深长而又不动声色的措辞。

我探访阳子的时候，她说过，名和死时自己是七岁。名和死于昭和六年，逆推一下就知道阳子出生于大正十四年。根据年谱，名和归国的时间是大正九年。虽然不清楚名和与芦野之妻的秘密关系是从何时开始的，但恐怕是这六年间的后半段。名和开始绘制艺伎与舞伎的时期，同样能从年谱的作品表看出来，是大正十二年。我忍不住想象起来：假如名和爱着芦野的妻子，并将感情寄托于画作之中的话，那么两人开始交往或许就在这段时期前后。

芦野在名和归国之后就住在靠近他的地方，不到三天就会去他家一次。书中所写"有时还会夫妇共同探访"也是文字游戏，恐怕从始至终都是夫妇两人一起去的。她与名和产生特殊感情，在这样的状态下是完全有可能的。最后肯定发生过妻子独自造访名和家的情况。

那么，芦野是在何时知晓这个事实的？他与妻子分道扬镳这件事，在《名和薛治》一书中从头到尾都没提过。可是，阳子无疑是在芦野家出生的，那么他与妻子分手应该是大正十五年之后。不知为何，我觉得他妻子生下阳子后没多久就离开了芦野。并且我能想象到，芦野也深爱着妻子。

芦野知晓这个事实的时间点不是问题的关键。根据我的推测，芦野对名和一定抱有强烈的憎恶。

芦野在名和的天资面前败北了。他的才能在名和夺目的光辉照射下，彻底枯萎、消失了。对他来说，名和永远是自己"无法与之匹敌"的存在。想必芦野一直都畏畏缩缩，才华之间的差距实在太过巨大。靠得越近，受到的伤害就越大。我思考芦野这个人时，总会联想到在强烈日光的灼烧下枯萎而无法继续成长的植物。

即便如此，芦野也无法离开名和。一方压倒性的关系，让他连与名和诀别都办不到。他被名和俘虏，瑟缩成一团。没有比这更加容易陷入极端的自卑了。他与名和缔结了他人无可比拟的交往关系，也可以说是悲惨的落败意识在现实中的体现。

芦野收到名和从安特卫普寄来的信时究竟是以怎样的心情读下去的？名和将发现勃鲁盖尔的喜悦写成了

激烈的文字，那是蕴含了无比热情的文字，书写了一种无论如何抑制都会喷薄而出的欢喜。每周都会收到的来信对他来讲难道不是一种折磨？芦野也是一名画家，让名和喜出望外的发现不知给芦野带来了多大的冲击。他感受到的嫉妒一定远远超过了羡慕。之后，这位天才朋友又将带着他的大发现回国，芦野十分惧怕其将来的成长。在他的眼中，大概已经逼真地画出了将来的那片地狱图景，绝望将他吞没了。芦野阅读名和意气风发的书信时写道："阅读书信的我，眼中仿佛被吹进了他炽热的呼吸，握着书信的手仿佛能感受到他高亢的心跳声……"难道不是他在畏惧与嫉妒的折磨下战栗的告白吗？

名和在大正九年踌躇满志地回到了日本。回国后的他，因着对勃鲁盖尔、博斯等北欧中世纪现实主义画派的研究，开始创造自己独特的艺术风格。名和薛治出色地完成了自己的风格。芦野所恐惧之事，丝毫不以他个人意志为转移，正在稳步地变为现实。他意识到自己成了名和的奴仆。名和的那张大脸似乎就伫立在他头顶。因为名和，他的画家生涯化作了一片废墟，他于是满怀憎恶，不到三天就去拜访一下这位朋友。我认为这就是他们交往的本质。

憎恶之心在他得知妻子与名和正在交往时发生了剧

变。下意识的自卑与憎恶结合，尽管很阴险，芦野仍开始了对名和的攻击。

我再次通读他的《名和薛治》，发现能够在各个章节中寻找到他的战斗轨迹。比如说，他在与妻子分手之后，依旧频繁地造访名和家。至于他与妻子分手的理由，恐怕他并没有对名和坦白，因为没有必要，名和本人比谁都心知肚明。我的脑海中浮现出名和在面对芦野时露出的那种苦涩万分的表情。

根据年谱，名和在昭和二年去了青梅镇，租了一间农房，闭门不出。名和搬家去青梅这件事，据芦野所写，是因为在美术上有追求。但这都是表面文章，实际上名和是为了逃离芦野的频繁来访而搬了出去。

可是，芦野的斗志不会因为这点儿障碍而受挫。他从位于麻布的家中出发去青梅，如住在附近一样继续拜访名和。"我每周去青梅两次左右。他像是一蹶不振似的，不怎么工作，只是待在大屋子里无所事事。"这样的描述看似很单纯，却没有比这更能一针见血地刻画二者相克的字句了。曾经睥睨野兽派、口出狂言、凭一己之力创造出独特艺术世界、精力饱满地不断创作的名和为什么搬家到青梅就不再工作，变得懈怠了？事实上，他在这个时期的画作呈现出创造力急剧衰退的迹象。据说他受到了博斯的影响，开始创作一些类似地狱画的作品。但恐怕是因为芦野每周要来突袭两三次，名和眼中尽是自己被罪恶感压垮的惨状吧。

芦野还写道："有时会抱着阳子一起去。"想来此时的阳子已经三岁了，她幼小的脸上已经逐渐显现出了"父亲究竟是谁"。随着她一天天成长，面部特征也在逐渐确认。将这份刑罚抱到对方面前，名和一定不堪忍受。"心情不好的时候，连我也会被他的女佣拒之门外"就是名和想从苦痛之中逃离的表现。故意将阳子抱去，芦野的方法没什么花样，但知道内涵之后，读起来才愈发显得残忍。

被拒绝见面的时候，芦野会在长途电车中摇晃着路途迢迢地回家。几天之后，又忍不住想去见他，还说"我不知白跑了多少次青梅，但一点儿都不觉得辛苦"。描写如此亲密的交往关系的同时，实际述说着他顽强、固执到令人难以置信的一次次攻击。

　　名和心情好的时候会……摆出酒来。我虽然不能喝……他一旦喝醉就会粗暴地胡言乱语，听起来有一种懊恼。我觉得他像是走投无路，那或许是他从次年开始放浪生活的前兆。

他并没有解释名和喝醉之后说了些怎样粗暴的胡话。可是，能够想象当时名和借着酒劲正在痛骂芦野。在不知疲倦的芦野一次次的挑衅下，陷入精神错乱的名和只能将愤怒化作恶言恶语爆发出来。况且他还不能正面去骂。那种事情，名和怎么可能亲口说出来？他肯定只是一味地辱骂芦野的画作是多么地拙劣。

没喝酒的芦野大概面露浅笑，在一旁静静地观察着名和神经错乱的惨状。"我觉得他像是走投无路"，书上写着这句看似不经意的感想。在他当时的凝视中，一定冷漠地映照出了名和一步步堕落的形象。我的脑海里已经浮现出这么一幅画面：在青梅树丛深处某个农家的客厅内，一人烂醉如泥，一人沉默静坐，两人的样子恰好构成一幅剪影。

名和薛治前往北陆旅行并开始极尽放荡的生活，发生在昭和三年。我现在已经无从查证芦野的妻子是否为自杀，但我认为事实的确如此。当然，这件事一定也传进了名和的耳中。我强烈地认定这件事就发生在名和开始放浪生活前不久。

芦野在那之后就没有与名和同行了。但是留在东京的他，肯定依旧时刻关注着名和的一举一动。从书上没有查到他们是否继续通信。自从名和出发去北陆，两人的交往就断了。名和或许逃离了芦野的连环袭击，可芦野从未停止在远处凝视名和。这种关注直接反映在名和的意识上：他在精神上所受的折磨没有停止。

名和晚年的放荡是为了逃避芦野对他的折磨，而最终他也的确沉湎于酒色。四十岁这个年龄，很容易发生这种事。品尝了一次滋味，就陷入了无法自拔的状态。他不知有多少次考虑过要重整旗鼓，可自己的画作已经被精神与技术的双重颓败所覆，这种不安让他一再借酒消愁。实际上，这个时期的名和是个酒鬼。他晚年所绘制的地狱图完全是飘浮着不安与绝望阴影的梦世界。那就是名和薛治的最终归宿。另一方面，画坛上才华横溢的新锐画家接连从法国学成归来，野兽派可谓百花齐放。对于自尊心比他人更强一倍的名和来说，只能在北国的乡村远观这一切，心中不知该有多么焦虑。可以说，绝望已经威胁到他的生命。

名和薛治在昭和六年冬天从能登西海岸的崖壁上坠落而死。我不熟悉这片地区，光从地图上来看，断崖处标记得很长。虽然不知道他的死是出于过失还是故意，但即便出于过失，当时在断崖上彷徨的他精神上无疑处于自杀者的心理状态。我正考虑挑个冬天的日子，站到那个位置，亲眼看看覆盖着积雪的岩壁是何等地陡峭。

我一直想写名和薛治,在调查的过程中却对他的传记作者产生了兴趣,最终得到了这样的结论。我已经强调过好几遍,我对绘画的认识相当有限。我的想象或许存在差错。但是,天才画家与他的不幸朋友之间的人际关系,已经在我个人的幻想中定格了。

芦野信弘一直活到七十二岁。将来,无论多么详尽的美术史,都不会出现他的名字,可是名和薛治至少需要几十行文字来介绍,而撰写解说的人必定会参考这本《名和薛治》。芦野信弘只会作为名和的挚友,作为记录名和生平与言行的人而为人所知。这本传记的读者,一定会被他们的美好友情深深打动。

真赝之森

一

似醒非醒之中，我听到了雨声。睁开眼，房间里暗沉沉的。透过二楼的窗户，只能看到柿子树的几根树梢，伸展的叶片被打湿，泛出光泽。

背上流了不少汗，被子湿漉漉的。我起床从窗边探出头，只见我晾在外面的两条内裤叠在了一起，被雨水拍打着。雨滴在晾衣竿上聚集，滴落。楼下香烟店的老板娘不知是没留意还是故意，竟然也没替我收一下。

看了一眼时钟，已经过了三点。我顶着还没彻底清醒的脑袋，坐下来点上一支烟。今天早晨是八点入睡的。我之前在给一些无聊的杂志写美术专栏，总而言之，房租里有一半左右都是这么熬夜赚来的。虽说在金钱上有所收益，但总觉得太损耗体力了。我迷迷糊糊地抽完一支烟，后脑勺上依旧黏着几分睡意。

洗个澡吧！我用毛巾卷起一块肥皂，往楼下走去。侧目望着被打湿的衣物，我朝外走进雨中。雨伞的骨架缺了一根，晃晃悠悠的。

　　白天的男澡堂里客人很少。泡进洗澡水中，脑袋这才清醒了几分。从窗户射进来的光线很稀薄，澡池中央暗如黄昏。

　　我正想着要不要去民子那里，却发现已经快四点钟了，她多半已经去店里上班，不会在家。于是我打算待会儿往她上班的店里打个电话。虽说久违地去见女人一面挺好，但她前阵子刚央求我要两万日元救急，今天晚上无论如何也该带上五千日元才行了。这么一来，我就只剩下四千日元了。一想到仅靠四千日元连十天都撑不过去，我就开始考虑接下来哪里还会有进账。可眼下除了催促今天早晨刚交的那份稿子的稿费之外，根本就没有好点子。

　　蹲在镜子前，我的胡须剃了一半，外面阴沉沉地下着雨，电灯也不亮堂，脸上一团黑，很难分辨。即便如此，白发依然在暗淡的逆光下艺术化地闪着光。裸露的身形、乱蓬蓬的头发、尖尖的颧骨、长长的脖子、瘦削的躯干与手臂……我那羸弱的轮廓还是被映照了出来。我坐在冲洗桶上，看着自己的身影入了神。

　　无论怎么看，都像是将近六十岁的老人。最近特别容易疲劳，写点儿东西也变得费劲。和民子的交往关系似乎也无法长久地持续了。这种衰败的征状已经显露无余。镜中身体的四周，风仿佛在鸣叫。

从澡堂回来，我发现后门的楼梯下摆着一双新鞋。有客人来并不稀奇，我毫不在意地上了楼。

"您好啊，宅田老师。"在物品散乱堆放的六叠大的房间里，客人蹲坐在一角开口了。

"呀，是你啊。"

我将湿漉漉的毛巾挂上挂钩，心想这个男人会来可真是少见。他的本名叫门仓孝造，不过似乎还有"耕乐堂"这么一个雅号。

"真是好久不见了。今天突然到访，发现您不在家，但还是擅自进来了。"

门仓耕乐堂整了整坐姿，恭敬地行了一个礼。本想称之为"全发束起"，可头顶中间秃了一大块，是将周围一圈长发拢起来束在脑后的。那奇特的发型与他肥胖的体形皆显得气派十足。

门仓根本不是什么画家，而是到处发放头衔为"东都美术俱乐部总务"名片的古董鉴定师。在乡下，有不少收藏着古画、佛像、茶壶、茶碗的世家或者财主，门仓耕乐堂会在当地报纸上登出广告，等在旅馆里，待委托人上门鉴定。似乎是一门不错的生意。

虽然用了"东都美术俱乐部"这个煞有介事的名称，名片的头衔却并未写"会长"，只是"总务"，这是为了彰显协会的规模足够大。一个看上去权威的协会，会长是不可能亲自出差到乡下地方来的，但称"总务"就不会被怀疑。他是考虑到了顾客的心理才这么写的。

名片上当然也印着协会所在地和电话号码，并非虚构。事后会有地方上的客人写信或来电询问，为了今后生意兴隆，也是很有必要写上的。

可是，"协会"只不过是在上野一带租的一间杂货店的二楼。电话都是从楼下转接上来的。为了这项事务，门仓还专门安排了一个女文员在那儿，她是门仓老婆的妹妹，一个离了婚回娘家住的三十岁女人，他似乎与她离婚的事脱不了干系，这妹妹永远在和他老婆吵个不停。

这些都是听别人说的，我和门仓的交往不算密切。在门仓眼中，我应该是个有点难对付的男人：有一定的学问与经验，也有鉴定的眼光，总是写一些不痛不痒的古代美术杂文，长年独居。这个叫宅田伊作的人，对他来讲是个有点儿难以捉摸的人。可是他为了向我请教鉴定上的事情，每年总有一两次像是终于想起来了似的，来找我。话又说回来，他始终在路上，一定很少有时间待在东京。

"怎么样,生意兴隆吗?"

我叼着香烟,面对他坐下来。一边往下坐,一边扫视了他一眼,门仓身旁放着一个方盒子和一个细长盒子,分别用包袱布包裹了起来。那个方盒子大概是见面礼,而那个细长盒子一眼就能看出装了画轴。看来他又是来托我鉴定什么东西了。

"哎,托您的福,还算马马虎虎。"

门仓用手指挠挠秃额头。他的指节疙疙瘩瘩的,脸上的表情也很夸张。他咧开厚厚的嘴唇笑了,露出一口黄色的乱牙。

"这回又是从哪里回来?"

"九州。"

门仓一边说,一边按照我所预料的那样,解开方盒子的包袱布,取出了见面礼。是海胆礼盒。

"九州吗?那里的财迷还是那么多啊。"

"哪里都一样。"门仓回答。

"你最近的鉴定费开多少价?"

"写鉴定书一千日元,假如带签章盒就翻一倍。太便宜了不够取信,太贵了又没客人上门。这个价格刚刚好。"门仓说着,大声笑了。

门仓有着一般的鉴定水准，总在乡下转悠，想必总是坑蒙拐骗吧。门仓的鉴定力是大约二十年前在博物馆工作时练就的。他作为雇员在博物馆帮忙更换陈列品，自然而然地对古代美术品产生了兴趣。虽然没有接受过那方面的教育，但也从相关的技师那里学到了不少，最终有了高于普通古董店主的鉴定眼光。不过，他没过多久就辞了博物馆的工作，也有人说他是被解雇的；又据说他受某家古董店主委托，顺了一点儿小东西出来，或者是企图顺东西出来。总而言之，肯定都是些无聊的理由。

这么想来，门仓这个人，似乎总有一种晦暗的阴影盘绕在他肥大的身体上。

"那你一定赚翻了吧。"我边说边打量着门仓薄薄的黑色和服，这身打扮像极了日本传统画家。

"哪里哪里，没那么多。我的旅行开销也不少啊，在地方小报上投广告的费用也不能小瞧，也有把钱花光才回来的时候呢。"他嘴上虽然这么说，脸上却写着"未必如此"。在他那双谄媚的眼睛深处，能够窥见几分倨傲，似乎正在蔑视着我身上穿的潮湿布衣。

"九州那边什么东西比较多？"我抬起瘦削的肩膀问。

"画嘛，还是竹田①比较多，压倒性地多，毕竟是他的家乡。"门仓擦擦脸上的汗说，"还有把他的弟子直入②的落款洗掉、换了名字和印章的东西呢。这已经算是像样的了，其他的都惨不忍睹。还有大雅③或者铁斋④的画也不少。"

"这种东西都拿出来让人鉴定价格吗？"

"毕竟是一门生意嘛。"门仓浅笑，"还不止找我一个人，有时候在一个盒子里会装上两三份鉴定书呢。对方是为了能在万不得已的时候把这些画卖了清算财产。都是认真的。"

"实在是罪过啊。"我把烟头按在烟灰缸里，打了个呵欠。

门仓看到我这副样子，有点慌张地接着说："老师，其实关于竹田，我有件东西想让您稍微过目一下。"

"是吗？"我眯起眼睛望向那个细长的包裹。

---

① 竹田，即田能村竹田（1777—1835），江户时代后期画家。

② 直入，即田能村直入（1814—1907），是竹田的养子兼弟子，活跃在幕末至明治时代的日本画家。

③ 大雅，即池大雅（1723—1767），江户时代的文人画家。

④ 铁斋，即富冈铁斋（1837—1924），明治、大正时期的文人画家、儒学者，被誉为日本最后的文人。

"没错。总之，请看吧。"

门仓伸手解开了包袱布，从里面取出一个陈旧的桐木盒子，打开盒盖，里面装着一套装裱同样陈旧的画轴。他取出画轴，在我面前骨碌碌地展开了。

刚开始我还有点小看它，可当视线扫过这幅带着年代印记的着色牡丹图时，却渐渐被吸引住了。门仓像是在观察我的神色一样，从一旁窥探着。

"你是从哪里找到这画的？"我的眼睛一边上上下下地观察着画轴，一边问。

"是北九州的一个煤老板拿来的。我问了一下来由，据说是出自丰后的素封家。"

"他就这么交给你了？"

"是啊，算是吧。"

门仓的话语有些含糊。对方一定是刚清理出这玩意儿，为了大赚一笔就拿来了，就连门仓的脸上也露出了仿佛要咽下一口唾沫的认真表情。

"老师，您怎么看？"门仓跟我一起盯着画看。

"你还问我怎么看？你自己看不懂吗？"

"还真是不太懂。不，说句实话，他拿来这幅画的时候，我真是吓了一跳。可能我之前已经看了太多不靠谱的竹田画作，都挑花眼了。"

"也就是说,你觉得这幅画有可能是真迹?"

"不是吗,老师?"门仓畏畏缩缩地问。

"不是啊。"我将视线从画上移开,回答道。

门仓嘴里念叨着"是啊""果然啊",像是瞧不起似的,再次把脸凑到画前。他秃顶的脑袋上,一撮撮薄毛像斑点那样生长着。看他那副沮丧的样子,一定曾对此画抱有过极大的期待。门仓对我的鉴定水准毫不起疑,很是信赖。

"也难怪你会被骗到。"我故意露出刁难他的眼神,"这幅画跟上野和神田那一带的工艺大为不同。虽然这么说,但也不是京都的。这是完全崭新的赝品工艺。想要画出功底如此扎实的画,肯定需要水准颇高的画家。假如是岩野佑之,说不定会被骗到;若是交给兼子来看,说不定会给美术杂志写一篇配图的解说呢。"

我说这话的时候,夹杂着对门仓的嘲笑。可实际上,这最后一句话像一根鱼刺,扎在我内心的一角。

二

门仓回去的时候已经六点左右了。他强行留下的信封中装着两张千元钞票,似乎是给我的鉴定费。

这两千日元真是意想不到的收入,我已经等不及民子十二点左右回家了,况且去她家的路程很远。我转念一想,打算直接去民子工作的小酒店,便换了身和服。来到门外,雨不知何时已经停了,被打湿的衣物在暗淡之中泛出微白。

走过两个街区,来到电车的候车处,我才意识到并不确知民子今晚有没有去店里。好不容易来了一辆电车,却没上车,我来到附近的公用电话旁,往小酒店打了个电话。

"小民啊,她今天晚上请假了哦。"听出我声音的女店员接了电话,她身后传来客人们的嘈杂声,"昨天晚上她醉得很厉害,打电话来说今天不舒服,要休息。"

我放下话筒,顺便买了包烟,朝着路的反方向走去,搭上一辆巴士。穿过五反田的繁华街道,往旁边再走两三个街区。到了这里就变成了寂寥的小路。我轻车熟路地绕进小巷,从公寓的后门进入,民子的房间就在最深处。在水泥地面上,我留意着尽量不发出木屐声,一点点靠近。入口的玻璃门像往常一样拉上了浅红色的窗帘,里面透出光来。看来她没出门。

我用指尖敲打玻璃门两三下。窗帘后,民子的身影动了起来,默默地开了门。

"你给店里打电话了？"

民子没有化妆，失去光彩的脸上露出了笑容，是牙龈都能瞧见的那种笑容。只铺了一条薄垫被的枕头旁零散地摆着烟灰缸、茶杯和旧杂志。

"听说你昨晚喝多了？"

我坐到那张掉了黑漆的小圆桌旁边，民子从小小的茶具柜中取出两只茶杯摆开。

"是啊。来了整整三批常客斗酒，几种酒混着喝，彻底醉倒了。还是澄子开车送我回来的。"她说道。

果然如此，她淡淡的眉毛之下，眼皮仍肿着，暗沉的面孔也显得铁青，没有了平日的光泽。我心想，送她回来的恐怕不止澄子，但那也无所谓，便不提。

"那两万日元啊，暂时手头有点儿紧。总之先拿这些凑合一下吧。"我掏出五张千元钞票。

"让你费心，真抱歉。"

民子做出"那我就收下了"的动作，将钱收入怀中。接着她谈起了由乡下父母照看的十三岁男孩，他的肺浸润治疗毫无起色，父亲也因为衰老而动不了了。这些话我已经听了许多遍，正兴味索然地随口回应她，却突然打了个呵欠。

"哎呀，你累了？"

"是啊，我从昨天一直工作到今天早晨八点。"

"是嘛，那你就躺一会儿吧。"

民子把被子旁边收拾了一番，又走到玻璃门那边，从里面锁上。接着从抽屉里取出我的浴衣，已经上过浆糊[①]，叠得整整齐齐。

我躺到地板上。民子换上了绒毛质地的睡衣，拉了下电灯的挂绳。房间沉入了微弱的蓝光中，民子修长的身体横躺在我身旁，让我有一种自惭形秽的感觉，可那感觉迅速地被虚脱感取代。不知为什么，我的眼前仿佛出现了屋外被雨水打湿、垂下去的白色衣物。

睁开眼睛时，只见房间又恢复了通常的敞亮，民子已经换上浴衣，面朝镜子。

"你睡得挺香，还打了呼噜呢。"民子拍打着脸颊，眼神转向我说。她的鬓发变得稀疏了，我第一次发现她的脸挺大。

"你最近都很累哦。"民子厚厚的嘴唇上泛出浅笑。

"现在几点了？"

"八点半。现在就要起床吗？要走了吗？"

"是啊。"

---

① 日本人清洗浴衣时，晾干前会先浸入浆糊处理，以便定型。

"你挺忙？"

我没回应她是否要去办事，起身准备离开。我们像干燥的纸片一样，并不黏黏腻腻。况且体内有一种焦躁感让我心急火燎。或许是因为这个房间太狭小了，无精打采而又浑浊的空气热腾腾地堵住了我的鼻孔。民子没有强行挽留，只是蹲下，取出我的木屐，打开门。

"下次什么时候来？"她扶着门轻声问。

"不知道呢，怎么也得过两个星期吧。"我说着，心想恐怕很快就会和这个女人分手了。

民子抬起那面颊下垂的大脸，没出声，笑了一下，她一定也在这么想吧。

我压低了木屐声，从公寓后门走出去。从黑漆漆的屋檐与屋檐间的狭缝之中能看到星星。小巷里站着三个人，齐齐瞧了我一眼。他们的视线仿佛在我走完这条小路之前都始终吸附在我的木屐上。一个来见女人又从公寓后门出去、瘦削而头发花白的五十岁男人。他们目送我离去的时候，究竟会想些什么？

来到大路上，冰凉的空气触碰到脸庞与胸口。天空中的星星更多了。刚才那种恍若虚脱的感觉，一点点被拂去。好像某种涣散的事物，因触碰到了冷风而逐渐凝固起来。

道路的一边是联排的低矮房屋，另一边是层层叠叠的山崖，高处坐落着亮着明灯的大屋子。路上的行人只有一对少言寡语的男女。我一边走一边想，下定决心和民子分手未必不是一件好事。走完这条寂寥的街道，来到了稍微热闹点儿的路上。到处开着店铺，店铺里似乎没有人影在走动。行人们踩着投射在道路上的灯影走着。每个人都看上去过着比我像样的生活，但都和我一样看上去闷闷不乐。走在这样的路上，我想起过去也好几次经过类似的地方，不知是朝鲜的京城①还是山阳地区的小镇呢？

不经意间，我发现右手边有一家相当大的旧书店。店门口，全集类的书本堆成了好几座小山，书架也一直延伸到店堂深处。我漫无目的地走进店内。

好久没逛旧书店了。我要搜寻的其实很明确：当然是去找与美术相关的书籍。每家店都差不多，都会在最深处的柜台旁放上一排书架。我刚站过去，一旁坐着的老板娘就抬头打量起我的样貌。

这家店里的美术书倒是有不少，可没什么特别的。然而，我站在这些书本前，心情又产生了奇特的变化。

---

① 京城，指京城府，位于现在的韩国，是朝鲜在日治时期的中心都市，相当于现在的首尔特别市。

这或许是我的本性，也是做学问之人的习性。

都是寻常可见的书本。然而不知曾经属于谁的五册本浦奘治著作排列在一起：《古美术论考》《南画概说》《本浦湛水庵美术论集》《日本古画研究》《美术杂说》。书脊上的文字呈现一致的退色。假如是单单一册或者两册，我或许会像过去那样嗤之以鼻。可是接连五册本浦奘治著作排放在一起，这光景让我的眼神有了变化。

至于是谁收藏又是谁卖给旧书店的，我根本不关心。堪称本浦奘治毕生著作的五册书如今都蒙着灰尘，落得被旧书店顾客冷眼旁观的下场，反倒让我产生了特殊的兴趣。

我伸出手指，将其中一册《古美术论考》抽出来，捧着厚重的书本，哗啦哗啦地翻动书页。几乎没有被阅读过的痕迹。可是哪怕原来的藏书者从未读过，我也对每一页都近乎倒背如流。无论哪一行活字之下都似乎浮现出一张脸：狭缝般的眼睛中闪着冷光、高雅的白胡须下总露出狡黠笑容的矮小老人的脸。

最后一页的反面写着作者介绍：

　　明治十一年生。帝大卒业，专攻东洋美术。文学博士，东京帝大教授，东京美术学校教授，日本美术史权威，帝国学士院会员，古社寺保存会，国宝保存会等会社委员，著有《南画概说》及其他众多日本美术史相关书籍。以"湛水庵"为雅号发表大量随笔。

短短百余字就写完了湛水庵本浦奘治灿烂夺目的履历。不过，这本书是在他生前出版的，还缺了一句"昭和十八年殁"。并且应该写上"横跨大正、昭和时代的日本美术界大学阀"。进一步说，至少在我的眼中，还要追记"曾将宅田伊作逐出了美术界"。可以说，我的一生都被这个人毁了。满头花白的乱发，身穿皱巴巴的单衣，踩着木屐站在这里……把我变成现在这副穷酸相的，就是本书的作者——文学博士本浦奘治。

假如说我没有遭到本浦奘治教授的嫌恶，那么现在一定已经在某家大学里开设了美术史讲座，也出过不少著作了。并且，要是能获得教授的赏识，我或许已经代替岩野佑之，成了东大和美校的主任教授，变成学界权威了呢！岩野和我是在东大美学系的同期生。并非是我太过自负，但我的确应该比岩野能干得多，这也是本浦教授亲自承认过的事实。

当时还是学生的我曾和某个女人恋爱并同居。本浦教授对那件事大加批判。

"那种作风混乱的家伙是无药可救的。"教授曾经对人这么说过。

从那之后,我就被所有的教授疏远。可我是否真如他所说的那样有伤风化呢?我曾经深爱着那个女人,也打算结婚。教授才是那种会在赤坂叫上两个舞伎左拥右抱的无德之辈。

我在毕业的同时就志愿成为东大的助手,但没有被录取。我一直以来都想作为美术史研究的学徒一步步往上爬。岩野佑之立即被录用了,然而无论是京大、东北大还是九大都拒绝了我。

走投无路的我只能申请做博物馆的见习审查员。假如一开始不胜任的话,那么做雇员也行。然而无论在东京还是奈良都不行,所有国立单位都逐一将我剔除。本浦奘治的势力不仅局限于文部省,也不局限于宫内省,而是遍布全国。还不光是国立单位,就连私立大学中也被他安插了许多弟子和党羽。

假如胆敢小看本浦奘治,就绝对别想在学术界立足。我刚出校门就早早地体会到了这条铁律。

本浦奘治为什么会有这么大的势力?要说理由,也很简单。古代美术品的收藏家大多是世代传承的大名贵族，那批贵族坐拥很大的政治势力，还附庸了一批财阀和职业政治家。作为古代美术史权威，又是国宝保存会委员，本浦奘治被这批高层势力看中，而他又反过来利用这批势力，结果显而易见。他在美术行政领域成了大学阀，哪怕是文部省，要是遭到了他的反对，有时也会手足无措。各大学校的美术教授、助教授、讲师的任免，没有他的同意是不可能实现的。夸张一点儿来说，他就是那个领域的文部大臣。

本浦奘治对我这个微不足道的青年学生为什么会排斥到那种地步？所谓和女人同居不过是借口。

是因为我与他所厌恶的津山孝造教授走得很近，触到了他的逆鳞。因为这件事，我被流放到朝鲜，回到内地也只能住在乡下。到了五十好几，仍只能做个没出息的古董店顾问，给二流出版社的美术全集编几份月报，写一些展览会作品目录解说之类的勉强糊口。

让我的整个人生走向歧途转折点的就是本浦奘治。

我将书塞回书架，踩着木屐离开了旧书店。

三

看到本浦奘治那五册书，我久违地亢奋起来。我没了坐电车的心情，沿着道路步行起来。一个瘦削的老男人拖着木屐，露出喝醉似的眼神走在路上，行人唯恐避之不及。

即便我的厄运是从亲近津山孝造老师开始的，我也不因得到他的赏识而感到后悔。我边走边想。

津山老师教导了我很多宝贵的、从任何书本中都学不到的东西。实际上，老师连一本著作都没写过。像他这种著作全无的学者很罕见。

老师是坚定的实证派学者。作为国宝审查官，他参与的都是文部省古社寺保存工作。全国的古社寺和古建筑，他几乎毫无遗漏地走访遍了，没有比津山老师鉴赏经验更丰富的学者了。他在研究上的渊博知识，都是靠着毫无报酬的劳作和踩着一双草鞋积累起来的。

并且老师从不亲近任何权威与势力。可以想象，对方一定会伸手主动提供这些机会，更有一大批对本浦博士醉心权力的一面大为厌恶又爱好美术的华族，比如被称为"贵族院①新贵"的松平庆明侯爵和本田成贞伯爵。然而，老师宁肯谢绝他们的好意，也绝不接近权贵，那恐怕也是因为忌惮本浦博士。

---

① 贵族院，是过去日本帝国议会的上议院之一，由非民选的皇族、华族、敕任议员所构成。1947年废除。

据说本浦博士对老师很是嫉妒。一部分上层人士对老师表示好感，本浦对自己的势力有可能被瓜分感到畏惧。不，他的门客哪怕将一点儿好感移去老师处，都会使本浦不悦。本浦博士就是这样的人。

津山老师似乎对本浦博士的为人很是不齿。不仅因为其利欲熏心，而且因为其对古代美术的鉴赏能力不足。在学术上标榜日本古代美术史权威的本浦奘治，我承认，他功绩颇丰。但是，或早或晚，哪怕没有本浦奘治，也总会有人能做到他那种程度。

将既存的古代美术作品分门别类，为演绎式的资料体系归纳出理论，的确无比亮眼。但对实证的积累太过贫乏。事实上，本浦的美术史论大体上都很粗糙，是不充分的理论。首先，对作品缺乏鉴赏水准，所以会用学究式的小聪明来加以粉饰；概论看上去很气派，极其蛊惑人心，但假如在资料的选择上就出现错误，那么在此基础上建起的理论也是脆弱的。

比如《日本古画研究》是为本浦研究体系奠定基础的巨作，可是资料中有一半明显不是真迹。当然，在博士那个时代，没有今天这么发达的考证技术，可即便如此，那么知名的大家竟然连赝品、他人作品和后世仿作都无法区分！

我与津山老师走得很近的时候，曾经指出《日本古画研究》中一两件资料的谬误，老师只是露出了冰冷的苍白表情和谜一般的微笑。从那之后，我就一直接受着老师的指导，随他一起去了奈良、京都和山阴，维持了相当长时间的师徒关系，他也第一次略带怯懦地向我透露了有关《日本古画研究》中其他资料的秘密："那本书里的东西，至少有三分之二是赝品。"

听到"三分之二"这个数字，我目瞪口呆。这就近乎将本浦博士彻底否定了。况且后来严密查证后，发现有更多谬误。

"不过啊，这并不是你能在本浦先生活着的时候提出来的事。那是学者的礼仪，因为本浦先生在其中融入了自己的想法。"

老师这么对我说。

现在想来，他的这句话有两层含义，其中一层就是老师坚持维护着"学者的礼仪"。津山老师终其一生没写过一本著作。假如他真的要写，就必定要触及以本浦博士的理论为根据的资料，就会将博士彻底否定。

假如老师比本浦博士更长寿，他肯定会撰写著作。本浦博士活着的时候，他不能写。但是本浦死了他就能写。当然，那并不代表老师害怕本浦奘治这个大学阀，而是对在学术上创立日本美术史并将之推向繁荣的本浦博士应尽的礼数。只不过，就算对他没有尊敬，也必须保持面对前辈学者的"礼仪"。老师就是这种爱露怯的学者性格。不知道老师究竟想写怎样的著作。根据我的擅自揣度，老师或许在等待本浦博士死亡。

可是津山老师年仅五十岁就先死了，本浦博士后来又多活了整整十五年，死于六十七岁。在日本美术史领域中，拥有渊博实证学识的津山老师竟然一本著作都没留下，这件奇事的根由就在于此。

另一层含义是我很久以后才意识到的。"因为本浦先生在其中融入了自己的想法"，这句话的意思，是不是说本浦博士在他的著作中所使用的资料在筛选时动过某种手脚？那批资料大多与权贵富豪的藏品有关。从作品的性质来看，是理所当然的。可是假如在某种意志的驱动下，故意将存有疑点的东西收录进去，以此赢得收藏家的好感，也是极为顺理成章的结果。虽说博士的鉴赏水准要打个折扣，但也并非完全没有可能。在博士自己都抱有疑问的前提下，在作品明显不该被收录的前提下，被视为权威的作者却将其故意收录进去，我认为应该动过这种手脚。本浦博士以权贵为靠山，形成了他的势力，秘密就在于此。老师已经看穿了这一点，这就是所谓本浦先生"自己的想法"。

最了解津山老师实力的人不是别人,就是本浦博士自己。同时,博士无疑很清楚自己的弱点。博士对老师敬而远之。他确实在老师面前抱有自卑感。虽然他靠天生的倨傲表情隐藏着一切,但确实很害怕老师。恐惧转变为对老师的阴险敌意,因此他憎恨着成为老师门下弟子的我。

本浦博士背地里还说过这样的话:

"津山君对作品的鉴赏方式是古董贩子的眼光,那只是工匠技术而已。"

可是仅凭学者式的拙劣眼光来鉴定作品,又能区分真伪到什么程度呢?鉴定的依据从始至终都必须足够具体,那需要丰富的鉴赏经验和严格的技巧训练。凭直觉来说话是很容易的,可直觉又是以什么为基准呢?那是无法从观念性的学问中推断出来的。再说了,实证本是实事求是,是以工匠的技术作为研究方法的。我只能说,本浦博士口出恶言,是将自己的自卑感以那种形式发泄了出来。

所幸,我从老师那里学到了那种工匠的鉴赏技术,这是任何东西都无法取代的宝物,是从任何学者的著述中都学不到的知识。相比学术理论那种高高在上的空洞之物，老师的传授在内容上不知要充实多少倍。

我被本浦博士视作眼中钉，无处可去之时，是老师为我在朝鲜总督府博物馆找到了一个外派雇员的职位。

"我在拓务省有个熟人，托他通融了一下。虽然那边的日子不好过，但能不能暂时忍耐一下呢？要是内地有条件更好的职位空出来，就立刻叫你回来。"

老师怯生生地眨着细细的眼睛说。

老师和本浦博士不同，是个跟行政势力彻底无缘的人。而老师竟会来关心我四处碰壁的就职问题，想必真是时时为我着想。当然，他也知道我由于得罪本浦博士而无路可走，根本原因就是我拜在了老师门下，他或许因此觉得自己负有责任。说句实话，我当时并不是很盼望到外地去就职。可是"不情愿"这种话我怎么说得出口呢？我对老师的心意实在感恩戴德，二话不说就接受了。朝鲜总督府既不属于宫内省也不属于文部省管辖，加上路途迢迢，本浦博士的势力总不可能追到那里。又或者，这虽然是津山老师的介绍，却并非正式职员，外派雇员这个位置只是求本浦势力高抬贵手放我一马？

我在朝鲜整整忍耐了十三余年，做永无升迁机会的长期外派雇员。在此期间，我的恩师津山孝造老师去世了。我这辈子流过眼泪的场面，只有在年少丧母和收到老师讣告的时候。

有件事很对不住老师，那就是我在朝鲜过的是沉缅酒色的生活。现在无论谁看到我的脸，都会认为超过六十岁了，恐怕就是当初的生活体现在肉体上的结果。我也曾有过可称作妻子的女人，但很快分手了。在那之后，我不止一次换着女人同居，可没有一个能持久。我陷入了烧胃般的焦躁与绝望。我想要追求安宁，却无论和哪个女人生活都无法沉下心来。我像是发了狂，无以名状的愤怒从我的后脑勺往上冒，总是突然间就粗暴地抓起东西乱摔，没有女人能持久忍受。

失去了津山老师，我或许能在适当的时机回到内地的渺茫希望彻底破灭了。本浦奘治退休后离开了大学，却依旧是垂帘听政般的人物。他把党羽和弟子都安插在主要的大学、专科学校、博物馆等单位，像蚂蚁一样防范异己的潜入。他与高层的关系日益紧密，政治力量一点儿都没衰退。

不过，我的焦躁还不仅仅是因为无法回归内地。和我同期的那个叫岩野佑之的男人正节节高升，成了助教授，成了教授，继承了本浦奘治的衣钵，最终在帝大文学部当上了日本美术史的主任教授，还开设了讲座。这对我是极为沉重的打击。他就像快步登上阶梯一样升到了那个位置，而我却只能窝在朝鲜的一角，怀着屈辱，袖手旁观。

岩野佑之是个脑袋不灵光的男人，因为我从学生时代就认识他，所以能自信十足地这么说。只不过，他就是那种所谓的世家子弟。他是地方上一个小小的大名华族，当家的男爵是他的长兄。这么说来，岩野在年轻的时候还称得上是个美男，长着一张像模像样的贵族脸。这种出身的人，是本浦奘治最喜欢的类型。

岩野佑之也明白自己的头脑不算好，于是一心一意依附本浦博士，对他几乎是奴隶一样地百依百顺。传言说，他所拥有的大片土地有一半就是因此被转手的，事实如何就不得而知了。除此之外还有种种说法，真伪另当别论，至少不是空穴来风吧。这种全身心的奉献也是让本浦博士对他大为中意的地方。他最终决定让心爱的弟子岩野佑之继承他的衣钵。

在学术世界里怒喝"这怎么可能行得通！"是极为愚蠢的，学院派本就是这副现状。我领悟到这一点的时候已经太晚了。不过当时的我太年轻。像岩野佑之这样的男人竟然能爬上我想都不敢想的地位，如此的不公平让我深感愤懑，让我挣扎在蔑视、嫉妒与憎恶中。我心想，这回就算是求我，我也不会再进国立大学和博物馆了。我在京城那条朝鲜贫民聚集的钟路后巷买醉，不知有多少次整夜彷徨。直到今天仍会梦到那片肮脏、逼仄街道上的一排排房屋。我也曾经在塔谷公园趴在地上睡过整晚。但是，这样一个男人在朝鲜过着何等煎熬的生活，本浦奘治和岩野佑之根本不在乎。他们和我之间，简直是云泥之差。恐怕连我叫宅田伊作这个名字都忘记了吧。可是后来我才明白，这个想法是错的。

昭和十五六年左右，多亏有人替我打点，我结束了十三年的朝鲜生活，回归内地，成为了H县K美术馆的外派雇员。尽管这家美术馆是民营的，但在全国都有点儿名气，是陈列着K财阀所收集藏品的财团法人。藏品中，有不少是日本古画。

我心想总算不用折腾了，这下不用去东京了。有这里的古画，对我来说就足够了。醉心美术的K氏不惜花费重金收集作品，都是质量上乘的绘画。我在惊讶之余，产生了卷土重来的想法。津山老师的教诲没有比此时更能派上用处了。面对那些四处搜集来的古画，我仿佛在接受老师无言的指导和激励。我又鼓起了勇气。我凭着这份学生般的新鲜勇气，投入到这批古画中去。在朝鲜碌碌无为的十三年，不，在朝鲜的博物馆中也有不少东洋美术的名品，也不算彻底地碌碌无为。可是在这时，我为了从精神上的漫长虚脱状态中恢复，前所未有地认真地挑战起古画研究。

老师无论在任何方面都曾巨细靡遗地教导过我，他渊博的知识渗入到了每一项技术中，无论是怎样的细节，都像医生的临床讲座一样举证翔实。这就是本浦博士不屑一顾的工匠技术。一旦验证，这份工匠的技术就有着超越本浦湛水庵所有抽象论文集好几倍的价值。

或许是因为我的潜心学习，鉴赏技术在K美术馆多多少少受到了赏识。可过了两年，我突然被解雇了。我只是一个外派雇员，其实说一句"人事调动"也就足够敷衍了，可宣布此事的理事绝不肯说出明确的理由。

后来有人悄悄告诉我，理事去东京见本浦博士的时候，岩野佑之正好在旁，那两人一同说了一句：

"你那边好像有个来路不正的人啊。"

理事回来后，和K理事长商量了一下，决定把我驱逐。跟本浦奘治和岩野佑之对着干，对当时的K美术馆来说没什么好果子吃。

本浦奘治也好，岩野佑之也好，仍清楚地记得"宅田伊作"这个名字。

那件事过去一年后，东大名誉教授本浦奘治死了。如云的名士与学者前去参加葬礼，还上了报纸。我当时为他的死庆祝了一番。

四

回到家已经九点半左右了。楼下的大门已经关上，能听见里面细碎的说话声。我从后门上了昏暗的二楼。

无论是被褥还是桌上的稿纸都乱糟糟的，和出门时没有两样。挂出去晾的衣服湿透了，垂在竿子上。门仓留下的海胆礼盒仍旧放在原位。

看到那份见面礼，我又想起门仓给我看的那幅竹田赝品。那幅画做得真不错，难怪门仓会认为是真迹而拿来给我瞧。肯定是技术十分了得的人画出来的。

假如是岩野或兼子，说不定会被骗到。我想起了自己对门仓说过的话。这话不假，继承本浦奘治衣钵的岩濑佑之在他那本《日本美术史概说》里说的话简直跟他师傅是一个模子刻出来的。文章结构也一样，遣词造句也一样。那根本称不上是继承，只是对本浦学说平庸的复述而已，看不到一点儿创意，也没有发展，倒不如说还退化了，内容松松散散的。本浦奘治尚有其独到之处，可岩野除了涣散与无聊，什么都没有。他在鉴赏水准上的匮乏，尤甚于他的师傅本浦教授。

岩野仿照他的师傅，主攻南画领域，出版过《文人画之研究》《南画总说》等著作，都只是对本浦奘治学说的扩写，不过是注了点儿水分进去。首先，一看书中的插图就会发现大部分都是没用的玩意儿。他比本浦奘治更加有眼无珠。但由于他彻底暴露了自己的无知，著作反倒格外有趣。

可是世人并不知道这样的事实，依旧认为岩濑佑之是南画研究的权威。这也无可厚非，毕竟他在东大和艺大主讲美术史，尽管不如本浦奘治，也算得上是个大人物。又因为他出过不少著作，有人捧他的臭脚也很正常。权威只是他那个头衔之上的装饰品。

那么，岩濑佑之究竟是怎么做鉴定的？我对此很有兴趣，就调查了一下，于是了解到了这么一件事：

他被请去作鉴定的时候，会一声不吭地盯着那幅画。从他口中时不时地发出"嗯嗯"的哼唧声，却只是一声不吭地盯上三四十分钟，什么也不说，只会"嗯嗯"地哼唧而已。

过了一会儿，他身旁叫兼子或富田的徒弟就会开口："老师，这幅画不太行啊。"

他这时才会下达判断："是啊，不太行啊。"

又或者，徒弟说："老师，这幅画看上去还不错嘛。"

便会获得"不错"的答复。

要是听不到身旁人的意见,他便什么都不说,哪怕看上一个小时也不开口。

真的假的?我曾怀疑过,可实际就是如此。我听说这件事时,忍不住大笑。岩野佑之毫无主见,既没有自信,也没有勇气,更不具备鉴赏基础。他从本浦奘治那里学到的只是粗略的概论和成体系的理论。他对个别对象的实证研究是空洞的。在这方面,年轻的助教授和讲师富田跟兼子两人倒更有研究热情,相比虚张声势的岩野,要像样些。不过他们两个在我看来也不行。

归根结底,日本美术史这门学问在方法上必须更偏向实证主义才行。本浦奘治虽然嘲笑津山老师是"工匠技术",但美术史必须应用这种技术,将对象彻底探究,必须基于一件件的材料来完成研究调查才行。有了这样的积累,才能够归纳出体系。将实证方法仅仅归结为"工匠技术",是那些仅靠模棱两可的直觉来装神弄鬼的虚荣者的说辞。

在鉴定领域,相比名声显赫的学者,可以说古董贩子懂得更多,毕竟这是他们赌上真金白银的生意,是动真格的。说到古董贩子,我在某段时间里曾经靠一家名叫芦见彩古堂的大古董商养活。店主是个叫芦见藤吉的男人，他很看重我，见到难懂的物件就会找我商量。当时的我会收下一些不知算是津贴还是顾问费的钱。

有一次，他不知从哪里物色来一件号称"大雅画帖"的作品来让我看。作品还不错，可惜是赝品。芦见很是沮丧。事后想来，肯定还是有买家愿意收的。

芦见藤吉是个行事滴水不漏的生意人。对于那些前来光顾的大客户，他平日里会不计付出地百般讨好。他调查出男主人的嗜好及其夫人的兴趣，就会拼命钻营来向他们靠近。当然只是表面上的靠近，只为赢取对方的欢心。虽然只是溜须拍马，却会投入极大的努力。假如男主人说会下围棋，他就会找高手练习，至少学到初段；假如夫人的兴趣是三弦曲，他就会练到能登台献艺。所以，无论是歌谣还是茶道，他对五花八门都有研习，甚至都达到了一定的水准，实在称得上刻苦。不这么做，他就得不到顾客的信任。举个例子：无论真宗、真言、净土、法华或神道，他都能把经文和祝词全文背诵，可以根据顾客的宗派来随机应变。在此之上，甚至还出钱买来了管长[①]署名的授戒袈裟。不止是这些，连顾客的身边人也在他的讨好之列，假如哪家主人有购买

[①] 管长，是指日本神道、佛教系统中管理一宗一派的指导者。

古董的顾问，那么接下来他就会去靠近那个人的兴趣。有一次，芦见听说某个人从事考古学，便研究起考古学，甚至还跟着一起去挖掘。只要跟生意沾边儿，他的努力是超乎寻常的。

然而几个月后，我发现某本具有一定权威的美术杂志上竟然附着照片介绍起了此前被我判断为赝品的"大雅画帖"，笔者是岩野佑之，文章对全新发现的大雅作品赞不绝口。我虽然打心底里可怜岩野佑之，但由于他的名字与杂志的权威性，这件作品一定会被世人认作真迹，这是令我无法忍受的。尽管我过着卑微的生活，可我毕竟是在日本美术研究这条路上走来的老派门生。出于公愤，我在某本杂志上刊登了证明那件大雅画作是赝品的文章。很不幸，刊登我那篇稿件的是二三流杂志，不知道有没有进入岩野佑之的视野。杂志上市半个多月，芦见藤吉突然把我叫去，变了脸色怒骂起来。其实收藏了那件作品的就是他，据说买家前几天声称已经看腻了大雅，让芦见吃了个闭门羹，似乎是对价格有些犹豫不决。芦见说，买家就是因为读了我写的文章才会这样的。

我明明已经说过那件不能收，他却还是买了下来。我以为那是他在别处转借来的作品，才写了那篇文章。

我反驳说：已经解释过了，清清楚楚地说过不该收，为什么还是收了？他却说，你不懂生意经。既然这样，就和你缘尽于此吧，我和他吵了一架，散伙了。假如我没有以这种形式与芦见彩古堂分道扬镳，那么现在每个月还会有进账补贴，生活不至于如此痛苦。

我躺在地板上，香烟抽个不停。都是因为在旧书店的书架上看到了本浦奘治的五本书，我有点儿亢奋。这种亢奋也与我现在的生活有所联系。我租了一间脏兮兮的六叠房间，红棕色的铺席上乱糟糟地摆着书本、纸张、陶炉与锅子。房间里，看上去六十多岁的消瘦单身老男人窸窸窣窣地煮点儿饭，烤点儿鱼干吃，接到委托就熬夜写点儿杂文。时不时无精打采地出门见见情人，打发一下倦怠再回来。自从被本浦奘治记恨以来，我的人生在不知不觉中已经碾作尘埃。

岩野佑之却顶着夺目的头衔，发表着空洞的美术史论文。社会上的虚饰和充实的私生活都属于他。对本浦奘治这个大学阀奴颜婢膝的岩野佑之竟然有如今的成就，这对我来说未必太不合理了。我是在与他比较吗？不，这已经称不上是比较，不合理已经远远超出了能够作比的范畴。在我的眼中，所谓岩野之流的学者也好，躲在象牙塔里的家伙也好，鉴定人也好，美术商人也好，所有人都虚假至极。

仔细想来，如今的日本美术史这门学问本身就是不合理的。其研究材料大多掌握在大名贵族、明治新贵族及财阀手中，都收藏在他们的仓库深处。他们从不喜欢将藏品公开，而得以欣赏的特权只属于本浦奘治这种趋炎附势且名声显赫的学院派学者。况且藏品的主人即便允准被鉴赏，也不喜欢被调查。战后，随着旧华族和财阀的没落，有相当一批藏品流入民间，但那仅相当于全部的三分之一。哪个世界会有这种仅限特权者接触材料的封建学问？和西方美术史相比，日本美术史甚至不能算是一门学问。况且，被准许进入研究之列的鉴赏者都是岩野佑之这种近乎睁眼瞎的学者，真是滑天下之大稽。日本美术史还处于需要进一步调查的时期，材料却有一半都在收藏家手中，好比被埋没在地底。这种神神秘秘的藏匿状况让赝品自由地横行于市，使得古董商们生意兴隆，只要编一些煞有介事的出处，拿出做工上乘的赝品，有眼无珠的学者就能被轻易地诓骗。十几年前发生过秋岭庵假画案，现在想来，根本不足为怪。

当时进行过鉴定并为之推荐的芳川晴岚博士成了牺牲品，的确很可怜，但也不应该归咎到芳川博士一个人身上，大家都是五十步笑百步。何况岩野佑之当时也和芳川博士一样，差点儿就要去吹捧那幅画。可在关键时刻，赝品之事败露，岩野在松一口气的同时又跟随其他人对芳川口诛笔伐。岩野的确做得出那种事。

总而言之，封建性就是日本美术史领域的盲点。

我想划亮一支火柴，却又停下手来。

"盲点吗？"我自言自语，脑中闪过的某个思路让我无意识地吐出这个词。

我头靠枕头，闭上眼睛。刚开始只是一些思考的碎片，连接，断开，再度连接而延伸。我陶醉于这种思考的游戏中。不知为什么，我的眼前浮现出被雨打湿而垂头丧气的白色衣物和有着紫色牙龈的女人所居住的气息浑浊的房间。但是，这幅景象又变成让我沉溺于思考之中的阴湿气氛，飘满四周。

五

翌日，我上午就出门去了上野的门仓那儿。走进小巷，上到杂货店二楼，有一个六叠大的房间，铺席上摆放着两张书桌。这就是门仓的东都美术俱乐部办公室。

门仓孝造和女文员两人的脑袋凑在一起正盯着什么东西看，一见到我，不禁"喔！"地惊叫出声，看来我的到来令他十分意外。略微肥胖的三十多岁女文员赶忙走开，去了楼下。

"昨天真是打扰您了。"门仓让我坐在窗户附近客用的椅子上，看上去是扶手椅，但毫无弹力，白色的罩布脏兮兮的。

一看桌上，摆着一本名为《日本美术家名鉴》的表格状印刷物。刚才女文员和他盯着看的大概就是这玩意。

"是这回的新表格吗？"我取在手中，门仓"嘿嘿"苦笑。东西部有头有脸的画家都被列了进去，不过罗列在最后的一些无名画家就是胡扯了。门仓将使其获利金额高的画家排在上边，每次去往地方，总是会把这些玩意卖给收藏爱好者。这是他从事鉴定业背后的副业。

"赚头不小嘛。"

我这么一说，门仓摇摇头说这样的表格人尽皆知。

女文员从楼下回来，给我上了茶。她的额头宽阔，眼睛很小，下颚前凸，看上去很会照顾男人。门仓拍了拍刚放下茶碗的她，让她去给某某处打几个电话，感觉故意支开她。

"昨晚竹田那幅画真是太遗憾了，做得真好。"我啜饮着黄澄澄的茶说，"关于那幅画，我有些事想跟你谈。要不要找个地方喝杯咖啡？"

门仓的眼中放出光来，他似乎一瞬间就看懂了我的企图。可惜他的想法完全偏了。女文员眯着眼，微笑着目送我们离开。

"什么事？"他一进咖啡店就赶忙问。

"关于那幅竹田赝品的画家，他究竟在哪儿？"

我刚说完，门仓盯着我的脸瞧了好久，才压低嗓音反问："老师，这究竟是吹的什么风？"

他似乎认为我的计划只跟昨天的那幅画有关。

"我想把那家伙好好训练一番，他的技术似乎不错。"

门仓眼神闪烁了几下，又很快绽出光芒来。他露出"懂了"的表情，身体向前倾。

"这真是个好点子啊，有老师您的指点，水准肯定出色。光那幅竹田就让我半信半疑。"门仓坦率地说。

实际上，他的确认为那或许是真迹，才拿到我这儿来的。似乎是他糊弄藏品的主人说是赝品才收来的，请我来做鉴定，只是最后的确认。

门仓在这一行也是一个滴水不漏的人，我短短几句话，他就立刻悟出了其中含义，露出有兴趣的表情。

"那么，你能弄清这个画家的下落吗？"

"能弄清。您既然这么说，我一定拼了命去找。俗话说蛇行蛇道嘛，从各种门路去打探，肯定能找出来。"

门仓的嗓音兴奋起来。

"培养起来可是很花时间的,况且还不知道究竟能不能成器啊。"

我这么一说,他便用一句"您说得对"来迎合我。

"可是画出那幅画的人,水准是货真价实的,前途肯定有望。"他又补充道。

"肯定也得花相当多的钱啊。"我喝了一口咖啡。

门仓说"这我明白",像赞成自己似的点点头。

"把他叫来东京,给他一个住处。不知道会花上一年还是两年,总之这段时间由我来照看他。他有家人的话,也必须支付其相应的生活费。丑话说在前面,在得到我的认可之前,一幅画都不许卖出去。"

门仓的表情变得有点儿严肃。我的热情超出了他的预想,他看来有点惊愕。

"行啊!金钱方面,我想法子解决。"他用豪赌一把的口气回答。

"不,关键并不是那个,不仅仅是钱的问题。"我说,"假如这个人真有前途,就必须让另一个更有脸面的古董商进场。我的意思是说,必须考虑好销售的门路。从你这边销出去,不足以取信。反过来说,他的一切费用,让那位古董商来承担就行。"

门仓沉默了，豪赌之热情顿时减半。他的沉默代表着正在盘算各种情况。他似乎已经明白，我所考虑的计划出乎意料地大。

"行，我明白了。"门仓用认真的口气回答，"但是，要挑哪个古董商？"

"芦见不错。"

"彩古堂吗？"他看着我的脸，"不过老师您和彩古堂的关系一言难尽啊。"

"没错。不过，这种事儿，芦见是不二人选。他在客户中很吃得开，又敢于做铤而走险的事。别担心，只要有钱赚，那个男人的脑袋灵光得很，和我之间也就一笔勾销了。"

门仓不出声地笑了。他的脸上汗涔涔的，闪着光亮的汗珠仿佛浮在皮肤上。

"我坐明早的特快，立刻出发去九州。一查清楚就发电报给您。"他说。

走出咖啡店，我和他道别，胸中被一种类似充实感的东西所充满。炎热的艳阳就在头顶，路上的行人无精打采地走着。

我坐上电车，前往民子的公寓。不知为何就是想去那里。看到无精打采的行人，我又回想起民子房间里那浑浊逼仄的空气。我感觉到一种诱惑，我想将高昂的兴致拉回到沉淀于那房间中的怠惰气氛中去。短短一小会儿，想要置身于平常倦怠之中的冲动就使我行动起来。

民子只穿了内衣在打盹，她立刻披上浴衣起身，浮肿的眼中露出迟钝的笑容，我一进屋子就拉上了窗帘。

"怎么了？啊，昨晚真是谢谢了。"她在为钱的事道谢。

地上垫着一条薄席子，她刚躺过，还残留着被汗水浸湿的浅淡色泽。我直接躺了上去。

"天那么热，脱了吧？"民子用黏人的表情说。

好啊，我说。从窗帘缝隙中漏出的阳光中，灰尘正卷起旋涡，飞舞着。

"我还以为你不会来了。"

她边说边用团扇给我扇风。她的口吻像是知道我再也不会来了。还有，她的这句话中也有一种自青草中蒸腾出的腥臭味与倦怠感。

就是这个，我想。这种腥臭与怠惰已经融入了我的生活，我已经成功地适应了这种保护色，恰似动物感受到自己巢穴的温度和臭味，慵懒地蜷曲身体，闭上眼睛。或者说，我身上这种落后于时代的怠惰与温度可能已经蔓延在这个女人的房间里，反倒让我坐立难安。

女人缓缓地摆动团扇。我躺在薄席上，无所事事。

门仓明天早晨就该去九州了吧。既然是由他出手，肯定能找到那个赝品画家。关于今后的计划，尽管碎片式地浮现在脑海，但目前还只像一些漂浮物。我故意将想法压抑，沉浸在平日里最熟悉的无为状态中。

说是无为，不做些什么又难以忍受。我扭过头去想找本旧杂志，却见摆着小小佛坛的桌子底下掉落了一个类似名片夹的东西。这东西从未见过，我便伸出手去够，民子却手脚很快地将它捡了起来。

"是客人的东西。"她说，"他忘在了店里，我就装进了口袋，直接带回家里来了。"

我沉默不语。前天晚上，店里的朋友把喝醉的她送回来，其中肯定混着个男人。民子将名片夹收入口袋中，瞧了瞧我的脸色。

我心想，平时那种焦躁感该冒出头来了，便盯着天花板看。却什么都没发生，心境依旧安稳。眼前反而浮现出芦见彩古堂的脸。民子站起身，露出诡异的浅笑，解开头绳。我也坐了起来，汗湿的衬衣贴在背上，或许还印着薄席上的纹路。

"啊呀，要回去了？"民子停下手上的动作，看着我的脸。过了一小会儿，她才说："今天的你有点儿不一样呢。"她的眼神有点儿像是在观察我。

"怎么不一样了？"

"就是不一样，像是在和什么人较劲似的。发生什么事了吧？"

"哪有什么事啊。"我回答。

然后，我慢吞吞地走过那片水泥地，来到屋外。在其他房间住客的面前，民子总是只把我送到房门口。这次来，我终于难以确定这个女人究竟是否仍在这里等我。我与女人的体臭在那个房间中发酵而成的怠惰温存明明已经失去，我却有些不舍。

外头炫目的光与热撒在我的身上，我的皮肤一时之间还没能感到热度。

六

从九州暂时返回的门仓与我一起前往了F县I市。门仓在九州到处搜寻了四五天，才找到了那个竹田赝品画家酒匂凤岳，我们此行就是去见他。

"酒匂凤岳这个人，今年三十六岁，有老婆和一个上初中的孩子，说是从京都的绘画专业学校毕业的。"

门仓向我交代了一下酒匂凤岳这个人的背景。

"I市是距离F市只有十里、偏南方向的煤矿小镇。

凤岳在那里靠教日本画谋生。无论美人画、花鸟画还是南画都很拿手，非常灵巧。虽说只是一座煤矿小镇，却有两家大公司，一般是职工宿舍里的职员或者夫人来学画，可数量还是挺少，得靠画赝品来赚钱啊。"

"赝品的订单是来自哪个古董商？"我问。

"E市的。只有一家，我看他们没什么胆子，偶尔几次而已。对于我们来说倒是好事，毕竟他的手段这么了得，要是被东京或者大阪的同行知道就不妙了。"

"你向他表示我们的意图后，他是怎么说的？"

"他考虑了一下，说愿意做。"门仓的口气显示连他自己都兴奋了起来，"他也想着要去一次东京，就说什么都画。而且，绘制这种东西，从画家的立场来说，能学到很多，还请我务必要让他做呢。"

我点点头。他的想法没错，我知道如今有不少被称作大家的画家，年轻时都曾画过古画赝品。本人当然是遮遮掩掩，可时常能遇到流露出那种感觉的作品。

"总之，我已经告诉他会带老师一起来，他也盼望着在老师的指导下，在赝品画方面更进一步呢。"

在赝品画方面更进一步——这种说法实在奇怪，可是从门仓的嘴里冒出来就没那么怪了。

我们在东京出发的特快列车上摇晃了二十多个小时

才来到Ｉ市，那是一个城镇，有着四通八达的轨道炭车，位于炭坑地带，到处都能看见三角形的矸石山。

第一次与酒匂凤岳相见，是在河畔一间破旧的小屋子里。炭尘堆积的狭小河流，颜色已显得浑浊，岸边的泥土闪着黑光。河对面有座略高的山头，与煤矿厂的灰色建筑物及设施相邻的，是一排白色的西洋风格小楼。门仓告诉我那是煤矿职员的住宅。

酒匂凤岳是个高而瘦的男人，有着深陷的眼眶和高高的鼻梁。眼睛很大，笑起来挤出深深的法令纹。

"拙作让两位见笑了。"凤岳挠着乱糟糟的长发说。

他脸颊瘦削，留着青黑的胡茬。或许是因为靠卖画教画为生，他格外地通达人情世故。他坐着的身后还胡乱地放着一堆尚未收拾的绘画工具。

凤岳的妻子是个长着圆脸的老实女人，她端来啤酒放在餐桌上，显得怯生生的。东京来的客人即将与丈夫的生活发生联系，她的表情仿佛是在表达对从今往后未知命运的恐惧。上初中的孩子倒是没见着。

要谈的事情，门仓事先大体已经讲过了，我立即参观了一下凤岳的作品。画技称不上有多精湛，可从描线与颜料的用法上能看到他的灵巧之处。然而，个性称不上新颖，构图也很糟糕。一言以蔽之，凤岳作为躲在乡下的画家来说，是个少有的高手，可若来到中央地区就无人会在意。他又主动展示了写生簿，上面的画与他在绢布上画的彩色画一样平庸。

"有临摹作吗？"

一听到这话，凤岳就从架子上取出了四五支画卷。

展开来一瞧，我立刻就理解了凤岳的资质所在。说是临摹，拿出去卖就是赝品。并且，凤岳的技术在自己的画中显得无药可救，临摹时却展现出让人几乎看走眼的精彩之处。雪舟[①]、铁斋也好，大雅也好，都与门仓带给我看的那幅竹田画有着异曲同工之妙。还有一幅光琳[②]的画，似乎因为不擅长这类画风，效果就差得多，看来还是南画最适合他。作为样本的原图都是曾刊登在美术杂志上的摄影版，是谁都见过的图片。

门仓在一旁看着画，不停地"嗯嗯"附和，又时不时地看看我的脸。他的眼神中浮现希望，仿佛在催促我。

"要模仿画赞[③]上的文字真是很辛苦。"凤岳略带自豪地说。为了模仿竹田和大雅的书写习惯，他不知花费

[①] 雪舟（1420—1506），活跃于室町时代的水墨画家、禅僧。

[②] 光琳（1658—1716），即尾形光琳，江户时代的画家、工艺家。

[③] 画赞，即写在古画空白处，赞颂画中人物的文体。

了多少工夫，对照着摄影版反复练习。他也有这么说的底气，要是外行人来看，多半会被骗得团团转。

这人能用，我心想。某种想法在我胸中膨胀。这膨胀起来的想法与刚才河边的烂泥一样漆黑黏腻。

我们与凤岳说定了前往东京的事宜，门仓提起可以为凤岳租借房屋并提供生活费。

"我会把家人留在这儿，一个人去。毕竟也得考虑孩子上学。"凤岳说。

我赞成了。他这么一说，我才意识到，凤岳需要一条退路，必须准备好败退之际的容身之处。无论是门仓还是凤岳，都没有想过这件事。

门仓甩动着秃头之后残留的长发，向凤岳吹嘘起我来："受了这位老师的指导，你的技术肯定能变成现代首屈一指，收入也会远超你的预想。就是因为留在乡下太埋没人才，我们才从东京远道而来。好不容易有这么好的老师教导你，就好好干吧。事成之前，你的一切生活问题都交给我来打理，不用在意细枝末节，全身心地投入研习吧。"他用得意扬扬的口气劝说道。门仓的视线在我与凤岳之间来回游移，语气中适当地混入一点儿阿谀奉承。

"那就请您不吝赐教了。"

凤岳对我低下头，他长长的脸上浮现出了愉悦的笑容。他一笑，纤细的鼻头旁就挤出皱纹，薄薄的嘴唇也弯曲起来，显得很是穷酸相。

我们说定了找到住处就立即通知他，然后走出了凤岳家。凤岳的妻子一直送我们到了屋外，她的圆脸上，不安的表情仍旧未曾消去。艳阳之下，她的脸被照得像纸一样白，眯成缝的眼神中满是狐疑，死死盯着我们的背影。假如世上真有人凭本能就看穿了我的真实意图，或许只有凤岳那满身憔悴的妻子一人。

"凤岳这人还挺好打交道的嘛！"门仓一坐上火车就赶忙说。酒匂凤岳一直送我们到了车站，挺着高高的个子，在月台上挥手道别。他的身影中有一种昂然。

"是啊，总之就看出货成色如何了。"车窗外流着一条大河，土堤的夏草之上，有牛在游走，我眺望着景色说道。必须在某种程度上打压一下门仓的期待。

"话说回来，您打算让凤岳画什么？"门仓心无旁骛，继续追问。

"不能让他画太多种类，玉堂那一类刚刚好。玉堂也是他的专长。"我直接说出心中所想。

"玉堂？浦上玉堂吧？"门仓的眼睛立即亮了，高声说，"那还真不错！玉堂的画，有不少人抢着要呢。

竹田和大雅已经太泛滥了，假如是玉堂，市面上流通的还真挺少。"

门仓所说的"市面"，指的是二三流古董商的拍卖市场，那里能够交易到古今各大名匠的赝品。

"玉堂的价格也很高，稍微像样一点儿的就能卖五六十万，好货能值上四五百万。不愧是老师，着眼之处真地道。"门仓频频称赞我，像是正空想着狠赚一笔，表情得意扬扬。

"不过，门仓老弟，"我说，"你知道现在有谁热衷于收集玉堂作品吗？"

"也就是滨岛或者田室了吧。"

门仓立刻提出了两个名字来。滨岛是经营私铁的新兴财阀，田室是继承了砂糖和水泥生意的二代财阀，年轻的田室惣兵卫很喜好古代美术品，在他的别墅H温泉中还专门设有展示收藏的美术馆。滨岛和田室两人，互相之间对收集品有着竞争意识，总是争锋相对。

"没错，你说得对。喜爱玉堂的这两个人是我的目标。假如货被其他人收了，反倒会遭怀疑。"我说，"况且芦见彩古堂时常出入田室的门庭。那家伙虽然过去送了些来路不正的货进去，但现在是受信任的。门仓老弟，我们要让芦见来做这桩生意，就是这个原因。"

说白了，光靠地痞无赖似的门仓，说什么都没人搭理。必须通过正统的古董商，也就是必须从好的门路把货销出去，计划才能成功。我之前已经对门仓说过，现在又强调了一遍，免得门仓太过得意忘形。

"我明白。假如计划如此，那就务必得请芦见入场了。"门仓坦率地点头，"能让凤岳的画堂堂正正地进驻室田的美术馆，那就有意思了。"门仓快活地说。

那当然是有趣极了。可是我的计划不仅如此。只为这个目标就从九州把凤岳这样的人带来东京，培养成日本第一的赝品画家？我可没有这么夸张的热情。

我已经失去了从今往后的希望。将近六十的我明白，已经不可能卷土重来了，我年轻时的野心也已经退色。不过，仅仅因为得罪了某个当权者，就让毕生生涯被埋没；毫无实力的人仅仅凭着对当权者的阿谀谄媚，就继承了权威的宝座，挤出低沉、庄重的嗓门大放厥词，装腔作势。我想打破这种不合理。我想指摘出人中真迹与赝品。对价值下判断，需要某种更方便的手段。

一回到东京，门仓就立即物色起了酒匂凤岳的藏身住处。在某个时期到来之前，凤岳与其家人的生活都要靠门仓来接济。那算是他的投资，所以他兴致勃勃。这次的旅行，我的费用也都是由他承担的。

"彩古堂入伙之后的利益分配该怎么办呢？"门仓问。

"必须给芦见一半。没这么多的话，根本说不动他。"我说，"剩下一半的三分之一给你，余下的给我就好。凤岳嘛，就按净收入的一定比例付给他吧。"

门仓露出了思索的眼神。可是他自己也明白，凭他的手腕是推销不出那些画的，所以他接受了条件。他那思索的眼神中无疑在进行着一连串的乘法。

和门仓告别后，我起身前往民子家。往返九州造成了四天的空白，在这段空白之中该不会发生了什么变故吧？我心中涌起了这种预感。

火车早晨到站，我去往民子的公寓时，已经快到正午。当然，那应该是她正享受酣眠的时刻。可是我踏过水泥地来到她房间门前时，总是掩映在玻璃门内侧的浅红色窗帘不见了，磨砂玻璃显得暗沉沉的，传递出房间内部冰凉的空虚感。

我绕到正门入口，敲了敲管理员房间的窗户，一个五十岁左右的女人探出了脸。

"两天前就不知搬去哪里了。"她告诉我民子的情况，"听说还要换一家店呢，我不知道究竟搬去哪儿了。"

管理员的老婆用多管闲事的眼神直勾勾地看着我的脸。满脸深深的皱纹、看上去有六十岁左右、头发斑白又瘦削的我，这张脸在她的眼中或许像个白痴。

那种混杂着怠惰的体臭、让人坐立难安却又不由得想闭上眼的温存已经不知遁逃去了哪里。事到如今，我才意识到那里真的是属于我的地方。心中虽有怜惜，却没有意想中的不舍。

我走在大路上，思绪早已远离此地，飞向了别处。想必那些思索着事业的世间凡人，心境皆近乎于此吧！

七

按照我的计划，门仓为酒匂凤岳租来的屋子只需在中央线国分寺站乘坐支线三站路下来就能找到。尽管武藏野的那片杂木林正渐渐被农田侵蚀，但那地方仍旧四面被遮罩着。离开车行道，走上一条林间小路，绕进屏风般的树丛中，能见到残存的几间农房。

东京的住宅建筑攻势已经波及这一带，附近能看到一些崭新而时髦的房屋或公寓，不过尚算稀疏，陈旧的住宅群与农田正在顽强抵抗。而这间茅草屋顶的农房原本有养蚕用的中层阁楼，已经将那里改造成了小房间，绘画所需的采光条件也刚刚好。况且租这间农房还约定了包伙食。

"原来如此。这地方真不错，就在东京郊外，像是秘密基地，谁都不可能注意到。对于制作那种画来说，再好不过了。"门仓和我一起去踩点时说。

景色也好，本人一定能沉下心来好好作画。楼下都是农民，只会把他当成普通画家。门仓很是喜悦。

"老师，还是您的眼光独到啊。"他说。

高个子的酒匂凤岳从九州来到这里已经是大约十天后。他抱着一个又大又沉的旧行李箱，满头白灰，没了光泽的长发胡乱地纠缠着。

"这里面基本上都是绘画工具。"

傍晚时分到达东京站的凤岳对初次见到的东京繁华街灯视而不见，指了指行李箱，自豪地笑了，高高的鼻梁挤出皱纹，薄嘴唇同时向两旁长长地咧开，两边有着笑容停止时也不会消失的皱纹。他给我的印象与在九州初遇时一样，一张长脸依旧显露出穷酸相。

凤岳在国分寺那一带的农房住过两晚之后，我对他说："你接下来要画的是玉堂，画他的就够了。你知道玉堂吧？"

"川合玉堂吗？"凤岳张冠李戴地问道。

"是浦上玉堂，你画过玉堂吗？"

"还没有。"凤岳低下头。

"没有更好,我们这就去看一下玉堂。博物馆里刚好正在展出。"

我带凤岳去了上野的博物馆,还把去那里如何换乘电车线路好好地告诉了他。

"你要牢牢记住。从今往后,你每天都要单独来这个博物馆。玉堂展出的时间只剩下一周,在结束之前,你都要从早晨到闭馆吃着便当也要守在这儿。"

凤岳点点头。

沿着博物馆那条如同寂静海底般的暗淡走廊向前走,我们进入了不知第几号陈列室。这里的天花板上射出明晃晃的光线,照亮了巨大的玻璃展柜。

玉堂作品就收纳在一个展柜中,分别挂着一面屏风和三大幅画作。屏风是《玉树深红图》,画卷是《欲雨欲晴图》《乍雨乍霁图》和《樵翁归路图》,都是指定的重要美术作品。我在展柜前停下脚步,凤岳在一旁用大眼睛望向展柜中的陈列品。

"看清楚了,这就是玉堂。"我低声说,"也就是你从现在起要彻底学习的画。"

凤岳点点头,弓起高个身材细细观赏。他的鼻尖就快要触及展柜的玻璃了,眼中似乎带有一丝困惑。

"浦上玉堂,"我用不打扰过路鉴赏者的小声量继续说,"是在文政三年、七十几岁死的。出生于备中,侍奉池田侯,曾经担任卫队长和大目付①,多次来到江户。五十岁辞任后,携古琴与画笔周游诸地,有意则弹琴,兴起则绘画,乐在其中。因此,他的画都是无师自通,不被约定俗成所束缚,显得自由奔放。但是他这些毫无杂念的作品,相较于体现自然风貌,更多地彰显了自然的悠久精神。你仔细看这些山水、树木和人物,虽然手法非常拙劣,但是拉开一段距离来观察,就有了不同于画面本身的优点,空间与远近的处理非常出色,构图毫无破绽,直逼观客的心灵。"

凤岳似懂非懂,表情茫然地注视着画作。

"还有,你看这段画赞的文字,分别有隶书和草书,对吧?尤其是隶书,在稚拙之中别有风格。这里的文字在鉴定时也是重要的依据,你一定要牢牢记住下笔的习惯。"我接着说,"对你来说,这是唯一的样本。你每天都要来,像面壁的达摩祖师那样盯着看。即使是玉堂这般人物,也很少有机会展出这么好的作品。你这个时候来东京真是够走运的。"

走运的或许是酒匂凤岳,但终究是我自己。我隐隐

---

① 大目付,又称大名目付,监视幕府高官行为,尤其监察大名的幕府官职。

感觉能将凤岳教育成功。

陈列出的这四件玉堂作品，我也许久未见了。那已经是将近三十年前，我跟着津山老师拜访远方某收藏家时才鉴赏过实物，有的也曾凝视照片研究过。如今看到这幅景象，几乎要产生老师就在旁指点评论的错觉。

可是我没有立即把自己所知的一切都告诉凤岳，否则会有危险。凤岳还是静静地持续观察实物比较好。

逛完博物馆，我对凤岳说："大致明白了吧？"

"我自认为是明白了。"凤岳说。

我取出两本画集、一本书、一本杂志和一本剪贴簿。

"这上面有浦上玉堂的评传。你要仔细阅读，了解玉堂的人格和品性。"我说明道，"这边的杂志上刊登了《德川时代美术鉴赏》这篇短论文，看完它，你就能明白玉堂时代美术的意义所在。作者是我的恩师。这本剪贴簿上贴满了有关玉堂的短文精华。把这些材料仔细读完，你大致就算了解玉堂了。"

接着我又"哗哗"地翻动画集向他展示。

"这是只收纳玉堂画的画集，可是并非全是真迹，里面混杂了不少伪作。究竟哪件行，哪件不行，你在这段时间里专心钻研这个问题。反复来过博物馆之后，你对玉堂作品的辨识能力一定会有所长进。"

凤岳看看我，眼神很是迷惘。

之后的两周多时间里，我根本再没去过武藏野杂木林包围下的那间农房。酒匂凤岳多半是横躺着高大的身子在不停翻阅画集吧。

门仓时不时去查看一下状况，并报告到我这里来。

"他还真是够有热情的，我算是佩服了。到底是小地方出身的人，拼劲也不一样。"门仓对凤岳有着很高的评价，"他拼了命地钻研玉堂的图片，似乎已经渐渐开窍了，说想画画看了。他也在练习书法，不过说老师来之前都不给人看。他相当尊敬老师您呢。"听到尊敬这个词，我在内心自嘲了一下。我打算教给凤岳什么东西吗？我真正想教授的是另一种人。我想教授的是给我自己带来喜悦与充实的知识和学问，那才是我从年轻时魂牵梦绕的夙愿，而不应是打造赝品画家这种小聪明。我看到眼前有一片无止境的泥潭，可是我已经不得不走进这片泥潭。

过了两周，我去了农房。夏季即将结束，散落在森林中的蝉鸣声略见衰弱，稻田染上了另一层色彩。

凤岳尖尖的面颊上长满了胡须，头发更长了，正在翻看我送给他的两本画集。

"哪幅不行，瞧出来了吗？"

凤岳翻动书页，用修长的手指点着图片，说他认为某某图片并非真迹，既有说对了的也有弄错了的，可是他并没有把好作品说成赝品，弄错的数量也比较少。

"眼力还是有点儿不足。"我说，"再好好看看，想一想究竟哪些更差。我过三天再来。"

凤岳长长的面孔上再次浮现出迷茫的神情，可是比刚来时看来安心了些。

这样的情形后来又发生了两三次。他的指摘中，错误的部分逐渐被修正，之前说是真迹的，后来又改口说是伪作。不过，再进一步苛求他的准确性，也太强人所难，我对他现有的程度已经满足了。

"你理解得相当深刻了。"我说，"不过，你瞧瞧这里。这张图虽然做得非常好，但运笔的方式会不会太灵巧了一点儿呢？"我指着《山中陋室图》。

"玉堂的笔锋要更粗野一些。有的图凑近了看，会让人怀疑那究竟算不算是画作。可是他又能在整体上呈现出合理的远近感。这幅画，与玉堂的运笔习惯，也就是所谓的'稻草灰'笔法非常神似，可太拘泥于对局部的整形，缺乏震慑力。这是因为画这幅画的赝品画家无法从自己有限的技术中跳脱出来。"

凤岳双手抱膝，盯着画，沉默地点点头。

"接下来看这个。"我指向《溪间渔人图》,"这一幅也相当出色,你会认为是真迹也无可厚非,实际上有不少人同样这么认为。宿墨的渗透、焦墨的色调和构图都不错。可是,没有野外图的感觉,太精于计算了。玉堂的画是即兴描绘的,更趋向于直觉。这幅画太过端正了。那是因为赝品画家已经在头脑中对风景进行过客观的思考与整理。玉堂对风景的捕捉更加凭感觉,是抽象的。你懂了吗?"

听到"你懂了吗"这句话,凤岳尖尖的脸庞向后缩了一点。"还有,这边可以看到一个正在渡桥的人,玉堂是不会这样画人腿的。虽然装得很像,但还是露出了小小的马脚。由于玉堂是凭借整体直觉来画人的,所以大多数人物都会浮在桥的两条线之上,人是不会在桥中间走的。这也是玉堂的癖好之一,你要牢牢记住。画赞的文字也不太行。形状确实很像,但玉堂不会用这种飘忽的感觉来写字。赝品过于强调雅致,只对形状进行模仿,才有了这种结果。"

说这些话时,我不由得把画集中的全部图片都讲解了一番。在此期间,凤岳"是,是"地答应着,大部分时间都沉默地听讲。我有点儿被他这种意外的坦率和热情打动了。

"我下次过一周左右再来。你按照自己的想法随便画一幅出来吧。"我说。

凤岳郑重其事地表示会照做。实际上，他的脸上已经流露出了斗志。

走出农房，酒匂凤岳一直把我送到了机动车道旁。看到他将森林之上的青空甩在身后、高大前屈的背影，我觉得没有比这更孤独的画面了。

"老婆给你来信了吗？"我问。

"来了。昨天也收到了。"凤岳挤出法令纹，微微一笑，"从门仓先生那里收到了钱，都汇给她了。"

我回想起那日在炫目的阳光直射下，那位皱着眉头、眼神不安的妻子。她狐疑的视线仿佛一直从九州跟到了这里。凤岳行了个告辞礼，在路旁驻足。

八

夏天完全结束，秋天开始了。武藏野的栎树与冷杉林染上了秋色。

随着一天天过去，酒匂凤岳的画也逐渐朝着我所希望的方向提升。凤岳本来就有这方面的资质，我甚至觉得他在临摹方面或许是个天才。玉堂的笔触特点被他很好地学习了，树木、岩石、断崖、溪流、飞瀑、人物等所使用的线条，连表现近景与远景的枯笔与润笔，都灵活区分，还有最具玉堂特点的"稻草灰"笔法，也巧妙地跃然纸上。

不过，当然了，想要模仿玉堂，他在直觉上的把握还未到家，仍是会被自己脑海中所塑造的自然形态拖后腿。就算他努力地去忽略，它依旧会可怜地浮现在画面上。不过，那也无可奈何，精于模仿的凤岳并没有凸显个性的精神。同样是文人画，也许他更适合竹田、大雅、木米这种写实画风，浦上玉堂有点儿勉强他了。

由于远近感的拘泥，玉堂最具特点的奔放笔触中，那种很大的空间距离并未得以呈现，构图也没有紧凑感。在他绘制几十幅"玉堂"的过程中，我已经不知指出过多少回。

不过酒匂凤岳已经很努力了。每次听到我的提醒，他都会睁着大眼睛，紧咬不放似的注视着自己的作品。再动笔时，水准便会更上一层。他的长发在额头上乱作一团，高高的鼻梁上泛出油光，枯槁的脸颊上肌肉僵硬。看到他身体扭曲趴在宣纸上的样子，能体会到一种没有丝毫杂念、凝聚成形的精神。

可是，无论凤岳注入了多少心血，我从他的身上都无法获得纯粹的感动。那是对自身罪恶的条件反射，是我的利己的一面。他只是我所培养的一个活物而已，是给点儿条件就会逐渐成长的生物。我观察他的眼神中并没有感动，有的只是某种愉悦。

凤岳就这样提升到了相当高的水准。相当高，指的是他现在所画的东西连具有很高鉴定眼光的人都有可能会被骗到。

"你够刻苦了。"我称赞凤岳，"对玉堂的理解相当透彻，并在画上有所体现。只在构图上还差一口气。"

凤岳愉快地笑了。他的脸显得疲惫不堪。自从他来到东京，就一直窝在树林围绕下的农房二楼，在这密室里与我一对一地格斗。周遭的武藏野森林已是秋意盎然，金黄的稻田中，农民正在收割。

"你刚来东京的时候，每天都去博物馆看玉堂吧？那体验相当有用呢。"我说，"你每天都去，从早到晚地凝视玉堂的画作，对真迹的实物见习成了你提升眼力和技巧的基底。直到现在，你的脑袋里还装着那面屏风和三幅画吧？"

"一闭上眼睛就会冒出来。墨色也好，渗色也好，磨损也好，小点也好，就连一点点污渍的位置都会冒出来。"凤岳说。

"是嘛。既然你记得这么清楚，我就直说了吧。那些都是玉堂作品中的 A 级作品。可是，三幅之中，有一件并非真迹。虽然我说不是真迹，但尚没有任何人注意到，只有我，不，只有我的老师津山博士和我自己才知道。你能分辨出是哪一幅吗？"

凤岳闭上眼睛，沉思了一会，接着又睁开眼。"是最右边的画轴吗？"

三幅画中排在最右边的是《樵翁归路图》。我不禁露出了微笑。"你很懂嘛。"

"既然老师这么说了，我就思考了一下。否则还真分辨不出来。"凤岳还是高兴地笑了。

"话又说回来，你能立即指出那幅画，证明你的眼力大有长进。那幅画是在昭和十年被指定为重要美术品的，负责人是曾任国宝保存委员的本浦奘治，他的著作里也附上了这幅图，还大加赞美呢。"

不仅仅是本浦奘治。岩野佑之也从老师那里现学现卖，在自己的书里同样对它大为吹捧。看穿它是赝品的，只有津山老师。这幅画曾经是中国筋[①]某个旧大名家的藏品，津山老师曾带着我探访过那个华族的宅邸，当家的

---

① 中国筋，"筋"是江户时代日本的行政区划。中国筋指日本的"中国地区"，并非中国。

老侯爵特地出来迎接，很是自豪地从仓库取出画来给我们看。老师只是处变不惊地评价了一下，并没有大加赞扬，就使得侯爵大为不悦。走出昏暗而巨大的宅邸，来到明亮的大路上，老师说：那幅画是不行的。不管本浦先生说过什么话，他都无法赞成。他并没有将其中的理由详细解释给当时还是学生的我听。我连当时在那条路上经过的风景和阳光的强弱，至今都记得清清楚楚。

酒匀凤岳画出的画，从今往后或许真的能产生相应的价值。不，我就是为了这个目的而教导凤岳的。也可以说，我这行将老朽的热情是为了指导凤岳而像一团残火般地燃烧着。我将自己的智慧倾囊教授于他，然而，一点儿都没有授业的喜悦。假如说这件事会给我带来充实感，那也是出于想培养酒匀凤岳这个赝品画师的事业欲求，而这是为了另一项"事业"所作的准备。

从这一时期起，我才按照预定计划，请彩古堂的芦见藤吉入伙。

我默不作声地将凤岳画的一幅画给芦见看，他惊得眼珠子都快瞪出来了。

"老师，这幅画究竟什么来历啊？"

看来他毫无疑问地认为是真迹。我已经在画上进行过做旧处理，还故意没做上印章，只请装裱师做了一套旧式装裱。

"再仔细看看，没上印吧？"

芦见这么老谋深算的男人，竟然这时才意识到。他张开嘴巴，哑然抬头看着我的脸。

芦见赶忙来见了凤岳一面。他看见凤岳绘制的数件"玉堂"练习画之后，脸色当即变了。

"老师，这位可真是了不得的天才啊。"

芦见藤吉大为亢奋，表示务必要来掺和一脚。跟我预想的一样，在如此利益面前，昔日的恩怨早已被他抛在脑后。

我把门仓叫到芦见那里，三个人一起商讨了今后的策略。我作为策划者如此发言：

"凤岳所画的东西，没有我的许可，哪怕只有一幅，也绝对不准卖给其他人。要销出的时候，必须三个人共同协商行动方案。必须始终严守这个秘密。"

当然，我的发言得到了尊重。接着，我尽量为酒匂凤岳多争取了一些报酬，这是作为培养者的我对他的一点爱护。或者说，与其说是为了在农房二楼终日蜷曲着身子面对画纸的凤岳，不如说是为了对伫立在白日下露出狐疑眼神的妻子表示谢罪之情。

芦见表示愿意立即从最好的画里挑出一幅，拿去田室惣兵卫那里。门仓对此表示赞成。

"老师,这只是探探路而已。"芦见彩古堂劝说道,"田室先生近期好像请了兼子先生做顾问。他肯定会找兼子先生去商量,要是能骗过兼子先生的眼睛,我们才算是能有点儿自信。总而言之,为了试验,也要出一次货试试。"

一听到兼子,连原本不太情愿的我都心动了。他是现任讲师,相当优秀,据说鉴定眼光远胜其老师岩野佑之。要是岩野被请来鉴定画作,没了兼子的协助,他就下不了判断。在定夺之前,他只会发出"嗯嗯啊啊",哪怕花上一个小时,也要装腔作势地继续看下去。

假如是兼子,反倒激起我的斗志。他在文人画方面所追求的目标是成为将来的权威,如今在美术杂志等媒介上频繁发表相关论述。

他那种自信十足的口气,我是知道的。"兼子来看的话,行啊。"我同意了。

所谓的试验,考验的不是我们,而是兼子。我们要测试一下兼子的眼力。

我从凤岳的画中选出一幅,细心地做旧:用了奈良一带仿作者们常用的方法,用花生壳来烟熏,煤烟能给画面带来肮脏枯叶般的色泽。更普遍的方法是涂抹北陆农家的炉煤，这种方法能让油脂更好地渗透进画纸的纤维中。纸和墨都是古代产出的，是由彩古堂物色到的。印章也没必要找篆刻师了，我根据《玉堂印谱》和《古画备考》自己刻了出来，这点手艺我还是有的。彩古堂负责制作印泥，但那技术是我教给他们的。一切的进展都显得相当顺利。

芦见彩古堂两天后又来了，报告说田室先生要求把画留下。田室惣兵卫自认为懂古美术，甚至还会对出入门庭的古董商发表高谈阔论。对古董商来说，这种顾客无疑是最上客。田室惣兵卫一见到芦见带来的凤岳作《秋山束薪图》，眼神立马放光了。但是，根据彩古堂的观察，他应该会慎之又慎，让兼子来鉴定一番。

关键就在于兼子了。他会怎样鉴定呢？我的兴趣都在他身上。无论是芦见还是门仓，都对此极为挂心。

那之后又过了五天，彩古堂红光满面、开怀大笑着来到了我与门仓面前。

"他收了，听说是兼子先生拍板决定的。"

门仓拍起手来。

"多少价钱收的？"

芦见伸出两根手指。

"八十万日元吗！"

东都美术俱乐部的总务用沙哑的嗓音欢呼起来,就连他秃了的头顶都显出了血色。

"我啊,一听说兼子先生被田室先生叫去,就去门外等他出来。"彩古堂一脸还没从亢奋中清醒过来的样子,"接着,走出来的兼子先生瞧着我的脸,说了句:'你真是物色到了不得了的玩意啊,究竟是从哪里挖出来的?'那叫一个目瞪口呆。我期待不已地问:'是不是收下来了?'他摆出架子回答:'当然了,我都说行了。'据说田室也是喜出望外。接着,我立刻把兼子先生带去了饭庄,酒足饭饱之后,还往他口袋里塞了三万日元。"

门仓频频附和地听他讲述。芦见翌日去拜访田室,田室表示终究还是看上了这幅画,十分爽快地开出了八十万日元的价格。一听到这里,门仓爆发出无所适从的感激之情,紧握住我的手。

"果然还是老师您最有远见。凤岳虽然很了不起,但若没有老师您的指导,就不会有今天。谢谢您了!辛苦您了!"

门仓高兴得差点要流下眼泪。恐怕这位美术俱乐部的总务在经济上也不怎么宽裕吧?在他那闪着怪异光芒的眼中,今后滚滚而来的金钱一定会多到前所未有。

对兼子的试探完成了。与此同时,也意味着对岩野佑之的试探完成了。又或许可以说,对学院派权威的试探完成了。我的"事业",在这次小小的试验之后,必须进展到下一个阶段。那才是我原本的目的,那是为了彻底探明真赝之森而进行的一场盛大的"揭底"。

接着,大约两周之后,面向美术相关从业者发行的《旬刊美术时代》上刊登了兼子孝雄的访谈。

"本人最近有幸获得机会欣赏了尚未公开的浦上玉堂的画作,个人认为,有可能是玉堂的晚年佳品。本人将会在详细考察的基础之上择日发表感想。但本人确实认为该画作乃玉堂杰作之一。"

谈话大意如此。

我读到这篇文章,满足地大笑起来。连兼子这种地位的人都说出了这种话,我仿佛看见成功在前方招手。

九

酒匂凤岳对玉堂渐渐熟稔起来。那大概是因为他在模仿玉堂的过程中逐渐理解了玉堂的伟大之处,他的内心已经触及到了玉堂身上的真实。他一边画一边研究玉堂。在某些方面,身为实际的制作者,他在技法的研究上甚至超越了我。况且,或许因为我的千叮万嘱,他的构图也变得相当巧妙。

芦见与门仓一同上门，问道：

"凤岳的画作已经有大约二十幅了，每一幅都堪称绝品。老师，我们今后怎么办？"

"是画了二十幅，可在我眼里，好的只有三四幅。"我说，"至少得攒到十二三幅。你们先忍耐一阵子。"

芦见与门仓面面相觑。一看他们的表情，就明白这两人在来这里的路上聊了些什么。

"要攒到十二三幅，是什么意思？"先开口的是芦见，"请老师说说您的想法吧。您似乎是有什么计划吧？我们想听听您明确的解释。"

这两人就是为了这件事才结伴来的，似乎他们也隐隐察觉到我有某种不可告人的目的，因此而感到不安。

一般来说，赝品画都是一件、两件分散开，尽量不起眼地销售出去，才是安全的手法。一次性销出好几幅的话，市面上难得一见的古画会格外引人瞩目，光凭这一点就会遭到怀疑，很容易败露。所以，他们认为差不多该先处理掉一批了。而我却想制止他们这么做，他们便察觉我打着什么算盘，心慌起来。

还有，不管是一幅也好，两幅也好，赶快卖掉换成钱的想法也在诱惑着他们。在田室那里已经卖出了八十万日元的高价，他们把这个成果看在眼里，被"趁早变现"的欲望驱使。那也无可厚非，投资者总是期望迅速得到利益回报。

"总之，先等等。"我抽着烟说，"我很明白你们的心情。凤岳的生活费和给我的津贴都是不小的花费，可卖给田室的画已经收获八十万日元，还不至于很困难。我希望你们再忍耐一阵子。我想把凤岳的画集齐了再销出去。"

"一次性吗？"芦见彩古堂瞪大眼睛，"那也太引人瞩目了，反而会败露的，不会太危险吗？"

"再说了，如果一次性卖出去，会有人肯跟我们做交易吗？"门仓附和道，探出一张大脸。

引人瞩目——那才是我的真正目的。发现了新的浦上玉堂画作，而且数量非常多，只要是对古美术有所关注的人，都必定会无比震惊。话题会像旋风一样席卷四方，也会扩散到记者的耳中。当然，肯定会把岩野佑之拉出来做鉴定，包括岩野与兼子的一众门徒。那就不会是一场沙龙式的鉴定，而是一场全社会的大事件。换而言之，以岩野为代表的学院派将在全社会面前丑态尽出。我想见到的就是这种场面。与其评判死的绘画，不如检验活人的真伪。

"我们可不能拿出在众目睽睽下会被怀疑、被揭穿的画。"我说,"另外,也没必要集合起来卖给一个人。我的意思是,只要拍卖就行了。"

"你说拍卖?"芦见与门仓露出意外的神情看着我。

"没错,拍卖。找个像模像样的一流古美术商做东,堂堂正正地开拍卖会。为此要租借一流的场地,开预览会。那需要很张扬的宣传,可以把报社跟杂志社的美术记者都请来,大吹特吹。"

芦见与门仓一时间低头不语。或许是因为我说的话太过惊人,他们还没有回应我的心理准备。

"老师,真的没问题吗?"门仓总算一脸担心地反问。

"你是在担心凤岳的画吗?"我说,"我把他培养到这个地步,是负得起责任的。假如我对此毫不知情而意外见到了他画的玉堂,就连我都可能认为是真迹。我都这么说了,除我之外,还有谁能看穿吗?"

芦见与门仓都再度沉默,那代表他们已经默认了我的话。然而,他们的担心依旧未曾消减,表情很迷茫。

"可是,"芦见犹豫不决地说,"像这样一次性出手大量玉堂作品,会不会太不自然了?"

"不会不自然的。"我将烟头掐灭,换了个站姿,"日本是很大的,不知道有多少名品被埋没在名流与旧式家族中。这么点儿作品横空出世，不足为怪。"

这就是盲点。也可以说是封建日本美术史所造成的盲点。西洋美术史的材料几乎都已经被公开，说是尽收眼底也不过分。欧美的广阔全境遍布博物馆与美术馆，只要欣赏一下陈列品，就会发现西洋美术史的大多数材料都已经被搜集起来，不管是研究者还是鉴赏者，谁都可以去看——古代美术已经被民主化了。但是，这一套在日本行不通，收藏家都深居简出，对于向他人展示这件事可谓是极其吝啬，甚至连什么作品在哪里都不明不白。美术作品还成了投机倒把的商品，在战后变动期，从旧贵族与旧财阀处流入市场的东西也时常游走于新兴财阀之间。就算是由文部省出面制作古代美术作品目录都困难至极。不仅如此，在无人知晓的地方或许还存放着无人知晓的名品。根据推测，现存作品的三分之二左右都沉眠在不见天日之处，而这个盲点就是我的计划的立足点。

"那么，出处和由来该怎么说？"芦见插嘴。

"出处吗？就说是来自某个旧华族好了，为了体面，拒绝公开姓名。浦上玉堂是备中侯的藩士，就当成是与他沾亲带故的旧大名，或者明治的高官家族都行。维新之际，旧大名家的藏品有不少上贡给了明治政府的高官，我们只需要暗示出这个意思就行。"

"光靠我们是不可能办成的。"芦见彩古堂投降似的说，"这么大宗的拍卖，由我这种人做东，信用实在不足。假如不是一流的古董店，会被认作招摇撞骗的。"

"直接去找一流的古董店就行了。"我平淡地说。

"那样的店会愿意搭理我们吗？"

"当然会让他们愿意搭理了。"

"那该怎么做？"

"给他们看实物就行。假如是凤岳的画，哪怕不去深究什么由来，也会第一眼就让人沉迷。不过，古董商大多猜疑心很重，哪怕认为有利可图，也不会立刻跳上来咬钩。必须经过这方面的权威鉴定，带着一纸文书，他们才肯接受。假如成功的话，这个计划也就相当于完成了。"

我嘴上说"假如成功的话"，实际上概率非常高。假如我不曾计算到这一步，一开始就不会考虑这计划。

"说到这方面的权威，既然是南画，那不就是岩野老师或者兼子老师吗？"芦见像是动了心似的，反问道。

"没错，打头的就是他俩。"

假如芦见与门仓足够细心地观察我的表情，一定能察觉到我嘴角泛起的一丝笑意，那可以称得上是会心一笑了。没错，将岩野佑之和兼子的那群党羽都引出洞，才是我的最根本目的。

"这么一来，让谁来做东呢？"这次是门仓发问。

我提了两三家古董店，都是一流的古美术商。门仓与芦见再次露出畏缩的神情，看来他们两人的冒险心与恐惧心正在作战。

"让我再考虑一下。"芦见说。

"把凤岳的画单幅卖出去可不行。按照我们最初约好的，没有我的同意，哪怕是一幅，也绝对不许出手。"我斩钉截铁地说。

芦见与门仓回去了，但神情比来时显得更加亢奋，相信他们终究还是会按照我说的去做。

这样一来，之后的计划就详细地定下了。接下来就是我的后半生中意志力和愉悦感最为充盈的时刻了。

芦见彩古堂之所以总算下定决心照我说的流程去做，是因为《日本美术》杂志刊登了兼子《关于新发现的玉堂画幅》那篇文章。这本美术杂志拥有日本古美术界的最高权威，一件作品要是被这本杂志介绍了，就等同于颁发了权威鉴定书。

兼子的介绍论文横跨四页，还插入了《秋山束薪图》的摄影版图片，而那无疑正是凤岳的《秋山束薪图》。

兼子在文章中写道，这可能是玉堂在五十岁到六十岁之间的作品，在娴熟的技艺中可以看见充沛的精力，品相在玉堂的作品中堪称A级，构图非常出众，笔触也毫无遗憾地呈现出了玉堂的特色，是一件杰作。希望国宝保存委员会能够在近期进行正式调查，并申请指定为重要美术作品。没想到日本还埋藏着如此多的杰出作品，让人大为振奋。

这篇文章恐怕是出自于兼子的真情实感。从这篇论文中情绪饱满的笔锋看来，目的并非为了讨收藏者田室惣兵卫的欢心。

我看了一眼插图，才意识到第二眼的时候真的犹如看到了玉堂的真迹。尽管我了解制作的全盘过程，却仍产生了异样的感受。不要说兼子了，就连我都有可能信以为真。我陷入了天真的妄想中。"老师，这样一来，就没问题了。既然兼子先生都说到这份上了，我们也有了足够的自信。就按照老师您说的去进行吧。"芦见踌躇满志地说。

芦见的言下之意是，只要兼子承认了，其他的玉堂权威人士都会追随他。我想也是这样。尽管年轻，但兼子确实有底气。相比老师岩野佑之，他在鉴定方面的眼光更加扎实。兼子开口之后，岩野必定被拉下水。但是无论兼子多么有实力，他的一家之言对我来说还是没用的。我现在希望的是学院派最高宝座上的岩野佑之能正面表态，否则我的目的就无法达成。

不过，岩野佑之作为兼子的导师，必定会出面，也肯定会正面作出表率，他的一派门徒也会随之出动。我的心被喜悦与勇气填满了。我这场宏大的"揭底"必须百无一疏地搭建基础。

"芦见老弟，差不多该动手了，先让门仓去冈山。"

"冈山？"芦见露出多疑的神情。

"冈山那边遍地都是玉堂的赝品，从里面挑五六件不错的，买回来。"

"当作真迹卖吗？"芦见惊讶地说。

"不是这个意思，把它们混在预览会上展出就行。不过，水准不到家的货色，任谁都能凭肉眼区分。这样最好。你仔细想想，一个收藏家搜集的全是真迹，也太奇怪了吧？龙鱼混杂才正常。若不尽量展现得自然一些，细节之处就会引起他人的猜疑。"

听到我的解释，芦见彩古堂深深颔首，眼神中流露出对我所提意见的深深信服。

十

酒匂凤岳如此精神,简直判若两人。

他的下颚依旧尖削,但气色好多了,凹陷的面颊也饱满了一些,大眼睛中闪着自信的光芒。

"我感觉像触碰到了玉堂的精髓,画的时候总觉得像是被玉堂附身了。"他高高的鼻梁旁又挤出了笑纹,嘴巴大张,发出张力十足的嗓音。相比刚来东京时,他像是完全变了一个人,昂首挺胸起来。

原因之一肯定是他不再像当时那么囊中羞涩了。芦见把《秋山束薪图》卖给田室之后,凤岳收到了十万日元。加上给九州家人的生活费,从芦见那里也得到了不少津贴。对芦见来说,那只是一点儿投资而已,可对凤岳来说就是前所未有的丰厚报酬了。相比在九州的煤矿小镇上拮据地教人绘画,一人每月收两百元、三百元,现在的收入不可同日而语。那种经济上的充实感,无论是给予凤岳的自信心还是其个人风貌,都带来了足以挺起肩膀走路的轩昂精气神。

"你做得很好。"我对赝品天才说,"看看这个,还登出了这样的文章呢。"

我递出《日本美术》,凤岳双眼放光,整张脸像是被吸引住了一样，投入地阅读起来。一遍还不够，反复读了两三遍，那是为了反复享受自己的喜悦与满足。

"我现在完全有自信了。"凤岳露出陶醉的眼神说。他的表情正沉溺在对喜悦的反刍之中。

"你已经很努力了。但是千万不能掉以轻心。一旦懈怠，就立刻会被发现，那是最可怕的事。"

凤岳点点头，但这时候的训诫，只不过是轻轻地拂过他内心的表层而已。

"我从芦见先生那里听说了。听说要一次性拍卖很多幅画？"凤岳说。

我这才意识到，应该叮嘱芦见对凤岳保密到最后一刻。

"我到现在已经画了二十六幅，那些能派上用场吗？都是《秋山束薪图》水准的。当然，今后还能画出更多的好东西。"

凤岳的脸上终究还是浮现了自负，甚至似乎有些不满的神情。这时，我产生了一种微妙的不详预感。

"就算你认为行了，可在我眼里，能过关的也只有一两幅而已。"我用严厉的口气说，"不再画出更好的，就不能拿到市面上去。我不知道芦见是怎么说的，但拍卖这件事，还什么都没定下来。世人的眼光可不是那么好糊弄的。"

凤岳不说话。他的眼神瞥向一边，嘴唇紧闭，从表情就能看出他已经从刚才的愉悦变为不悦。他显露出的高傲让我怒火中烧。我忍住没再说，便与他分别了。

之后我也去探访过武藏野的那间农房，三次里有两次都看不到凤岳的身影。一问楼下的人，说是去东京市中心了，还说要在外头住两晚才回来。这种事情以前从没发生过。

这么想来，凤岳的穿着打扮变得体面了许多。过去他和我一样，总穿着皱巴巴的和服，可最近甚至会穿上新潮的西装外出。鞋子也是高级的，肩膀上还挂着照相机。那个阁楼上的养蚕房间里也摆上了新的西装衣橱。一切迹象都在诉说着他在经济上的急剧变化。

我心想，该不会是芦见和门仓合谋瞒着我把凤岳的画卖出去两三幅了吧？多半是这样。光凭一幅《秋山束薪图》，芦见不可能给予凤岳如此丰厚的资金。为了提防这种事，我已经千叮万嘱到了那个地步啊。我禁不住咂嘴。不过，反过来想，芦见与门仓之辈毕竟只能看到眼前的利益，根本不可能长久地忍耐下去。让他们忍耐，或许是我太一厢情愿了。可是，事态既然发展到这一步，就一刻也不能犹豫了。我的心情变得急迫起来。

某天，我去凤岳家，只见他正以玉堂作品的照片为样本，在练习书写文字。看到他刻苦钻研的样子，我放心了许多。从窗口望去，附近一带的林木已经随着秋意凋零，正交替换上冬日景色。这景象也在诉说着凤岳从九州来到这里已经度过很长一段时日。同时，也是酒匂凤岳从一名乡间画师完成蜕变所经历的时日。

"老师，"凤岳说，"昨天我上街时，偶然遇到了在京都读绘画专门学校时的朋友。那家伙现在可出息了，老师也知道他的名字吧？他叫城田菁羊。"

"哦，城田菁羊跟你是同期同学？"

城田菁羊这个名字我还算有所耳闻，年龄的确与凤岳相仿。他二十七八岁时就进入了日展[①]的特选名单，凭借新颖的画风赢得了关注，在同一代的中坚派中也属于名列前茅的日本画家。每次召开展览会，他的名字就会很气派地出现在报纸的文艺版面上。

将来前途无量、以日出之势不断爬升的城田菁羊跟酒匂凤岳又是如何结识的呢？我稍稍有了些兴趣。

"那家伙摆出一副好大的架子，带着一批与其说是同伴不如说是崇拜者的人，还有一批美术记者跟着，在

---

① 日展，指日本美术展览会。

银座大摇大摆地走过。来头真是不简单，穿着厉害的西装，看到了我，还很吃惊地问：你什么时候也来东京了？我今天很忙，有空好好聊一下吧。口气里根本就看不起我，真是烂到骨子里了。那家伙也没什么大不了的，在学校时画的东西跟我差不多。"

凤岳说他与菁羊的绘画差不多，不是会错意就是嘴硬。不可能如他所说的那样，两人的水准肯定在多年前就拉开了距离。

"那你对菁羊又是怎么说的？"

"我就说靠绘画为生。他嘴上说着'怎么没在展览会上见到你'，直勾勾地盯着我。我说，不久之后会展出一件野心之作，现在光是完成委托的画就够呛了。接着他说，有生意上门就好，下次务必来寒舍一聚。说完就道别了。他是察觉出我并不很穷困才那么说的。"

凤岳又挤出法令纹，微微一笑。我看到他那皱纹，怎么都愉快不起来。倒不是说他的穷酸相，而是那高挺而单薄的鼻头本身似乎就营造出了一种表情，那是一种黯淡而毫无亲近感的阴湿气质。我已经教导了他这么久，可每次见到他的法令纹和薄嘴唇，感情之中就混杂入一种憎恶。

"你还是别出去得太频繁了。"我说，"想纾解头脑的疲劳，去附近散散步无妨。去远处玩这种事，还是再忍耐一阵子吧。拍卖的画完成之前，务必要沉下心来。"

凤岳听到我的忠告，姑且点点头，坦率地答应会照做。然而，他脸上的不悦神情看上去可并不是那么回事。我第二次感到茫然的不祥预感像积水一样逐渐蓄满。

我必须尽快完成我的"事业"。我的情绪愈发急躁，那不是时间上的紧张，而是一种不知在哪个环节就会功亏一篑的恐惧，类似拼命想摆脱、逃避什么的情绪。

门仓从冈山买了假画回来。有玉堂的，有大雅的，还有竹田的。把大雅和竹田混进去是我的主意。我劝他们说，反正价格也便宜，投入这么点儿资本是必不可少的。如果全是玉堂的画就太可疑了，都是好货也可疑。

"把日期稍稍提前一点儿吧。凤岳的画里，比较能唬人的有十二幅了。玉堂的画太多也很奇怪，这个数量刚刚好。我们赶快准备起来吧。"

听我这么一说，芦见和门仓都大为赞成，几乎要说出"就等你这句话"了。

我们挑选了芝町的金井箕云堂做东，由芦见负责交涉。他是第一流的古美术商。我们解释说这一大批玉堂画作出自某个旧大名华族，某个大人物委托我们来代为处理。旧华族碍于面子，就不露面了，某个大人物只能让人联想到皇族，这位皇族与旧大名华族是姻亲关系，而大名与玉堂又沾亲带故。我们在言语中如此暗示道，具体由来总能想法子解释的。

古代美术商听说又有一批日本名品被发现，本没什么好惊讶的，因为不见天日的很多。这种坚信可能"有所发现"的心理，就是我的计划得以成立的重要条件。

金井箕云堂一看到芦见彩古堂带上门去的现货，就大为惊愕。那也当然，毕竟是玉堂。他对大雅和竹田的画根本不屑一顾。可这种无用的画其实很有必要，我们必须取得古董商的信任。这场演出很是顺利。据说他嘴上说着"这一件无疑是玉堂的真迹"，接着反反复复地对着好几幅画看得入了迷。

"兼子老师在《日本美术》上认可的那件和这些是同一批吗？"

据说箕云堂的老板操着京都口音大为惊叹。"好，就让本人来做东吧！"

听到这句话，芦见还以为这桩生意说定了。

"不过啊，为了以防万一，你们还是要得到岩野老师的推荐。我会把推荐文章印在目录上，到处传播。要是得到了岩野老师的认可，我就同意做这次拍卖的东家。"箕云堂是这么回答的。

真不愧是箕云堂。他对这批玉堂藏品仍将信将疑，与其说是怀疑绘画本身，不如说是怀疑芦见彩古堂这种二流古董商为何会毛遂自荐。他说要将文人画权威岩野佑之的推荐文印在目录上，那么，哪怕是不可靠的作品，也会被信任成真迹而更方便地卖出，还能用来卸责。

光是玉堂的画作就有十七件，假设均价百万，就能预见到超过一千七百万日元的销售额。箕云堂本人肯定不想让煮熟的鸭子飞了，所以箕云堂这么说：

"拍卖会场就选择芝町的日本美术俱乐部，或者租借赤坂的一流饭店。预览会尽可能地邀请各方人士，还要把报纸杂志的行业记者都叫来，为了能请来岩野佑之老师担任鉴定，箕云堂同意与芦见同行，协助引荐。"

实际执行是在数天后。芦见欢呼雀跃地回来了。

"万岁！岩野老师感激万分啊。他说不枉活了这么多年，眼泪都快流下来了。这么多的玉堂名作能以这种形式大批面世，真是做梦也不敢想。他把两个房间都打通了，十二幅画全部挂起来，屏住呼吸看个不停，真是惊人的场面。兼子先生、田代先生、诸冈先生、中村先生，还有一群助教授和讲师，全都一会儿站起，一会儿坐下，有的还拿出记事本写写画画，吵闹不休，都说这是美术史上空前的大发现！岩野老师自然写了推荐文，还说要在《日本美术》刊出特辑，让兼子和诸位手下共同执笔。他们兴奋极了。因为打算在预览会上把它们指定成重要的美术品，所以让文部省派出了摄影师。阵势这么夸张，坐在旁边的我反倒莫名地害怕了。"

芦见彩古堂实际上已经因为太过亢奋而脸色苍白。

"箕云堂说了，这么一来，销售额肯定会超过二千万日元。他本人也是喜出望外，握着我的手连连道谢。"

门仓闻言，发出了不知是哭泣还是欢呼的怪叫声，紧紧地抱住了芦见。接着，两人看见酒匂凤岳像个傻子似的呆站着，像是见到了仇敌一样，朝他扑了过去。

赤坂的一流饭店中，玉堂的画幅一字排开。预览会召开了。收藏家、学者和美术记者蜂拥而来。即便在东京也算是一流的从业者们都忙碌地进出会场。文部省也前来摄影。我的眼前就是这一幕壮丽的景象。

岩野佑之在拍卖品目录上写的推荐文多半是这样的句子："这才是玉堂的真迹，无疑是集合了横跨其中后期的一大批杰作，这个发现是日本古美术史上的一大幸事。"兼子、田代、诸冈以及岩野佑之的其他门生都将在权威杂志上用学究腔庄重地发表煞有介事的论文。

一切都在我的计算之中。岩野佑之已经陷入了无法逃脱的境地。无论发生什么，他都无处遁逃了。他们踩着恍若"日本美术史之神"的庄严步伐，一步步走进了我的"大揭底表演场"。

轮到我开始行动了。像数着时钟的秒针，我为这个计划算好了时刻。届时我将高吼："那些是赝品！"

想必现场会像卷起狂风般陷入一片混乱。我仿佛能看见：烟尘的旋涡散去时，岩野佑之摔得四仰八叉，从庄严的权威宝座上凄惨地跌落。学院派的那群赝品也都露出真面目，在一片嘲笑之中坠入深渊。

浮现在我眼前的就是这一幕光景。这就是我的最终目的。人要是凝视自己的目标太久，就会被宛如实景的幻视与幻觉侵袭。

我的凝视也终究化作一片幻觉而告终！究竟是哪里出了纰漏呢？

因为酒匂凤岳走漏了风声。他对城田菁羊多说了一句话。当然，他不会说自己在画赝品。然而他说自己拥有玉堂同级别的水准。这是因为他面对已经成为中坚派画家而名声显赫的昔日旧友，反抗般地希望对方能承认自己的才能。虽然这是绝不能为人所知的秘密，但自己被埋没在无能的黄土中太过寂寥，哪怕只有一丁点儿，也希望有人能了解。

他将剩余的一幅画,尚无落款的一幅画,自豪地展示给了菁羊看!

发展到这个地步,千里之堤毁于蚁穴,事态迅速扩散。金井箕云堂慌忙取消了预约。而且,很不幸地,附有岩野佑之推荐文的目录尚在印刷,没出成品,并未外流。岩野在千钧一发之际躲过了从宝座坠落的厄运。

我无法责备酒匂凤岳。我也是渴望被承认的人。

我的"事业"遭遇了不幸的、未曾预料的挫折,以骤然倾倒的姿态毁于一旦。可是,我决不认为自己什么都没做成。

不知为何,我产生了完成某件事的微小的充实感。后知后觉地想到,我已经完美地培养出了酒匂凤岳这个赝品画家。

一转眼,我又想念起和女人之间发酵出的阴湿温存,便顶着花白头发走上大街,寻找民子的下落。

纸上獠牙

一

日暮时，一低头就能望见这座温泉小镇繁华街上的灯光。旅馆静静建在丘陵的斜面上。山下的灯火中，喧嚣的声响仿佛要一路爬上来。

"要不要下去瞧瞧？"昌子说。她正把脸贴在玻璃窗上往外看。

"好啊。"菅泽圭太郎无精打采地说。

他是个喝一瓶啤酒就变得脸通红的男人。现在他正用勺子挖着哈密瓜，单手握着报纸在阅读，耳畔稀薄的白发泛着光。

"不愿意？"

昌子回过头。菅泽圭太郎将报纸摆放到一边，抬起眼睛。"下去也行啊。"

他虽然这么回答，可其实并不怎么乐意在人堆中行走。有一种茫漠的恐惧感。可他还是没能拒绝，因为与昌子穿着旅馆服在温泉街散步实在太吸引人了。

"那就去呗。不出去走几步也不好。"

到达旅馆时才三点,一转眼已经过去了四个小时。距离明天傍晚,时间还充裕得很,小小的放松或许是有必要的。

昌子还打算换一身外衣,却被圭太郎阻止了。"不用换也挺好的,反正很快就回来了。"

他说得没错,旅馆的浴衣是黑色领子的短褂,对于看惯了西装的眼睛来讲,有一种新鲜感。

在旅馆前搭上一辆汽车,车绕着弯驶下坡道。旅馆外,长长的外墙延伸而去,稀疏的街灯下,浴客们穿着木屐在行走。

来到热闹的大路上只花了不到十分钟。汽车停在一家明亮的店铺前。

行人很多,有一半以上都穿着旅馆的和服。一个挨一个挤作一堆行走的大概是团体客。明明已是晚上,却依旧有肩背照相机的人。两边的土特产商店都在招揽客人。

圭太郎心想,该不会有熟人也走在人堆里吧?便一会儿侧过脸去,一会儿回个头,脚步很匆忙。作为R市政府厚生科科长,不光是政府里的人,连自己不认识但只要是见过面的人都有可能认识自己的脸。他不由得加快脚步，因为无比胆怯。

"你慢一点儿走嘛。"昌子在他身后说道。

圭太郎答应了一声，不得已放慢了速度，这是不愿被女人看透自己内心的虚张声势。昌子追了上来。

"简直就像要去办什么急事呢。"

繁华街是一条单独的道路，也不怎么长。穿过这条街就是暗沉寂寥的道路，旁边应该还有一条河在流淌。圭太郎想赶紧走上不会被人辨别出长相的道路。

"我想买点儿特产。"昌子用快活的口气说。

她的脸已经面朝商店，脚步也停了下来。店铺前的电灯下，顾客五六人成群，还有一些散步的人流。

"特产在旅馆也有得买啊。"圭太郎想阻止她。

"旅馆的太贵了。"昌子说，"而且品种肯定很少，我已经答应过要给婶婶买点儿什么。你也一起来挑嘛。"

昌子已经朝店铺走去。

圭太郎又不能呆站在人潮之中，只得跟在她后面。店门口的顾客络绎不绝。他尽量避免朝顾客露出正脸，走进了店内。

工艺品、包袱布、手巾、糖果、羊羹……琳琅满目地排列着。昌子正绕着货架挑选。圭太郎毫无兴趣，只是祈祷购物能赶快结束。已经没时间了。

"这个怎么样？"昌子提起温泉馒头的包装盒询问他，"婶婶很喜欢吃甜食。"

在酒吧工作的昌子和婶婶住在同一间公寓房间，今天的事也跟婶婶提过。圭太郎见过那个老太婆。

"就这个吧。"圭太郎回答。

即便这么说了，昌子仍左顾右盼地取来这件那件的，还比较礼盒的大小。多此一举的动作让圭太郎内心焦躁不安。又有客人走进了店里。不知道谁又会看见自己的脸，被看到的时候至少要离女人远一点儿。正当此时，只听见："就这些吧。"昌子下定决心似的说。

馒头礼盒加三份羊羹，店员接过商品，开始包装。圭太郎取出票夹付了钱。

一边想着"饶了我吧"一边走出商店。昌子抱着包裹很快跟过来。店前已经聚集了黑压压散步的温泉客。

圭太郎的肩膀被人从后面拍了一下。刚开始还以为是昌子，回头一看，才发现一个身穿旅馆服装的男人在面前笑嘻嘻的。

"科长先生。"对方轻声说。

圭太郎脸色苍白。昌子从他身旁走过，装出一副不认识的样子，径直向前去了。

颧骨突出、三十五六岁的男人，眼睛微微一动，追着女人的背影投去一瞥，视线又回到圭太郎脸上。

"刚才就发现很眼熟了，果然是科长先生您啊。我从昨晚开始就留宿在这儿。"

他的眼睛仍在寻找昌子的背影。圭太郎还没来得及出声，只听见："真让人期待啊。那么我还要赶时间，回头见。"

男人自顾自地朝另一个方向走了过去。即便穿着和服，也依旧甩着膀子大步流星。

菅泽圭太郎逃也似的追上了昌子。昌子站在二十米开外的对面街角，圭太郎脸色惨白，但在夜色之下看不清楚。

"是熟人？"昌子略带关心地问。

"嗯。"

"啊呀，这可真抱歉。他该不会注意到我跟你在一起了吧？"谁知道呢，圭太郎嘀咕道。其实是不想让她知道的。对方肯定已经看透自己和女人同行了，他也爱喝酒，说不定还去过昌子那家酒吧了。他看上去是认识昌子的，而她还没发觉。

"好担心啊。"昌子开始为圭太郎担惊受怕起来。有妻有子的市政府厚生科科长竟然和酒吧女一起到温泉小镇来玩，她担心这个传言会成为男人的污点。

"大概没问题吧。"圭太郎略微大声地说。

"是嘛，那就好。究竟是谁啊？"

"没什么，报社记者而已。"

"报社记者？"昌子小声叫起来，"这可不好。要是被他知道了，不会见报吗？"

她倒吸一口凉气。

"应该是不会这么做的。虽说他是报社记者，但也不过是一个很小的单位，印出来的东西都不知道算不算是报纸。他平常总会来市政厅转来转去，想法子取材，经常来求我透露点儿消息，不可能会写什么难听的东西。"

"是嘛，那我放心了。要是不走出旅馆散步就好了。"

是啊，要是不走出旅馆就好了，圭太郎也很后悔。莫名其妙地打不起精神，就是因为有不详的预感。圭太郎感到浑身乏力。

他对昌子说的话一半是假的。那无疑就是某家小报的记者。《明友新闻》是市政报刊之一，发行量大概是一千或两千份。在R市，除了它，还有《报政新报》和另外两家市政报刊，发行量相当，作风大同小异。

这四份市政报刊是不会发行给普通市民的。虽然没有人购买，但他们毫不在乎，因为目的不在此。"出于正义，为了建设好民主的R市，代替市民监管市政，并加以批判"是它们表面上的口号，实际上只是强制寄送，把报纸塞到公务员面前。公务员也不是个人出资购买的，而是由各部、科分摊费用，一次性地买上一百份、两百份废纸而已。

无论是局长还是部长，都很害怕这些市政报刊。不，就连市长及其副手都很害怕，因为不知道他们会写些什么。只要按他们的意思出资，报纸上就会大加赞赏；一旦对着干，就会被大泼脏水，一些莫须有的事情还会像故事连载般没完没了地出现。

于是市政府决定从预算中每年抽出六百万日元，作为这四家市政报刊的购买费用。这金额实在过于离谱，根本没公开公布，只是偷偷地算在了各部门的杂费里。

假如仅此而已，还算比较单纯。可正是因为没那么简单，了解其本质的菅泽圭太郎在偶遇《明友新闻》记者高畠久雄后才失去了很多东西。

"回去吧。"圭太郎说。

他在昏暗的斜坡上没精打采地迈开腿。

二

四家市政报刊全都拿钱办事。上个月还在鼓吹市长派的报纸，这个月就支持起了反市长派，明天说不定又会倒戈去市长派那边。

市长派、反市长派，本是市议会议员之间的问题。市议会议员分成好几个派阀，明争暗斗，他们之上还有大头目——众议员。他们在斗争中所用的武器就是这些市政报刊。多给小报出钱就占有先机，就能抨击对方。

不仅如此，这批市政报刊的记者还靠自己的"脸面"大行其道，中饱私囊。他们以在当地的交涉业务和礼尚往来为由，榨取差价和报酬。市政厅的公务员都怕被迁怒，对他们言听计从。

谁都不想和这些小报扯上干系。哪怕不是真的，他们也会在每期刊登"恶行"，大部分人只能举手投降。这些活字仿佛有魔力，会让不经意阅读到的人产生"接近真相"的假象。敌人也很清楚活字拥有怎样的特殊作用。在活字面前，公务员们像婴儿一样毫无抵抗力。

何况，无论哪个部门都称不上完美。只要肯打探，多少丑闻都能找到；只要认真去挖掘，能上他们报纸头条的材料比比皆是。等到没料可说的时候，就转向攻击个人。他们对个人生活毫不留情，连私密话题都会被暴露在暗沉沉的粗糙纸面上。在他们获得满足之前，被他们盯上的人不是被告人就是罪人。当事人不管是外出也好，坐着也好，一刻都抬不起头来。

公职人员对这种态势的闪躲，让市政报刊的记者变得愈发傲慢。他们将市政厅当作自家后院般昂首阔步。面对副市长、局长和部科长，敢大气不喘地盘腿坐在椅子上。说话声有时谄媚不已，有时怒气冲冲。一看到对方露出畏惧的神色，就公然叼着香烟，居高临下。

正因为已经有过好几个实例，才让人更加头疼。副市长就因此而放弃了市长候补资格，马失前蹄；局长被转去其他闲职；部科长中有的被流放到地方办公室，有的被降职。也有些是因为在背后牵线的反对派把记者当成无形的武器而遭殃的。

利用周末去温泉游玩的菅泽圭太郎，每天都心情郁结地去市政厅上班。

五月本是明朗的季节，他的心情却黯淡而空虚。他不认为《明友新闻》会轻易放过自己。很快就会发生什么事，毋庸置疑，肯定会发生。

记者高畠久雄自那之后每天都徘徊于市政厅。但很不可思议地，他根本不出现在圭太郎的书桌前。高畠操着怪腔怪调，旁若无人地出现在民生部中央部长面前，却绝不走到厚生科科长面前。听到身旁的社会保障科科长桌前传来高畠久雄的哄笑声，圭太郎还以为他接下来就会来自己这边，紧张不已。可高畠久雄看都不看他一眼就耸起肩膀走了出去。

圭太郎觉得他耸肩的动作实在恶心。他不由得相信，太过寂静的这段时间里，对方一定在打着什么算盘。还是说自己太有成见，其实只是杞人忧天？抑或只是自寻烦恼吧！对方或许并不像自己想的那样在意。跟老婆之外的女人去温泉在如今这个世道稀松平常。高畠久雄会因为这种随处可见的琐事就对自己发难？随着一天天过去，微小的安稳感逐渐爬上圭太郎的心头。

可是，无法彻底放心的警戒心理破坏了片刻的安宁，再次将他拖入阴暗的洞穴。每天都看到高畠久雄来市政厅，让他心生畏惧。

"前阵子的事，没关系吧？"昌子见面时又一次担心地问。

"没关系的。报上什么都没写。对方也只是闭上嘴，就当没看见。"圭太郎若无其事地回答，好像对自己说的话也很相信。

"太好了。"昌子如释重负地叹了口气，摆出抚摸胸口的手势，"我可担心极了。要是报上写出我们两人去了温泉，就会给你惹上大麻烦呢。一想到这个，我晚上都睡不着觉。"

"你放心吧。就算他写了什么，我随便打个马虎眼就过去了。只是那种人而已。"

圭太郎从背后抱住昌子。妻子是个冷淡的女人，对丈夫一点儿都没有关心之情，只知道提自己的意见，在家中也从不理会他的身边事。不满长期郁积起来。之前都是为了孩子们而忍耐着，现在孩子们长大了，长男上了大学，长女明年也要从高中毕业了。他早就作好了以防万一的心理准备。

可是他还不想失去生活的基础。要是没有现在的地位和收入，别说照顾昌子了，连自己都吃不饱饭。害怕市政报刊，也是出于这个原因。

菅泽圭太郎走在初夏日照越发强烈的道路上，担忧与安心的情绪交织在一起，接连几日往返于市政厅。

某天，吃过午饭之后，杂务给圭太郎送来两张名片。不经意地瞥见了上面那张名片，他不禁瞪大了眼睛。

上面印着"《明友新闻》记者高畠久雄"这几个字。名片右边的空白处用圆珠笔的蓝色字迹潦草地写着"向您介绍小林智平先生，请您务必赏光接见"。圭太郎的胸中卷起一阵旋风。承载了些许安宁的最后一根绳索在他面前断裂了。

另一张名片上写着"猫头鹰牌杀虫剂股份公司常务

董事小林智平"。圭太郎注视了好几秒,才用干渴的嗓音让杂务请他过来。

一个头顶全秃的小个子男人,穿着高级西服出现在圭太郎面前,低头三四度行了个礼。

"我就是请求高畠先生代为引见的人。"

杀虫剂公司的常务眯着眼睛露出一口黄牙,笑着说。圭太郎仿佛能看到高畠久雄就站在他的身后,"嘿嘿"地哂笑着。

"接下来就要入梅了。能赏花的时节也就只剩下这么几天了,梅雨过后,很快就是炎热的盛夏了。"

还以为这是说正事之前应景的寒暄,其实早已进入了正题。"每年惯例的全市大扫除很快就要来了,准备起来够忙的吧?刚好,我这边在制造这么一种杀虫剂,所以务必请科长您过目一下。"

小林智平这个男人将鼓胀的公文包提到膝盖上,打开来取出三个四四方方的盒子。盒子是以黄色为底色,印刷着密密麻麻的红字与黑字。日本国旗似的红色圆圈中,印着白色镂刻的"奇罗欣"三个大字。

圭太郎刚看到名片的时候就察觉了这个男人来找自己的目的:肯定是来推销商品的。每天都有各种这样的人登门,源源不断,绝不是稀奇事。一半是靠市议会议员或市内高官的引见而来的，圭太郎把其中大部分都回绝了。眼前的这个男人只是随处可见的其中一人。

然而圭太郎第一次感到了被动的压迫感，压迫感的源头就是高畠久雄的名片。看到这个名字，就好像看到他正摆出傲慢的表情，龇牙咧嘴地嗤笑着，眼神中映出自己正追逐身穿旅馆短褂的昌子的那幅景象——"科长先生，真让人期待呢"这句话在耳畔回响。

小林智平开始讲解杀虫剂的功效。据说在对付苍蝇、蛆虫、蚊子幼虫方面，都能发挥出现有杀虫剂翻倍以上的效果，还在某县的卫生试验场取得了如何如何的结果，已经有几家公司的工厂采购了多少多少。解说的内容相当细碎。

圭太郎眼神迷茫地听他讲，只觉得听见耳畔有只蚊子在"嗡嗡"扇动翅膀，又觉得高畠久雄的身影和对面的人影重叠了起来。

简而言之，就是希望政府能大量采购杀虫剂"奇罗欣"，在夏季大扫除时分发给全市居民。这就是求见者的来意。

"我会考虑一下。"

圭太郎像平时那样，毫无笑意地说道。和平时不同的是，这回，他有一股喘不过气的感觉，觉得被一种强制的义务感束缚，想尽快从中脱身。

全市的清扫用杀虫剂是历年都需要选定的。每次选定的对象各不相同，大致都是名牌产品，能拿到八十万日元的预算。圭太郎心想，这一回至少得浪费十万日元去买这种可疑的新药了。

小林智平谄笑着，不知低头行了多少礼才回去了。

玻璃桌上留下了三份杀虫剂样品。外包装印刷质量很是粗劣，"奇罗欣"的文字一角还附有一个猫头鹰标志。光是看到这拙劣的设计，就几乎能判断其品质。

桌上的玻璃板映照出了杀虫剂外盒的倒影，猫头鹰上下颠倒了。看着看着，圭太郎觉得高畠久雄那张脸很像这只猫头鹰。

桌上又冒出一个影子。原来是股长田口幸夫探出了他那张细长的脸，正注视着杀虫剂的包装盒。

"奇罗欣吗？嘿，是新药啊。"他抓起盒子，单手转来转去。"这有用吗？"他露出鄙夷的神情说。

圭太郎陷入了忧愁。

三

第二天，高畠久雄第一次正面朝圭太郎的座位走来。"昨天真是承蒙照顾了。"他说着,挠了挠额头前那撮灰蒙蒙的头发。

他的下巴上满是胡茬,露出脏兮兮的牙齿,笑了。

"承蒙照顾"指的是他介绍了猫头鹰牌杀虫剂公司的人给我,而我同意见面了。可言下之意应该没那么单纯。是因为知道我已经在心中决定要采购那种杀虫剂,他才对我道谢的。

"听说这药的效果很不错啊。"高畠从旁边拉过一把椅子,张开双腿坐下。

"科长,就拜托您啦。"他摊开肩膀,上身像倒下似的凑到圭太郎身旁。

圭太郎从书桌抽屉中取出香烟,将一支衔在口中点上火。他的手指微微颤抖,火柴上的火苗总是对不准。高畠摆出胁迫式的姿势,又露出了他在温泉小镇上露出的浅笑。

股长田口也坐在自己的位置上,偷偷朝圭太郎这边瞄。像是被他的眼神驱使,圭太郎开口了:

"这不好说啊,往年都是采购名牌货。"能感到自己话中羸弱的防御性。

"名牌货太贵了。"高畠久雄大声说,"有名的药品都要花费夸张的广告费,实际效果也不过如此。这个

'奇罗欣'，我去年亲自用过了才知道真的好，蛆虫和孑孓都死光了。我之前用那些名牌货就没效果。多亏了'奇罗欣'，去年夏天的蚊子少了许多，可清净了。"

高畠转一转舌头，舔舔嘴唇。

"况且，造这种药的人还是我的老朋友，可不是会卖假货的人啊。"高畠久雄一字一顿地说。

他说到"老朋友"这个词的时候尤其用力，紧盯着圭太郎，一脸胡茬的面孔好像在说"给我个面子"。他那双放光的眼睛一定在温泉小镇看清楚了昌子所穿的旅馆和服。

圭太郎露怯了。仿佛看到印在报纸上的白底黑字：市政厅厚生科科长跟酒吧的女人一起去泡温泉了；科长荒淫无度；科长每个月都在女人身上挥金如土；靠那点儿有限的月薪是怎样过上那种奢华生活的？……暗示自己有不正当行为的文章接踵而来。家中又有妻儿，抨击自己不道德的形容词更加会堆成山。

"无论如何，最终决定还得等等再说。"

"等等再说？那请不要拖太久哦。梅雨季马上就来了，可不要等吹起了秋风再去发杀虫剂，会被人当作笑柄呀。"高畠用嘲弄的口气说。

"可是还需要由民生部长定夺。"圭太郎说。

"那就看科长的手段了。比起购买高价货,能买到价廉物美的药才是为市民着想,毕竟花的是市民的税金啊。"

从这个男人嘴里听见"市民的税金"的说辞实在可笑至极,那堆形同废纸的市政报刊可是花费市民六百万日元的税金订阅的。圭太郎明白"科长的手段"才是重点,高畠是让他动用可用的权力。

"不过还是必须先让卫生方面的技术员完成试验。"

"不都是您的部下吗,科长?凭科长的职权,总有办法解决的。"高畠紧咬不放。

"这可行不通。"圭太郎面露苦笑,不过他说这话只是为了让远处正在假装查找文件实际在偷听的股长田口听见。

"不过,总之就拜托您了。"或许高畠也觉得一开始不应该太纠缠不清,便道别似的举起一只手,离开了。背影如常高耸着肩膀。

股长田口从座位上站起,走了过来。圭太郎不怎么喜欢田口。不管什么事,他都喜欢跟自己反着干,还听说他会在背地里说自己的坏话。或许是因为圭太郎进入市政厅才三个月就率先当上了科长,让他心怀不甘,而圭太郎也看田口很不顺眼。

一看到田口站起身往自己这边走来,圭太郎就意识到他要说些什么，不禁打了个冷战。

"真是个讨厌的家伙！他要我们买什么来着？"

圭太郎从书桌抽屉里取出"奇罗欣"的盒子，上面印着一只猫头鹰。他心想，田口估计要挖苦这玩意儿。

"啊，就是昨天的东西啊。"

田口伸手取过盒子，打开盒盖，将里面的瓶子抬到鼻子旁嗅了嗅，又放在手掌上摆弄了几下。

"这玩意儿真的有用吗？"田口歪着脑袋说。

圭太郎应和一声，抬起头——没想到他会这么问。

"听说很有效呢，不知实际怎样啊。"圭太郎别有用心地回答。

"杀虫剂这东西就算是大牌货也不外如是，都是半斤八两，蛆虫和孑孓死不了多少。他说这个多少钱？"

"定价比品牌货便宜一成，还说采购的话能打个八折。"圭太郎说出了小林智平所提的条件。

"便宜是真便宜。"

"对了，田口老弟。"圭太郎略带强势地说，"因为便宜，我打算按照往年采购量的二成来买一些。不过，一切前提要看卫生技术员那边的试验能否合格。"

"说得也对。"

田口既没有强烈反对，也不积极表示赞成，只是朝角落里捧着文件的职员那边走去。

圭太郎感到一阵安稳。最烦人的田口没有反对，看来能按自己所想的进行。他打算抽出二十万日元左右来采购这个——作为不被编排上小报的代价，不得不从市里的金库支出二十万日元。只要他肯开口，要说服一向信赖他的民生部长并不是难事。圭太郎久违地有了松快的感觉。当天，他就将"奇罗欣"投入了卫生试验。

某天上午，技术员的报告送到了圭太郎手中。

"做了一下实验，结果不怎么好啊。"技术员评价起"奇罗欣"。

"不行吗？"圭太郎朝田口那边看了一眼，还好他不在座位上。

"也不是说完全不行，相比一流品牌的产品，实际效果大概是三分之一。不过不会有太大问题。"

圭太郎慢吞吞地抽着烟，答应一声就让技术员回去了。再次出现了暗礁。

既然在实验上没查出问题，就不可能只买一种。圭太郎吞云吐雾，陷入了长时间的思考。完全不买是绝对不可能的，他承担不起自己人生被毁的后果。他已经在内心决定花二十万日元来采购了。

猫头鹰牌杀虫剂的常务小林智平又提着公文包来

了。搬出椅子来，被他反复推辞，最终他还是战战兢兢似的坐下了。

"前阵子的那件事，情况如何呀？"小林眼中带着笑意，伸长脖子问。

"好像效果不怎么行啊，小林先生。"圭太郎转过椅子面对他。

"咦？没那种事，到处都说效果好极了。"小林保持着微笑回答。

"不，我这边是请专家做过实验才弄清的。"

小林智平语气轻柔地辩解说一定是出了什么差错。他那笑容不变的嘴唇活动起来，开始详细地解释各方面的试验结果。

圭太郎百无聊赖地听他讲。

"总而言之……"他打断对方，低声说，"我就买四千瓶吧。难得你这么有诚意，大家都保全一点儿颜面。"

小林保持着微笑的脸上忽地收起了笑容。

"谢谢您了。不过，科长先生，您看这样如何？能再增加一点儿数量吗？"

"不行。"圭太郎不快地说。

"毕竟是第一次采购嘛。看在这份上，也再加把劲嘛。"小林缩起脖子，眼神像是在从下面仰视，"科长先生，我听高畠先生说过，好像能把全部预算都用来采购我们的产品呢。"

"什么，高畠是这么说的？"圭太郎大受打击。

眼前仿佛又看见高畠久雄满是胡茬的脸和一口黄牙，那口牙齿在贪欲之下裸露无遗，正向自己逼来。

四

秋天来了。

日照时间变短，一到五点，市政厅就要点上灯。

菅泽圭太郎收拾一下桌子，对科员们说了声"先走一步"，就来到走廊上。走廊上挤得乱糟糟的，都是刚下班的公务员。

刚从玄关的石梯走下，就听见一声"科长"，被人叫住了。圭太郎转身面对声音的方向。

"哟，是你啊。"

一个下颚突出、长着国字脸的男人，单手插在皱巴巴的雨衣口袋里，站在一边。他笑着露出牙齿，牙齿已经被香烟的油脂熏出了黑色斑点。他是市政报刊《报政新报》的记者梨木宗介，插在口袋里的那只手，手腕的前半截已经没了。

圭太郎心想,他可能是在等人,顺便打了声招呼,便打算从他身旁越过去。可梨木宗介从旁边凑过来了。

"科长,我有点儿事想和您谈谈。"他说话的口气像是在朝耳朵吹风。口气太臭,圭太郎不禁把脸往后缩。

改日再来市政厅找我好了,反正也只是找我要点儿报纸上可写的题材吧。圭太郎这么想着,露出嫌恶的表情。

"聊几句就够了,就在那边的咖啡厅,打扰您五分钟左右。"梨木宗介自顾自地先走开了。

既然是五分钟,也没办法,要是贸然拒绝,不知道会被编排什么坏话呢。圭太郎只能不情不愿地跟着他走。

梨木把圭太郎带去了一张距离其他客人比较远的桌子。那儿坐着一个整齐地分着花白头发的红脸男人,正喝着咖啡。他抬头看看圭太郎,将咖啡杯放回碟子上。"你好啊,菅泽先生。"

他咧开嘴笑了,金牙闪闪发光。

圭太郎的心猛地一跳。他很熟悉这张脸,是《报政新报》的社长大泽充辅,正在积极运作成为下一届的市议会议员。平日里,他一向只和市长、副市长及局长级别的人会面,对身为科长的菅泽圭太郎根本视而不见。没想到这位大泽竟坐在那里等自己,圭太郎感到一种不祥的预感,脸都僵硬了。

请坐吧。大泽指了指对面的椅子,又叫来服务员,追加了两份咖啡。梨木就坐在圭太郎身旁。

"我刚见完渔业工会的人回来,接下来还要去见一下苏打公司的负责人。那公司的人虽然到处说三道四,但我还是打算今晚直奔正题。"大泽充辅省略了寒暄。

圭太郎知道,《报政新报》最近每期都用大标题围绕苏打污染问题对那家公司发起抨击。市郊的渔村附近新开设了一家××苏打工厂,然而渔民们害怕工厂向大海排放的碱性苏打污水会让鱼贝类死绝,认为这是一个你死我活的立场问题,坚决反对。

《报政新报》站在渔民这一边,拒绝新设工厂。参与了招商引资的市政府当局则用激烈的笔锋发文辩驳,可是实际的敌对者是市议会议员江藤良吉,他被批判为市民的敌人。大泽充辅还亲自署名撰写了社论。渔民们被煽动起来,用草席做成旗帜,围攻了市政厅。

大泽充辅在圭太郎面前说这种话或许是一种示威。提到的虽然是与自己毫无直接联系的事情,本可以当作闲话家常那样一听而过,却又从中感到一种震慑力。

圭太郎摸不清这个人,无从知晓大泽充辅究竟是为了什么才在这里等自己。说好了只讲五分钟,他看了一眼手表。

"对了，我也差不多该走了。"大泽充辅又说了两三句无关紧要的话，然后站起身。

"梨木君，接下来就拜托你了。"

"是。"梨木低下头。

"那么，菅泽先生，我先告辞了。"大泽充辅抓起发票，悠然自得地走了出去，看他那副样子，就好像根本没打算在这里和圭太郎见面。

大泽对梨木说"接下来就拜托你了"究竟是什么意思？还有话要对自己说，让梨木代为传达？还是单纯地拜托处理其他琐事呢？圭太郎完全摸不着头绪。

说到头绪，其实他根本不知道梨木接下来会说出什么话，却频频感受到不详的预感。他摆正坐姿。

"我们家老头子对那件事特别积极呢。"梨木先聊起了刚离开的大泽，"苏打公司这件事，他算是相当拼命了。市议会议员江藤良吉从苏打公司那儿狠赚了一大笔呢，然后这笔钱又流进了其他市议会议员的口袋里。正因为掌握了这个把柄，老头子才站了出来。拉拢渔民只不过是为了煽动反对建厂的抗争活动而已。这可是为市民着想的正义之战啊。"梨木一只手摆在桌子上，另一只手依旧塞在口袋里说道。

圭太郎心不在焉地听着。这已经不是第一次听到了,《报政新报》每一期都用头版头条在拼命鼓吹。

"我们报社一直都是为了市民的正义而提笔战斗的,想必科长您也明白吧?包括您在内,我们一直都在监察市政府的预算是否用在了正道上,毕竟那是市民的血汗钱。要是乱用,可就麻烦了——比如说采购品方面。"

圭太郎感到心脏被迎面打了一棒。梨木宗介的话很抽象,但说到这个地步,指的是什么已经很明了,不,明了的只是梨木把他叫来咖啡厅的目的。

梨木的老板大泽充辅刚才若无其事地坐在这里,这个伏笔总算揭晓了。"接下来就拜托你了"这句话突然泛出了鲜明的色彩,原来都是为梨木宗介打掩护。

他们知道!圭太郎凭直觉想到了。他们搬出"市民的血汗钱"和"采购品"这两个词,他就立即明白了。他们是跟踪了"大量采购猫头鹰牌杀虫剂"这件事而来的。圭太郎甚至感觉到自己面前有一群趴在地面上嗅探的动物。

圭太郎无言以对。他能感觉到自己已经面色铁青,不敢随口妄言。他挤不出一个词来。

梨木宗介大声笑了。圭太郎惊诧地看着他的脸。梨木尽管在笑,单眼皮下的眯缝眼中却闪着光,斜眼紧盯住圭太郎。

"科长，那种杀虫剂真是一点儿用都没有啊。"

圭太郎的脸像是被射中了一支箭，转眼就涨红了。他的心脏激烈地跳动。

"我有个亲戚就住在郊外，洒了市政厅发来的药水，却跟清水似的，一点儿都没见效呢。我让他给我瞧瞧，上面印着不知是猫头鹰还是啥的，是从没见过的新药。可是在市中心那边分发的都是名牌药啊。"

梨木宗介说话的语气虽然很客气，可每一句话都像是击打在圭太郎的肚子上。他什么都知道。厚生科拿出一半的预算采购了猫头鹰牌杀虫剂，可以说是被迫买下的，都是因为圭太郎敌不过高畠久雄的威逼。不，是敌不过他看着身穿温泉旅馆装束的昌子与自己在一起时的眼神。被那个眼神逼迫，他采购了大量的猫头鹰牌杀虫剂，还为此略施了手脚。

名牌药被分发到市中心，城市周边则分发了猫头鹰牌，否则根本处理不掉。之所以更尊重市区中央地带，也是为了避免麻烦，可从梨木宗介的口气听来，他很明显已经看穿了自己的这点儿小把戏。

"把没用的猫头鹰牌杀虫剂介绍给您的，是《明友新闻》的高畠，对吧？"梨木的问话直达核心，"那家伙可是公认的绝非善茬，想必科长您也知道。您明知如此，却还去采购他推荐的货色，这就很奇怪了。"

圭太郎没法回答他，想说点什么却组织不成话语。

"猫头鹰牌也不是那么没用的药，而且比名牌货便宜不少。"圭太郎总算有气无力地辩解道。

"您这么敷衍我，不太好吧，科长？"梨木宗介用一只手轻声敲着桌面，"我们可是做过取材调查的。您说些骗外行人的话，我不好办啊。我去问了卫生部门的技术员，他们告诉我试验的结果了。我们还调查过猫头鹰牌的底细。"

圭太郎腿软了。这张网已经完全铺开了，他只能在收拢的罗网中张皇失措。

"还是说，科长您有什么不得不对高畠言听计从的理由呢？"一旁的座位上坐着三位客人，正在愉快地讨论电影话题。前面座位上的客人正在预测职业棒球比赛胜负。在圭太郎眼中，都仿佛是不属于现实的光景。

"再说了，从高畠的做法就能够想象，他抓住科长您的某个把柄了。"

圭太郎的眼神瞥向一边。梨木连这一点都推测出来了，听那口吻或许不止于想象，很可能已经知晓事实。

圭太郎在心中大喊一声"等等！"被写上报纸就糟了，那么自己要身败名裂了。他一瞬间空想出自己身体颠倒过来、四周的嘲笑声纷至沓来的场面。妻子暴怒，孩子在路旁哭泣。他浑身打颤。

已经离开的大泽充辅身影好似变大，迫近而来。

"我想给《报政新报》捐点儿钱。"圭太郎用干涸的嗓音说，"要出多少才好呢？"

五

圭太郎去见了昌子，在常去的那家旅馆里。秋天已过，冬日即将来临，旅馆中已经点上了火盆。

"没什么精神呢。"昌子伸出双手抚摸圭太郎的面颊，"你瘦了。"

"是嘛。"

圭太郎直起身子，取过枕头旁的香烟，点上火。他很累，是神经被折磨之后的疲劳感。

手头很缺钱。梨木宗介每个月都会来拿走他工资的三分之一，名目是给《报政新报》的捐款。他单手插在西服口袋里，一只手点完钞票后就离开。没有发票。

"我暂时给不了你多少钱。你再等一等，过一两个月之后，就能恢复原状了。"

没办法给昌子钱了。给老婆的钱也不太够，连零用钱都犯愁了。最近甚至都没法随心所欲地买香烟了,居然还干过从每个科员手里收一支烟这种事。

"我没事。"昌子说。

她年轻的眉间已经因为担心而挤出了皱纹。

"有什么急需用钱的事吗?"

"是啊,有点儿事。你不用太在意,很快解决了。"

没办法告诉昌子。一切的发端,都是因为和她一起去了温泉小镇。这么说的话,昌子肯定会痛苦不已。不想给她带来那种痛苦,那也太不像个男人了。只能咬紧牙关,况且,圭太郎不知从哪里涌上一股自我牺牲的快感。

圭太郎的月收入,包括津贴在内,税后三万八千日元①。其中一万二千日元都被一只手的梨木宗介收去了,表面上是给《报政新报》的捐款,实际上成了梨木的收入。大泽充辅对那么点儿小钱应该根本不屑一顾,可是当这一万二千日元成了梨木的收入,身为老板的他给部下梨木宗介发的月薪或者零花钱就能节约一些。大泽充辅那天坐在椅子上为圭太郎露个脸,肯定就是这个意思。在圭太郎面前提起反对苏打公司新厂的事,就是在夸耀自己作为梨木后台的强大实力。

---

① 原作发表于1959年。

每月一万二千日元,坚持"捐款"三个月,就能让采购猫头鹰牌杀虫剂事件不了了之,他与梨木的协定就这样生效了。虽然很痛苦,但比起被报纸曝光要好太多了。圭太郎为事态能够平息而松了一口气。

经济上随之而来的痛苦超乎想象。月薪减少到三分之二,生活就像被上了酷刑,连一件衬衫都不敢随便买,妻子甚至要对上门收款的日用品订购员赔不是。

"为什么你的工资变少了?"妻子露出严厉的表情。

"不是变少了,是因为部下挪用了一点款项,我替他垫上了而已。不会太久的,还有两次。"圭太郎说出了他考虑好的理由。

"别人挪用公款,为什么要你垫上?"

"因为是部下啊。我也是有责任的。"圭太郎的借口总算是通过了。

"你不必因为钱的事的担心我。"昌子抚过圭太郎的后背,"我在店里工作赚的钱够用了,反倒是你,好像很为钱发愁呢,我真担心。"

"也没那么困难。总之,你不必在意这些小事。很快就会过去了。"

"可是你看上去特别没精神,脸色也不好,我怎么能不在意呢?"

"没关系的,你放心吧。我很累是因为在市政厅的工作遇到了一点儿难题。"

"是嘛。"

"别露出那么担心的表情啦。"

圭太郎抱住昌子的脖颈。他心想,不会再有这么认真地为自己着想的女人了,和妻子冷淡的性情截然相反。自从与昌子邂逅,妻子与她相比,总是沦为背景。

话说回来,很快就能从缺钱的窘境中解放出来了。与梨木约好的次数是限定的,就等着结束的那一天。

季节转入冬天,年末来了。公布的年终奖金是工资的1.2倍。市政厅的年末补贴少得可怜。一看到报纸上登出了其他公司的奖金倍数,圭太郎忧愁不已。要是能拿上普通公司的平均奖金该有多好啊。可是收到奖金之后,他多少轻松了些。即便如此,他还是从月薪中抽出了一万二千日元,没有去年那么宽裕。妻子抱怨着连年货都置备不起了,把丈夫数落了一番。真是个黯淡又讨人嫌的正月。

按照惯例,市政厅的科员们都会在正月集体上门拜年。圭太郎哄骗着妻子,让她做好招待部下的准备。

"钱都不够,哪里请得起那么多人吃饭!"妻子尖声回答,"酒就用二等酒凑合一下吧;青干鱼子太贵了,买不起，只能做杂根煮加一盆汤了。"

这种不登大雅之堂的食物怎么拿得出手！圭太郎怒斥。然而妻子与他争锋相对，除夕夜就在不愉快的争吵中度过了。妻子坚决不妥协。

最后拿出来的菜单果真如她所说，是豆腐汤和牛蒡、芋头、鱼糕、豆子、炸豆腐做的杂根煮。别说没有鱼，配菜连个玉子烧都没有，实在寒酸到家了。圭太郎无力再争辩，只能满心忧郁地等待着客人上门拜年。

科员们各自相约上门来了，十几个人挤满了狭小的房间。圭太郎看到其中有股长田口幸夫的脸，觉得很是意外。过去他从来没登门拜过年，今年不知吹的什么风。人倒霉的时候真是祸不单行，这么寒酸的饭菜被田口盯着看，简直是一种痛苦。

"内人身体不太舒服，没做出什么像样的饭菜，实在抱歉。大家别太介意，明年也一定要来啊。"圭太郎对部下们辩解道。

可是他实在没资格打肿脸充胖子。桌上只摆了寥寥几盘菜，酒也是次等的口味，没有一个部下夸赞酒好喝。圭太郎恨不得挖个洞钻进去。

田口直勾勾地扫视一桌饭菜，又像观察似的把屋子环顾一周。圭太郎很是不悦。两人本就不和，据说他仍因圭太郎坐上科长的椅子而心有不甘，各种流言蜚语也在暗中传入圭太郎耳中。田口偏偏挑今年来拜年，实在让人摸不清意图。

田口面对各种菜式，没怎么下筷子，酒倒是下肚两三杯了，可依旧是毫不客气的一张臭脸。田口很爱喝酒。"那就先失陪了。"首先说出这句话的人是田口。大家也没怎么谈笑，真是一场阴气森森的聚会。

所有人都回去之后，圭太郎心中的寂寥之情突然间爆发了。他对梨木宗介恨得牙痒痒的，这三个月来的抑郁心情都源于每月交给梨木的那一万二千日元。被敲诈到这个月底总算结束了。这条阴暗、漫长的隧道，总算能看到对面出口的亮光了。

二十五日是市政厅的发薪日。梨木宗介单手插在外套口袋里，看到圭太郎从玄关走出来，举起另一只手来。

"真冷啊。"梨木打招呼。

他的黑牙间冒出酒味。看来他是算准了有一万二千日元的进账，早早地在附近酒馆里喝上一杯了。这笔让圭太郎牵肠挂肚的钱竟然被花在这样的用途上。圭太郎气不打一处来，从工资袋中取出早就清点好折叠起的一万二千日元，粗暴地递出钞票。

"说好的捐款到此为止了吧。"他强调说。

并排行走的梨木敏捷地用单手抓过钱"嘿嘿"笑了。

"好像是这么说定的呢。那多谢您了。话说回来，科长，天这么冷，要不要一起喝一杯？我请客。"

圭太郎心中冒出一股想把梨木撞翻在地的冲动。他一言不发地和梨木分开了。走了一阵回头看，只见梨木在风中缩起肩膀，行色匆匆。

释放感总算充满了圭太郎的身体。从下个月开始就轻松了。这一刻总算来了。这三个月里，总共从会计那里借了两万日元。虽然一直克制，但还是不得不借钱。

一切都结束了。

成功跨越了身败名裂的危机，从下个月起，就能回到原来的生活中去了。他松了一口气，黄昏的天空中忽地下起雪来，触碰在温热的脸颊上，甚是爽快。

六

一个月过去了，到了二月二十五日。圭太郎从市政厅出来，正走在马路上时，一个人悄悄凑到身旁。

"科长。"

圭太郎打了个冷战——听声音就知道是谁。梨木宗介将双手插在外套中，站在那儿。

"什么事？"圭太郎维持着扭头的姿势停下脚步，一股恐惧感滑过背脊。

"前阵子，您捐助了不少，真是太感谢了。"或许是感冒了，梨木说话时略带咳嗽。

"社长想跟您道声谢呢，他刚巧来这附近了。"

听到这句话，圭太郎一瞬间心想：那笔钱难道真的捐给了《报政新报》？他产生了那笔钱或许没成为梨木手中零花钱的错觉。可他立刻反应过来，既然这样，为什么要在发薪水的二十五日等在这里呢？

大泽充辅在暮色中现身了。

"你好呀，菅泽先生，有一阵子没见了。"

哪有什么一阵子？大泽每天都出入副市长室和局长室呢，不过从不会靠近圭太郎那里。平常的他根本不会把"科长"这种职位的人放在眼里。

"前阵子，真是承蒙您照顾了。"大泽为三个月来的捐款道谢。接着，他又邀请圭太郎去旁边那家咖啡厅，圭太郎断然拒绝了。

"是嘛，反正我也比较忙，那就边走边说吧。苏打公司那桩事看来不太好摆平啊，他们公司那边顽固得很，我们也在拼命进攻。您读过我们的报纸吧？"

圭太郎点头。《报政新报》近期用更加激进的语气不断抨击苏打公司和市议会议员江藤良吉。可是如今这些事已经跟圭太郎彻底没关系了，令他在意的是大泽还会抛出什么话来。

"搞这种运动，要花上相当多的经费呢。说句实话，我们也很艰苦。那我就从结论说起吧。"大泽充辅悠然地开口了，"您在这三个月里鼎力援助了我们，实在有点儿难以启齿。能不能再援助我们五个月呢？和之前相等的金额就够了。"

圭太郎的腿软了，全身都没了气力，只有心脏仍在痛苦地跳动。

"这做不到啊，大泽先生。"圭太郎用沙哑的声音说，"之前那样已经到极限了。"

"是嘛。"

大泽沉稳地接过话茬，缓步行走。在不明白状况的路人看来，还以为是三人一起外出散步呢。

"不过啊，只要再忍耐五个月就好了。这都是为了市民啊，我们永远都是为正义而战的。"

又是那件事，圭太郎的心揪了起来，浑身颤抖。梨木宗介正仔细听着两人的对话，已经跟到了圭太郎的身后，像是在防止圭太郎拔腿逃跑。

"怎么样啊，菅泽先生？您会同意吧！"大泽的口气显得不由分说。

圭太郎冒出汗来。这份苦难竟然要额外延长五个月！圭太郎想惨叫。为什么自己要被折磨到这个地步？他知道那批市政报刊的家伙使用起暴力来与黑帮无异，却依旧不敢相信自己被卷进这种旋涡中。那么多的公务员，偏偏自己被逮到。圭太郎为自己的噩运捶胸顿足。

圭太郎回应了他们，他不知道自己说了些什么，那仿佛不是自己的声音。

"多谢了，菅泽先生。梨木，你也听到了吧？"只听见大泽充辅的声音传入耳中。圭太郎的头脑已经无法思考，木然地从口袋里取出工资袋。

从今往后，梨木宗介肯定还会在发薪日出现，伸出仅有的那只手，然后用肮脏的手掌抓走一万二千日元。圭太郎感到自己将永远处于地狱之中。

他已经对妻子说过，从这个月开始，工资就会恢复正常。圭太郎第二天又拖着无力的脚步，去了会计科。

"真奇怪啊，你前阵子不是才借了两万日元吗？"老熟人会计科长浅笑着说。

"岳父住院了，必须汇款呢。"圭太郎满面通红。

"那还真是可怜了。"

科长给圭太郎的三万日元预支传票上盖了章，以后会从每个月的工资中扣除五千日元。能一次性借到三万日元，多亏那位科长是熟人。不过这么一来，想再次预支工资就不太可能了。

有了这三万日元，足够应付梨木两回了。再往后就很难预料了。还有三次，又该怎么填补呢？圭太郎想了又想，却完全没有头绪。

究竟为什么会偏偏遇到这么凄惨的事呢？太不公平了！圭太郎发现自己是一种软弱的生物。可这总比被写上报纸、丧失地位与生活要好多了。忍耐，忍耐。他嘟哝着。可实际上，"忍耐"这个词分明是大泽充辅和梨木宗介用来哄骗自己的花言巧语。

圭太郎过着心情阴郁的每一天，工作也力不从心，心里一点儿都没有安稳感。他觉得地面在摇晃，有什么东西总是压在头顶上，看什么都没了色彩，吃什么都尝不到滋味。

只有在和昌子见面的时候，色彩才会复苏，充实感才会侵入他空虚的内在。

"你到底怎么了？怎么越来越瘦？"昌子注视着圭太郎的脸庞。

"没什么事，纯粹是身体不太舒服。"

"要不要找医生瞧瞧？"

"还不至于。"

"这可不行。尊夫人什么都没说吗?"

"她应该不怎么关心。"

这恐怕是真的。"性格不合"这种词汇显得太抽象又时髦,反倒让人没有实感,可夫妇之间的确长时间互相反感。假如没有小孩,早就已经分手了。失去了分手的借口,让圭太郎后悔极了。

借款这件事牢牢地黏在圭太郎的脑袋里,挥之不去。接下来的情况还不明确,又没办法向昌子挑明。这是必须由自己独力解决的难题,没有人可以依靠,只能孤独地善后。

圭太郎苦思冥想之后,终于让熟悉门路的总务科科员帮忙引荐,去找了面向工薪族的高利贷公司。

"科长您也会为钱的事这么头疼吗?"帮忙引荐的总务科科员一路上向圭太郎搭话,"还以为这种事只会发生在我们身上呢。"

"谁都会为钱烦恼,大家都一样。"

圭太郎嘴上这么说,心里却明白,这个总务科科员的烦恼怎么可能和自己一样?这个男人借贷的是生活费,而自己去借贷的是要扔进阴沟里,简直天差地别。

这种空虚让圭太郎无法释怀,光是累积在自己身体中的憎恶感就足以翻江倒海了。

圭太郎从高利贷那里借了三万日元，抵押品是市政厅的工资。当他被要求当面签下证明书时，屈辱感让他浑身发热，脸上火烧火燎的。

万一没有按照约定还款，他们就会按照证明书上所写的去市政厅找会计，没收工资。放贷人反复强调了好几遍。不知道他们是不是真做得出来。不过一想到高利贷果真闯进会计科的场面，圭太郎就露出惊惧的眼神。

从市政厅借的钱，加上高利贷，每个月必定要从工资中抽走一万日元。虽然借来的三万日元足够支付给梨木宗介剩余的三笔钱，但工资仍会每月缺一万日元。那么每月缺一万日元的这大约半年里又该从哪里补充资金呢？为了还钱再去借钱，利息只会让损失越来越大。在欠款的怪圈里转来转去，好像一脚踩进了泥潭。

无论是高畠久雄还是梨木宗介，都如同往常一般出现在市政厅的大楼里，摆出一副正经报社记者的表情四处徘徊。可两人对圭太郎的办公桌都敬而远之，需要向厚生科取材的时候，都去田口那边询问。田口翻动着文件，满脸得意地侃侃而谈。梨木用单肘压住记事本，灵巧地执起铅笔疾书。

任谁看来，他们都穿着不起眼的装束，像极了报社记者。圭太郎睁大憎恶的眼睛,盯着他们。可是除了视线攻击之外,他毫无还手之力。

无论是副市长、局长还是部长都怕极了市政报刊。不知会被写些什么,实在太过恐惧。平时饶有兴致地阅读他人的丑闻,一旦轮到自己,就像病菌一样避之不及。平安无事是他们的第一愿望,哪怕没了骨气也不成问题。他们都不愿意承担丑闻。可只要敢于挖掘,无论是谁,多少都有些污点。他们总是表面上假装毫不关心,可无论谁面对市政报刊记者都会露出软肋。

见记者们旁若无人地来回走动,坐上桌子,用粗鲁的口气说话,他们在背地里痛骂。可市政厅中没有一个人敢当面怒斥。

那是下着冰雹的一天。圭太郎被梨木宗介叫了出去,梨木抬起一只手,远远地向坐在科长席上的他挥动。

七

市政厅的后院里一个人都没有。

"我是替社长来传话的,科长。"梨木宗介将手藏起,望着拍打在院中宽敞地面上的冰雹说,"实在难以启齿,能请您再捐出十万日元吗?"

"十万日元……"圭太郎没有立即产生实感，听上去像是离自己很遥远的事。

"没错。报社特别需要资金，社长也很难办。啊，不过作为代替，一万二千日元的剩下部分可以一笔勾销。"

听到"一万二千日元"这个词，圭太郎这才有了实感，身体一下子热了起来。惨白的冰雹在身旁胡乱横飞。他想马上说出点儿什么来，可嗓子嘶哑了。

"你胡说什么？"找不到合适的词汇，言语没有追上激烈的情绪，"你……你们究竟要把我玩弄到什么地步？这么一大笔钱我哪里会有？"

"是嘛。"梨木宗介依旧平静地站着。"不过啊……"他说，"不过啊，这样一来就一笔勾销了，您不会有后顾之忧，还是很合算的。"

"什么合算不合算？还不是你们在单方面地榨干我？"圭太郎觉得这不是自己的声音。他的咽喉纠缠起来，发出了亢奋而异样的声调。

"有些事可不能乱说。"梨木粗暴地回应，"你用纳税人的钱去采购些不管用的新药，消息走漏出去，那可不得了。我们本想在报纸上写篇文章揭发，杜绝这样的事再次发生。可念在你是初犯，才网开一面。"

"我没有违规。"

"可是你被情报贩子威胁,同意采购那堆没用的药品,就说明你被抓住了把柄。你的弱点究竟是什么,我们也已经调查清楚了。或许你的确没有违规,但写出来就必定让你这个科长颜面无存。"

圭太郎在冰冷的空气中汗流如注。他意识到自己站在了断崖之上,已经感受不到周遭景物的远近,都是朦朦胧胧的。

"可是啊,科长,我们嘴上这么说,那却已经是去年夏天的事了,写出来也早就没人看了。"梨木又变回了原来客气的语调,"所以,不管是社长还是我,都没打算积极地把这事登上报纸。总之,您也好好考虑一下,别大动肝火。您不是还有一个可爱的女孩陪着嘛。只要十万元捐款,咱们就睁一只眼闭一只眼。"

梨木的话说到最后变成了嘲讽。他指的是昌子,这句话将圭太郎的思绪一下子冲乱了。

"真烦人。我拒绝!"

话刚说出口,腿又突然颤抖起来。

"哦,精气神挺好嘛,科长。"梨木又摆出单手插入口袋的姿势,翻了个白眼,"那您是要拒绝?"

"我没钱了,被你们榨干了。我为了这件事甚至还借了钱。三个月的约定变成五个月,这一回又说什么一次性付清。你们只知道对我这种穷人下手吗？"

梨木沉默不语，他并不是因为无法回答而语塞，而是露出了不置可否的表情。

"不用您说，那家坑人的杀虫剂公司，我们已经来回跑了一个夏天。"他说起大话来。

圭太郎吃了一惊，不禁瞧了瞧梨木的脸："也就是说，他们拿不出钱了，你们才找到我的头上来？"

梨木"哼哼"地哂笑。

"给我滚！"圭太郎怒喝。事到如今，随便怎样都好。他的全身因愤怒而颤抖，血气涌上头顶，绝望与自暴自弃的情绪在愤怒之中扩散开来。

当天晚上，他喝了不少酒。十一点多，圭太郎去了昌子的酒吧。他最近愈发疏远那家酒吧，许久未去了。与昌子见面总是通过电话联系，总觉得做什么都束手束脚。但今晚不同了。

昌子见到圭太郎，说了句："真少见呢，今天醉得可厉害了。"边说边想把他抱进包厢。

可圭太郎毫不理会昌子的劝阻，继续在酒吧里喝。"你怎么了？今天真是胡来。"

"没什么事。"

不出几日，自己的事情就要登上《报政新报》了，圭太郎心想。一旦登报，接下来就会是一轮又一轮的痛打落水狗，过去的套路都是这样的。

仿佛已经能看到那一环扣一环的专栏报导了。夸张的形容词加上正义感十足的文风，跟女人一起去温泉玩这件事肯定会被描写得让人浮想联翩：堂堂科长，竟然在酒吧里有个情妇，过着奢华的生活；大量采购不顶用的杀虫剂；为了蒙骗市民，将名牌药用在市中心，将假货用在市郊；背地里和不法分子勾结，是个摸不清底细的男人；用纳税人的血汗钱胡作非为，市民们肯定会坚决排斥这种道德败坏又精于算计的科长；负责监管的部长和局长究竟在做什么？市长究竟在想什么……

在圭太郎的脑海中，这些文章仿佛自动播放般地冒出来。市政厅里的人会因这篇文章一拥而上，闪着好奇的眼神，嘲笑着取乐。没有一个人会同情他。他们或会假装不知情，或会冷眼从圭太郎身旁路过。因为这件事，轻蔑的眼神会像箭一样刺中他的背脊。这种事情在过去比比皆是。不久，他就会被降职去门庭冷落的地方办公室，永远不会被召回，一路被冷落到退休，那就是他的终点。

圭太郎已经能准确地想象出妻子的狂怒与指责。她一定会憎恨丈夫到死为止。他在家里会失去容身之所。

那景象让他联想到一条蜷成圆环的虫。

酒吧里还留着五六个客人，吵吵嚷嚷的。其他女人都往那边去了。

"今晚来了个自称认识你的客人。"昌子在耳旁说。

"谁？"圭太郎抬起头。

"我拿到名片了，就是这个人。三人一起来的。"

昌子取出名片给他看。圭太郎在昏暗的灯光下仔细辨认，上面写着：R市政厅民生部厚生科股长田口幸夫。

田口来了。从来没听说过他会来这个酒吧，他来这里究竟是打的什么算盘？

"还指名要我招待。"

圭太郎突然想到了什么。"他带来的是什么样的人？"

昌子说出了那两个人的样貌特点。一个是有着脏兮兮的乱发、颧骨很高的男人；另一个则是国字脸，一只手总是插在口袋里。

很明显，是高畠久雄和梨木宗介。

"其中一个说认识我，然后三个人直勾勾地盯着我的脸。我问了句：我们在哪儿见过吗？他就笑嘻嘻地说：去年五月份左右，在S温泉见到的。就是和你在一起的时候啊，我的心怦怦跳个不停。"

圭太郎明白了，他们是来实地取证的，为了确认她究竟是怎样的女人，作为写文章的材料。温泉之旅的情妇是怎样的女人？吸引眼球的描述是有必要的。

更让圭太郎惊愕的是高畠、梨木与田口的三人团伙。市政报刊之间的关系并不怎么好，可是记者之间会因为利益关系而联手，互通有无。高畠和梨木一起来了这里，让圭太郎意识到这次的惨境是由他们共同谋划的。

高畠久雄将假货介绍给圭太郎并逼他采购，背后有回扣是很自然的。注意到这一点的应该是梨木宗介了。在梨木的追问下，高畠肯定把所有情况都交代了，两人之间达成了共识。梨木先将这件事告诉自己的老板大泽充辅，恐吓得利者猫头鹰牌杀虫剂公司。不知小林智平常务被他们敲诈了多少，当他再也掏不出钱来的时候，恐吓的矛头就指向了圭太郎，反复压榨，直到被压榨者再也无钱上贡，接下来就打算写上报纸了。

为什么要大动干戈地写上报纸？理由不仅仅是因为圭太郎拒绝了——股长田口幸夫成了他们的同伙，才让理由水落石出：因圭太郎升为科长而心怀怨恨的田口在等着圭太郎失足落马呢！所以田口与那两人勾搭上了。

圭太郎总算明白了其中的玄机。想到这里，他愈发心慌意乱，肉眼看不见的浑浊旋涡正轰鸣着在他身边旋转：一只小虫被卷进旋涡，即将溺亡。

他们这秘密的谋划通过昌子显露了出来，这也意味着很快就将在报纸上见真章了。

圭太郎抱住脑袋，冷汗从他的皮肤上喷涌而出，四周的声音也都从耳中消失了。

八

R市的北面与关东的西南台地相接。在那里，只有一条单线铁路穿过寂静的原野。杂木林在丘陵地带如同波浪般起伏，流向平原。这一带曾是陆军演习场，现在成了外国军营类建筑物。除此之外，到处建起时髦的房屋，但原野上大部分广阔的区域依旧维持着原状。

原野上，一个落霜如雪的早晨，遍地落叶的杂木林中，农夫发现了一具上吊而死的男尸。派出所巡警接到通知后，大冷天骑着自行车过来。

由于尸体上随身携带名片，很快就确认了死者的身份，是本市的厚生科科长，名叫菅泽圭太郎。中午时分，验尸完毕，尸体被市里派来的汽车运走了，这时才出现了一名向警察与当地人连忙道谢的公务员。

"大概是神经衰弱吧。除此之外，无论是公务上还是私事上，都没有可能导致自杀的理由啊。"他向周遭的人一边分发名片一边说，名片上写着股长田口幸夫。

没有遗书。不过，很多年逾四十的自杀者都不留遗书。

然而市政厅的人都认为菅泽圭太郎的自杀与前不久《报政新报》专栏刊登出的"不端行为"脱不了干系。菅泽科长在那之后被民生部长叫去小房间里聊了很久。

《报政新报》的专栏连续出了三期，每期都占据了半个版面，内容极其详尽。接着，副市长和局长请菅泽科长前去谈话。

菅泽科长当天傍晚似乎没有回家，直接去了自杀现场。有人在车站见到了他，据说他伫立在铁路支线的月台上。在那个时间坐上支线的火车，究竟是要去哪里？目击者也表示很费解。当时，科长看上去若有所思，眼神凝视在某一点上，站立不动。

根据事后调查，科长从报上刊登出专栏那天起，就连续三天没回过家，谁也不知道他留宿在哪里。在这三天里，他到市政厅上班时着装整齐有序，很难想象是单独过夜的。

他的自杀，在地方其他报纸上也被小小地报导了，原因都归结为神经衰弱。除了神经衰弱以外，不会有别的原因！市政厅当局斩钉截铁地说。

从那天起，《报政新报》对菅泽科长的抨击就中止了，甚至出现了一篇前言不搭后语又一本正经的短文，声称：鞭尸并非报社本意，本刊始终站在正义的立场批判市政，菅泽圭太郎是一个善良的人，云云。

《报政新报》的社长大泽充辅从关西到九州绕了一圈，时隔半月才回来，看到这篇文章，叫来了梨木宗介。

"菅泽科长这件事，是不是干得过火了？"

"是吗？"梨木宗介站在那儿浅笑。

"你还问'是吗？'他本人可是痛苦到自杀了。我早就说过，那篇文章登出来是成事不足败事有余，还是删掉的好，但你偏偏擅自写出来了。"

梨木单手取出香烟叼上，又单手划亮火柴，接着吐出一大口烟，沉默了。

"做事别那么露骨，会影响到我们报纸的声誉。"

"是菅泽太软弱了。"梨木回答，"出了那种事而已，不至于去死吧？真是个蠢货。"

大泽充辅看了看梨木若无其事的表情："你从菅泽那里拿了多少钱？"

"每次一万二千日元。"

"只有五次吗？"

"没错。"梨木当即回答。

"肯定不止这样吧？你肯定起了想榨取更多的贪心。

菅泽无法忍受这种折磨，陷入了神经衰弱，病发后选择了死。他本来就是个没什么器量的男人。你究竟一共从他身上榨了多少钱？告诉我！"

"谁知道呢，记不清了。"

大泽充辅从椅子上站起身来："我们可不是这么约定的。是你说想从菅泽身上弄点儿零用钱，我才出面陪你演了这出戏。我为苏打公司的问题忙里忙外的时候还抽空为你出面了两次呢，都是为了给你多弄点儿零花钱而已，谁让你去要更多钱了？你不是从杀虫剂公司那里已经狠敲了一笔吗？"

梨木脸上的微笑并未消失，香烟灰掉落在地板上。

"你变得贪得无厌了。"大泽充辅发怒了，"别太擅自妄为！我不知道你背着我究竟在干些什么，今年秋天我就要出任市议会议员了，准备工作忙得很。本想把报社暂时交给你来掌管，但你这个样子叫我怎么能放心？看来我也该重新考虑一下了。"

"大泽先生。"梨木宗介插嘴，"您打算辞退我吗？"

"再这样下去，说不定真的要让你走人了。"

"我明白了。我走，行。"梨木宗介直到这时才大声笑了，"您去关西和九州玩了这么久，玩傻了？"

"什么？"

"您的眼袋和脸皮都快垂下来了！苏打公司出的钱都被您和江藤良吉平分了，赚了不少嘛。"

"你在说些什么？"大泽充辅的脸色变了。

"您想隐瞒也是没用，我知道得清清楚楚。"梨木宗介露出一口黑牙，"江藤良吉一派通过招商把苏打公司请来这里，按照约定，江藤能够在反抗运动中获得苏打公司的钱。可是只有那些还是太少了，就制订计划来煽动渔业工会掀起反对热潮，声称压制反抗运动需要资金，让苏打公司吐出更多钱。而苏打公司无论如何都想在那里建厂，反对的声音越大，苏打公司就交出越多钱来。于是江藤良吉跟您联手打造了一个反对派。"

"喂，你对我说这种话，真的掂量清楚了？"

"虚张声势也没用，大泽先生，您嘴上呐喊着渔民的死活，让他们揭竿而起到公司门口搞游行，摆出一副不亚于左翼斗士的嘴脸拼命奋斗，背地里却跟江藤勾结起来敛财，被骗得团团转的渔民们也是活该啊。您的手上究竟握着多少钱？"

大泽充辅脸上的肌肉僵硬了。"混账。"

"说不出来了吧？就算您不说，我这边也查清楚了。我打算把这幕后的一切都登上《报政新报》。"

"什么？"大泽充辅瞪大了眼睛。

"没错。当您沉浸在自己的工作中时,我们已经团结起来了。今后就由我来办好这份报纸,毕竟是不需要什么资本的报社,很简单的。"

"都是你暗中策划的?"

"准确地说,是您太飘飘然了,只知道自己敛财,对社员一点儿像样的工资都不肯付,大家早就对您失望了。您忙着捞钱的时候把报社交给我来管理,是您最大的失策。"

大泽充辅浑身都僵硬了。

"假如我把您的所作所为写上报纸,流言蜚语很快就会在市民间扩散,您心心念念的当选市议会议员就要白费了。明白是什么意思了吗?"梨木走近一步,接着说:"那么,大泽先生,您愿意拿多少钱出来呢?"

大泽充辅的手指震颤起来。

梨木宗介依旧单手插在上衣口袋中,面朝一侧,露出了似乎要哼起小曲的表情。

空白的排版

一

　　Q报社广告部长植木欣作清晨刚醒，躺在地板上阅读报刊：两份中央报加两份地方报。这是他长久以来的习惯。他还养成了从下往上看报的怪癖。

　　今天早晨也一样，他伸出一只手取过放在枕边的报纸。顺序也有讲究：先看地方报，再看中央报，那是因为中央报并非他的竞争对手，就算翻看，也是草草了事。

　　竞争对手R报，晨刊有四页，翻完四个版面可以看到总计十二条广告。普通人花三四分钟就看完了，可植木欣作会花上二十分钟左右细细阅读。广告空间大小、内容优劣、投放店铺在哪里、大致值多少钱、是拼命争取来的广告位还是报社自主投放，又或者只是因为版面太空而迫不得已拼凑的免费填充物……植木会盯着广告栏，将其中的门路一点点摸清。他的眼睛从不间断地将其与自家报纸进行比较，检讨。略胜一筹的时候，他很愉悦；落了下风，就会感到忧郁。

无论Q报还是R报，都是发行量不足十万份的地方小报。战时被合并成一县一刊的地方报纸，战后立即分化，并且出现了泡沫般的"晚报乱象"。Q报和R报的前身都属于那批雨后春笋般冒出的晚报，也是濒危的小报大军中仅有的幸存者。开始发行晨报后，已经过了八年，两家报社的经营都相当艰难，这是因为受到了覆盖面更广的区块报纸[①]S报的压制。

一些大报都有这样的情况，更别说Q报和R报了，想要填满晨报和晚报共二十四个广告栏，几乎都不得不依赖东京、大阪的广告商。当地的市场开拓从来没停过，可毕竟是经济实力羸弱的地方城市，凋敝的中小企业是唯一的客户，顶多只有当地的百货商场能在好版面上做几个促销广告。虽然也算是找到了几个广告老主顾，但靠这点儿可吃不饱饭。于是，大部分都是靠接洽东京、大阪的广告代理商来存活。无论Q社还是R社，关于东京方面的广告内容，都委托给了广告代理商弘进社。

弘进社作为广告代理商，属于中等级别。基本上，在全国的地方报刊中，其所接纳的客户不过是发行量十万份到十五万份的小社而已。这种小报不会有什么宣

---

① 区块报纸，是指发售区域包括多个都府县的地方报纸，比普通地方报纸规模更大。

传效果，赞助商不怎么放在眼里。弘进社却不懈努力，把各大公司的广告单都揽入手中。当然了，Q报和R报都不仅限于和弘进社签约，可就算和其他代理商签约，对方也并没什么热情。尽管弘进社把地方报社的价格再三压低，却仍算是最勤劳的公司。植木欣作正在看的R报的东京方面广告，也几乎都是弘进社介绍的。

植木看完R报，接着展开自家的报纸，浏览了一下广告栏。说是浏览，其实昨天就已经对内容知道得清清楚楚了。他的眼神里充满了气势，既像是在确认，也像是在算计。

第三版，也就是社会版面的右下角，出现了和同制药的半三段①广告，是这家公司近期大力宣传的一种新的精力剂，名叫"兰奇隆"。植木心满意足地盯着它看。竞争对手R报上面还没有，至少自己这边是抢占了一点先机，植木产生了几分优越感，对弘进社甚至有了一点儿好感。"兰奇隆"这几个斜体反白的大字旁边搭配着一张壮硕青年的照片，植木对着设计细细欣赏了一会儿。

欣赏一番之后，他的视线才转移到了上方的专栏。伴随着工作结束似的释放感，他慢悠悠地看向铅字最密集

---

① 日本的报纸版面将长度分为15段，半三段就是1/5长度、1/2宽度，占据版面约1/10。

的地带，此刻他变成了对文章内容挑三拣四的傲慢读者。

不经意间，他的视线停在了占据整整两段的文章的大标题上：《注射导致猝死，危险新药的毒副作用》。他瞪大双眼，将其余的部分折叠，开始阅读。

> ×日，市内××町的山田京子小姐（22岁）为缓解疲劳而在××町重山医院接受了"兰奇隆"注射，却很快感到痛苦，陷入危险，一小时后便丧命。当地派出所判断为注射中毒，正在调查重山医院的医师。"兰奇隆"为某制药公司最近出售的新型精力剂，警署已对市内的医院、药店都发出了加倍注意的警告……

植木欣作大吃一惊。这是真的吗？这个"兰奇隆"就是和同制药株式会社集中精力宣传的新药，在中央报纸上也时常能见到大幅广告，广播和电视中也能见到插播广告，就连地方报刊上也开始零星地刊登起广告了。有如此信用的大型制药公司，很难想象会推出不负责任的药品。患者因注射这种药而死，会是真的吗？异常体质的人因注射青霉素休克而死的事件倒是偶尔见报，这种"兰奇隆"难道也有类似的性质？

植木欣作渐渐不安起来。并非因为他害怕这种药，而是因为这篇文章刚好登在"兰奇隆"那半三段式广告的正上方。夺人眼球的反白大字，搭配壮硕的人物照片，凸显出药品的一流品质。这在读者的眼中肯定会形成奇异的反差。不，这暂且不提，要是刊登广告的报纸被邮寄到和同制药株式会社和代理商弘进社，他们又会作何感想呢？假如没有广告，就没必要送报纸给他们。小小地方报纸上的文章或许根本入不了对方的法眼。可既然已经登上了广告，就不可能掩耳盗铃。不，至少弘进社那边还是每天都会送报纸过去的。植木刚才感受到的对R报的一点儿优越感霎时间灰飞烟灭。

他慌慌张张地翻开R报。尽管注射致死的文章也占据了一个小角落，却仅仅描述为某制药公司推出了"新药"，没有提到"兰奇隆"这个名称。处理得很是慎重。他又取来中央报纸的地方版面，发现也都只占了一段，也只写了"新药"。占了整整两段版面并登出了"兰奇隆"名称的，只有植木自家的Q报。

植木欣作抽了支烟，让自己冷静一下。他的手指仍微微颤抖，似乎能看见和同制药和弘进社的愤慨画面。

他对编辑部的迟钝大为光火。他们的一贯作派就是丝毫意识不到广告部的存在。编辑是一份报纸的生命源泉，编辑部认为专栏报道受到广告部的制约是奇耻大辱。不仅如此，广告部作为生意部门，还被他们背地里蔑视。平日里，他们坚持文章中绝不写出商品名的原则，就是为了避免被人诟病文章有商品宣传的嫌疑，可偏偏这一次为何清楚地写出了"兰奇隆"这个药名？恐怕编辑部的说辞已经决定如下：因为这是对社会有毒害的药物，所以写明了确切的名称。这或许合乎道理，可是有没有考虑过因为这件事而被逼入窘境的广告部的立场？不，肯定是连想都没想过。我们可不是为了和你一起搞这种把戏才做报纸的！他仿佛能听到对方这么说。嘴里叼着烟管的总编辑森野义三难保不会说出这种不留情面的话。

话又说回来，不管 R 报也好，中央报的地方版也好，对这篇报道的处理可真是滴水不漏。或许单纯只是文章中不写出商标名的法则偶然奏效了，可看在眼里的植木欣作不禁觉得那其实是审慎考虑过和同制药与广告部所处立场的结果。尤其是对 R 报，前一瞬间还充盈在植木欣作心中的那份先声夺人的快感，此刻化作强烈的失利感涌向他的心头。

他连早饭都没吃一口就出门上班了。

二

广告部长的座位背对窗户。窗外的光线射在桌面的玻璃板上，冷冷地映照出窗框的形状。植木欣作将外套挂在架子上，动作迟缓地在椅子上坐定。部员们都来齐了，个个一声不吭地工作着，可似乎又有几道期待的眼神朝植木这边窥探。他们肯定已经读过今天早晨的专栏了。广告部长来了，究竟会有怎样的反应呢？他们正时刻关注着呢。这一举一动都营造出让人冷静不下来的气氛，将植木层层包围。次长山冈由太郎只是道了声"早上好"，便回到桌旁看起了其他报纸的广告栏。可是他的侧脸显得一点儿都不安心，似乎也在等待部长说出那句话来。

植木喝了几口茶，又叼起了香烟，下定决心似的喊了声："山冈老弟……"似乎到了不开口不行的地步。山冈由太郎答应了一声，将翻看的报纸干脆地放到一边，身体转向植木这边。他的颧骨尖尖的，眼睛很大，高高的身子向前蜷曲。虽说脸上已经有了点儿皱纹，身体却仍像运动员一样结实。他总是对植木说："我就相当于您在这儿的老婆，有什么事儿尽管吩咐，部里的事都交给我来打理，只要能让部长工作轻松一点儿就好。"

语气中一半是阿谀,一半是自信。

"今天早晨那篇'兰奇隆'的文章看了没有?"

植木一开口,山冈由太郎的大眼睛瞪得更大了,像是期待已久似的大声回答:"我在家就看了。那可真是太过分了!编辑部那帮家伙又给咱们添乱了,和同那边肯定会来抱怨的。"

部长和次长开始谈论部员们迫不及待想听的话题,都露出了放下心来的神情,纷纷竖起耳朵。这气氛似乎让山冈的语气更加高亢了。

"编辑部的人一点儿都没考虑过我们的心情,没必要把'兰奇隆'的名称都写出来吧!R报和其他报纸也都回避了名称,那可是常识啊。假如和同翻脸,不在我们这儿出广告了,结果会怎样?编辑部的家伙根本什么都不懂,毕竟直到今天还有人以为报社光靠订阅费就能经营下去呢。"山冈像是配合部长一样,取出一支香烟继续大声说道。

和同制药有可能会撤走广告。山冈担心这件事,植木刚看完专栏也立刻感到了害怕。和同制药是一流大公司,推出过各种各样的药品,因此广告投放量很大。假如因为"兰奇隆"这篇文章招惹了赞助商,断了宣传,打击可就大了。和同制药对Q报这种小小的地方报纸根本不放在眼里，恐怕只能说是施舍，是多亏了代理商弘进社从中斡旋，才总算拿下了广告单子。正因为植木对内情了解得很透彻，才更害怕和同制药的愤怒。

"前原，"植木叫来了负责账目的职员，"你能给我查一下这半年来和同平均每月支付多少广告费吗？"

前原回到座位上翻开账簿，打起算盘。植木也在做心算，他的眼神变得复杂起来。

"不过啊，'兰奇隆'中毒的副作用竟然会致命，会是真的吗？"山冈一边窥探植木的眼神一边说。植木心中也有着相同的疑问。

"不知道啊。可和同制药这样的大公司，不至于如此轻率就把药卖出去吧？"植木的眼神望着远处嘀咕道，"恐怕是病人因异常体质休克而死吧。"

"有可能。不过有没有可能是文章写错了呢？"山冈将两手的手指交叉，捏成拳头抵住下颚。

"应该不会，其他报纸也都登了一样的内容。"植木刚说完，山冈就摇了摇头，表示不尽然。

"我听说正在调查是否因注射'兰奇隆'而死，该不会是她本来就有病，是因为别的病而死的吧？"山冈低声说道。他每当表达个人想法时，总会把嗓音压低一度，露出煞有介事的表情。

"难以置信啊。"植木说。毕竟是注射之后立即起了反应,只能让人认为是药有问题。不过,这些事根本无所谓,问题在于只有Q报打出了"兰奇隆"这个名字。这种药总不可能都会引发中毒症状,否则已经上市一段时间的这种药肯定已经发生过其他病例。大概只是纯粹的偶然,仅仅是分配到本地的安瓿瓶中的药液混进了杂质。对于和同制药来说,既可以说是失策,也可以说是倒霉,但没必要将这例外的事件大肆宣传,更别说故意将制药公司正全力宣传的药品名大张旗鼓地登出来!植木对编辑部的迟钝感到怒不可遏。

算账的前原将半年来的统计数据记了下来,放轻脚步悄悄地走了过来。植木取出眼镜读起了数据。和同制药每个月平均要登二十一段广告,最近的段数特别多,就是为了宣传"兰奇隆"。仅仅一个广告主就登出这么多广告,可不是寻常事。可以想象弘进社对和同制药是多么重视。植木当然很害怕和同制药的怒火,也很怕弘进社因此而大发雷霆。弘进社可是Q报惹不起的大客户,东京方面的大部分业务都是由弘进社提供的,就算对方甩来白眼也无计可施。搞得不好,对方甚至会减少其他广告的投放量以示惩罚。他一想象到如此糟糕的事态,眼前就一片昏黑。

"我去编辑部问问。"

植木说出这句话,从椅子上站起来的时候,已经过了十二点。"去编辑部问问"这句话是说给部下们听的,但他实际上也打算表示抗议。山冈说了句:"是该去问问了,该说的话就该说清楚。"接着像是在附和植木,抬头露出了鼓励的眼神。

植木向前弓着身子,走上了宽阔而又陈旧的楼梯。他一边用脚缓缓地踩着一级级台阶,一边思考着该用怎样的顺序向总编森野表示抗议。于是,山冈所说的那句怀疑文章"是否有误",不经意间掠过他的脑海。或者文章没写错,可引发中毒的并非"兰奇隆",有可能是其他原因。还可以这么解释:尽管文章的内容是从警方取得的信息,可万一警方判断出错了该怎么办?编辑部可以推脱只是被警方误导而发表失误信息,可广告部面对广告主和代理商就要吃不了兜着走了。万一这篇文章的影响导致"兰奇隆"销量下滑,说不定对方还会以营收降低为由上门敲诈呢。明明是编辑部的责任,却要让广告部来全部承担——哪怕"兰奇隆"真是中毒致死的元凶,这种结果也很可怕。将和同制药奉为上宾的弘进社为了讨好这位贵客,或者为了表达自身过失的谢罪之情,还不知会用怎样的办法来发难呢。植木越往楼上走，腿越发软。

过了正午，编辑部的人总算都来到了办公桌前。总编室是单独的房间。拉开咯吱作响的房门，只见总编森野义三正将高尔夫裤换成普通长裤，才将一条腿塞进裤管就扭过肥胖的身体，往植木那边瞧了一眼。"中午好啊。"他抖动着小胡子先开口了，"我出了一身汗，刚回来，今天状态不错。下个周日有比赛呢。"

他在市内的成绩从不会低于前三名，这也是他的自豪之处。植木挤出笑容，等待着他用背带把突出的圆肚子勒紧。

"有什么事吗？"总编重新系着领带问。

植木欣作战战兢兢地把事情说了一遍。为了避免显得太怯懦，他尽量压低了嗓音，嘴唇的两角已经因为微笑而扭曲。

森野听完这番话，心情很明显变差了。他的双下巴像是硬邦邦的陶器一样纹丝不动，还翻了个白眼。

"原来是广告赞助商的事啊。"植木还没说完最后一句，总编就抢先开口了，"要是这也顾忌那也顾忌，我们还怎么办报纸啊？你那边可能只是一桩生意，可我们还是应该把严肃的报道放在第一位。把名称登出来，听上去是造成了一点儿困扰，可还是公开出来对社会更好嘛。假如总是偏袒卖药的，枉顾读者的利益，报社的命脉又该怎么维护？你在广告部长的身份之上，首先要明白自己是报社的职员啊。"

总编咧开小胡子下方的嘴巴，把站在面前的广告部长狠狠地数落了一番。

"这件事到此为止。如果广告部再来无理取闹，就是侵害编辑权了。"

植木看到总编胯下有一颗纽扣没有扣上。

三

弘进社的中田从东京打来长途电话已经是翌日傍晚。弘进社有个部门叫乡土报刊科，中田是副科长。

"究竟是怎么回事？"中田的声音打从一开始就怒气冲冲，听筒几乎都在颤抖，"我看到送来的报纸，真是大吃一惊。唯独'兰奇隆'是不可能出这种事的！和同制药这样的一流制药公司怎么可能会卖出让人中毒的药？况且还把它当成拳头产品来拼命宣传，单凭常识就能弄明白。再说了，把'兰奇隆'这个名称登在文章上又是何居心？和同制药也愤慨至极，表示今后会停止一切在Q报上投放的广告。我们为了赔不是，不知花费了多少心血！对于你们来说可能只是到此为止，我们却陷入可能失去一个大客户的绝境。你们准备怎么解释？"

中田刺耳的嗓音一刻不停歇，说起话来像是机关枪在连射。"实在是对不住了。我们现在也在跟编辑部沟通，把'兰奇隆'的名称刊登出来肯定是我们的过失。编辑部对这件事太缺乏敏感，实在头疼。请您这一次务必出面向和同公司多多解释几句，实在麻烦您了。"

植木在脑海中勾勒着之前曾在东京见过一两次的中田那张年轻的脸，一边紧抓听筒拼命辩解。

接着，中田像是要把植木的气势压倒似的，立即回嘴："根本不用你说，我们也会拼了命地向和同公司道歉的，我们还是在乎自己的小本买卖的！你再大声点儿告诉我，要是中毒致死事件不是因为'兰奇隆'，你们打算怎么处理？不免费刊登一个全三段[①]的订正广告，我们是不会罢休的！况且和同公司很有自信，绝对不可能出这种意外。他们说了，今晚就派技师过去实地调查。假如调查结果是乡下警察局发表的信息有误，和同公司对你们的轻率应对肯定会大发雷霆，收回所有广告。不光是和同公司一家，我们也必须好好地全盘掂量！"

---

① 全三段，占据一个版面的1/5。

他一口气说完就"咔嚓"一声挂了电话。

植木欣作挤出牛虻般的呻吟声,缓慢地放下了听筒,令自己担惊受怕的不祥预感变成现实向自己袭来。他抱着头忍耐了一会儿,又靠在椅背上,伸出一只手,用手指在桌面上"咚咚"敲打。玻璃板的触感让他的手指的指肚感到一阵冰凉。

一直在旁聆听的次长山冈抬起头来问植木:"弘进社发火了吗?"

他的眼神与其说是在担心,不如说闪着好奇的光。

"当然发火了。是中田打来的,简直暴跳如雷。处理得不妥,可不光是和同制药收回广告那么简单就能平息事态的。"植木忧心忡忡地回答。

"没那么简单?是什么意思?"

山冈长长的上半身忽地扭向植木那边,摆出打听小道消息的标准姿势。

"弘进社自家的生意恐怕会因此缩水一半呢。毕竟和同制药是他们的重要赞助商,为了避免损失,难保不会对我们动用什么手段啊。"

"不至于做到这种地步吧?"山冈的口气像是在安慰植木,可眼神中依旧显露出对事态进展细节的津津有味,紧盯着植木的脸,"是中田本人这么说的吗?"

"总之是这么暗示的,还说和同制药已经派技师来这儿调查了。真是伤脑筋,不管调查结果如何,我们都没好果子吃。"

植木欣作托起腮帮子。昨晚他想了一夜,没能入睡。长男正在准备高考,削铅笔的声音在他的耳朵里响了一整夜。他还有个上高中的女儿和上初中的小儿子。

"要不要由我们来招待一下和同派来的技师?"山冈提议道。他是个不假思索就会把想法说出口的男人,眼神中放射着光芒。

"也对啊。"

植木歪过脑袋。把技师请来吃顿饭,恐怕也无济于事,不过,既然技师被外派到了这里,自己总不能揣着明白装糊涂。无论结果如何,招待一下总比什么都不做要好得多。植木像是抓住了一根救命稻草。

山冈赶忙拨通了东京的电话,看他的表情像是要一个人把事情都揽下来。植木虽然想说"算了吧",但终究没说出口。

接通电话后,山冈向弘进社毕恭毕敬地解释。虽然听不清对方说了些什么,但只见山冈的脸色蒙上一层阴云。植木心想自己刚才还是应该阻止他,很是后悔。通话很快就结束了,山冈皱着眉头转向植木。

"他说没必要做这些事。是中田说的，真是个讨厌的家伙。问他那边的情况，他也不肯说，还让我们别去动没用的歪脑筋。年纪轻轻就会摆架子那一套。"

山冈涨红了脸，埋怨着对方。他对自己的想法真是毫不遮掩。

没错，这都是没用的歪脑筋，植木的悔意紧咬住自己的心，对方肯定越来越看不起这边了。人一旦慌张起来，确实会做出不合常理的事来。

植木闷闷不乐地思考着弘进社的广告单子减半之后该如何应对。一时之间想不出什么可靠的对策。东京的业务几乎都是依靠弘进社来展开的，大阪的广告单子也是有限的。他明白，哪怕豁出去央求代理商也是没用的。就算紧追着当地的专属商户，最重要的广告资源也依旧很匮乏，不会有门路。就结果而言，弘进社减少的那部分，只能开天窗了。

Q报每个月的广告容量为七百二十段，其中有二百二三十段都是弘进社提供的。假如其中的一半，也就是大约一百段没了，该靠什么填补巨大的空白呢？Q报向商户开出的特约价大约是每段二万日元，一个月的广告收入大约在一千四百万日元，有了这笔钱才足以支付一百五十名职工的工资外加编辑费用。假如弘进社那边的进账减少了一半，收入就会减少二百万日元以上，对于Q报这种弱势的地方报刊来说是很沉痛的打击。植木一想到这个就坐立难安。

森野总编依旧是"一切不关我事"的态度，楼上楼下走个不停，跟别人只谈高尔夫球的话题。自从那天以来，他就对植木的意见置若罔闻。对于这位前来抱怨编辑的广告部长，他很明显是不满的。

植木很犹豫，不知该不该把这件事告诉专务，因为专务还兼任营业局长。植木的犹豫不决，主要是因为还不确定弘进社会怎么出牌，对方似乎在等待技师调查归来。植木心中还有万一的期待：和同制药这么庞大的一流公司，总不该做出凭着一点儿口实就欺压小报社的幼稚举动吧？还有弘进社，不知道他们那样说是不是认真的。这么一想，仿佛能听到电话挂断之后，东京办公室里传出了笑声。可是，小报社的广告部的确被代理商抓住了能够随意恐吓的把柄。

然而，植木欣作在等待弘进社确定态度的过程中并没有向本报社的专务报告。从某种意义上来说，他是考虑到了自己的业绩。

他姑且先给和同制药株式会社的专务和弘进社的乡土报刊科的科长名仓忠一寄出了郑重其事的道歉信，但都没有回音。

四

没有回音，已经过去了三天，注射药剂中毒死亡的原因确定了。根据城内市立医院的精密检查结果，那是因为负责注射的医师将"兰奇隆"与其他药物混合使用，已经查清是另一种药为次品。编辑部只登了一篇短小的文章作为跟进，事先甚至没有跟植木打招呼，总编似乎仍旧对植木的干涉怀恨在心。

植木忍无可忍，冲上了编辑部。森野总编正站在远离办公桌的地方作出挥棒手势，像在模拟练习。

"总编，"植木意识到自己面色铁青，"兰奇隆的中毒报道好像出错了吧？"

总编停下手上的动作，将肥胖的身子挪回转椅上，直勾勾地盯着植木，接着，他的小胡子又动了。"出错？那可不是报纸文章的错，而是警方出错了。市立医院查清了他们的误判，所以我们又跟进了报道。这些全都是按照公布内容所写的准确报道啊。"森野尖锐的目光笔直地射向植木的脸，像是在苛责他的不敬。

"可是……"植木大汗淋漓地说，"既然确定了，至少先跟我打个招呼也好啊。"

"招呼？"森野眼中闪着光，"有什么问题吗？"

"那篇文章相当于是在订正前文，因为毕竟给和同制药添了麻烦，就应该用更大的篇幅，跟最初那篇文章一样，安排整整两段的版面才对啊。"

"没那个必要！"总编突然间发出了符合其肥硕体态的吼声，他似乎无法再忍耐下去，从喉咙中喷出尖叫，"编辑部是不会听命于你们广告部的。你给我回去！"

"可是，因为那篇文章，对方已经说过不再投放广告了。这么一来，广告收入就要锐减了。"植木勉强支撑住自己的身体继续说。

"那是你自己的生意吧？我才管不了那么多！你走吧。"

总编涨红了肥胖的脸，青筋暴起。森野义三曾在中央报刊当过社会部长，因为女人的问题而退社了，而那份履历就是他的资本。植木打开嘎吱作响的房门走了出去。大概是听到了刚才的怒喝声，编辑部的人都从座位上齐齐盯着他看。

回到自己的座位上，植木立即将身后的窗户打开，向外眺望。一辆电车驶过，车上却没几个乘客。售票员背靠在后方的车窗前，正朝这边看。植木感到自己与售票员的眼神交会。

尽管和总编森野硬碰硬了一次，可森野丝毫没感到对等的冲击力。森野仍旧把这家只要大风一吹就倒的小报社当成大报社来看待，仍旧以为编辑归编辑，广告归广告，对报社的收入来源不屑一顾。而现在，弘进社还不知会使出什么手段来呢。即将到来的危局，社长还不知晓，专务和总编也不明不白。

植木感到自己身边正卷起一阵狂风。社长因病卧床，专务昨天刚去大阪出差。

事前约定了要致电东京，山冈提醒植木电话已经接通。山冈将话筒递给植木时，眼神显得很是严肃。对面接电话的依旧是乡土报刊科的副科长中田。

"昨天已经查清了中毒致死的原因，果然并不是因为'兰奇隆'，是注射时混合的其他药品不好。"

植木说到这里，中田像是要压过他似的，说昨天已经看过和同制药外派技师的报告，早就知道了。还回答说，和同公司已经发来了指令。

植木的脸上火辣辣的，可中田的声音不同于之前的暴躁，显得非常沉静。到底是冷静还是冷淡，植木很难立即判断。接着，中田问，订正告示打算怎样处理？植木有点儿结巴地回答了。

"只有一段版面啊？只有一段版面啊？"中田反复

说了两遍。这比起问"为什么不和之前一样用两段版面"更加让植木难堪。

"那是因为我们想尽快把订正告示登出来嘛。当然了,不管是两段还是半三段,我们都会照办。和同公司那边意下如何呢?"

"还没到可以告诉你正式意见的时候。"中田用不带起伏的语调说,"总而言之,和同公司对你们报社非常不满,希望你能认清这个事实。"

"您言下之意是,和同有可能撤走广告?"

"不仅仅是和同一家。比起你们报社,和同公司对我们来说重要得多。拜托你搞清楚。"

"喂喂?"植木不禁露出了惊惶的语气。中田那沉静的嗓音已经可以确定是代表着冷淡,也正因为如此,从他的话里听不出恐吓的意味。山冈在一旁撑着腮帮子,竖起耳朵细细听。

"名仓先生在吗?"

事到如今,光听副科长中田一个人的说辞太让人不放心了,没听到对方科长名仓忠一的回答,实在无法彻底死心。"名仓不在呢。"中田嗤笑着回答,"他去北海道出差了,没有四五天回不来。不过,我们始终保持着联络,他的意向,我基本上也明白。"

"那么他的意向是？"

"和我说的一样，可能比我更强硬呢。站在弘进社的立场上，很遗憾，恐怕要和贵社从此断绝关系了。"中田说完，兀自挂断了电话。

面对一群部下，植木心里想着要保持冷静，可滑动火柴的手指仍颤抖不已。

"他怎么说？"山冈从椅子上站起，把脸凑过来，植木几乎能感到他的气息喷在自己的脸上。

"弘进社有可能会把和我们的合作业务全面撤回。"植木低声回答。直到自己说出口，他才意识到那是现实。

"全面撤回？"山冈惊讶地睁大眼睛，凝视植木的脸，"那可真是要出大事了。"

山冈露出喘不过气的表情。他虽然在惊叹，语气中却夹杂着几分近乎同情的意思。无论如何，他此时的惊叹只是在明确地表达责任并不在他的身上。

植木展开了桌上的 R 报，这是他第三次翻看了。《中毒致死并非因为新药》这篇文章占据了两段版面，可之前报道这场意外时只用了一段而已，而且回避了药名。处理得真漂亮。看到这里，连植木都觉得难怪和同制药和弘进社都要抛弃自家报社了。

弘进社的广告量或许会减半——之前的推测果然太

过天真了。二百二三十段的空白版面,在植木眼中仿佛一片雪原。

专务第二天早晨就出差回来了。植木知道日程安排后,立刻赶去了专务的私宅。听到专务让自己上二楼,植木立刻顺着昏暗的楼梯往上走,只见秃顶的小个子专务在和式棉袍的包裹下睡眼惺忪地出现在面前。

"早啊,我正好要吃早饭。一起吃吧。"专务笑着说。

其实他对植木一大早赶到自己家中很是惊讶,想试探一下。他的眉毛稀薄,眼神很是锐利。

植木刚展开话题,专务的脸色就变了。他本是一个神采奕奕的人,额头、脸颊和鼻尖平日里都泛着光。现在大概因为刚起床,脸上似乎沉淀了一层黯淡的污垢,印堂愈加发黑了。

"二百三十段吗?少了四百六十万日元的进账,我们的经营可就危险了。"专务说道。

或许是错觉,植木觉得他的声音似乎在颤抖。

"销售额也在一点点变差。最近,中央报纸的攻势很强,我们的发行量每况愈下。哪怕再搞市场拓展,也只是烧钱而已,业绩根本提不上来。真是让人头疼啊。广告部再撞上这件事,一转眼就会倒闭了。"专务扶着额头说,"你觉得弘进社是真想这么做吗?"

"还不好说,可我们有必要预先想好如何应对届时的状况。"植木回答,"对弘进社来说,和同制药是最大客户之一,说不定会用与我们断交的方式来表忠心啊,这种可能性也不能忽视。"

"我们现在对弘进社就无计可施了吗?"专务扶住额头的手揉动起来。

"在电话里已经反复道歉过了,可没什么用。不过这也只是乡土报刊科副科长的说辞。他们的科长去了北海道,我根本没说上话。"

"那个科长说过什么时候回公司吗?"

"据说他三四天内就会回公司。"

专务突然放下额头上的手,打量起植木的脸:"你能立刻去一趟东京吗?"

"您有什么点子?"

"就算是哭求,也央求弘进社网开一面,只有这一招了。你去东京等他们的科长回来,展示出我们的诚意,一个劲地只管道歉,把我们的经营状况解释给他听,豁出去地央求他。除了这个对策之外,别无他法了。"

植木也是这么想的。亲自去东京面谈跟电话交流是不同的,面对面的情况下,对方不至于如此无情无义。总而言之,只能见面恳求了,这恐怕是最好的办法了。

"总编那边，我会去狠狠骂一顿的。"专务像是在讨好植木般，露出温和的表情说。

五

植木当天下午就坐上了特急列车。山冈还问他是否要给弘进社打个电话说部长正亲自前往，却被植木拦下来了。还是不轻易预告更好。与其给对方准备的时间，不如出其不意，这样，谈判效果会更好。

植木在火车上度过了难眠的一晚。他数着暗沉车窗外转瞬即逝的农家灯火，直到窗户蒙上一层乳白色，神志才变得迷迷糊糊起来。

上次在八重洲出口下车已经是一年前的事了。地方小报与东京向来无缘，尽管报纸上总是登满了东京的广告，又从广告主那里收到了费用，但并没有直接的联系。代理商介于二者之间，将这条线隔断了，就好像被玻璃墙阻隔了一般，能看见对方的影子，却无法伸手触及。

一看时钟，已经接近十一点了。他在餐馆吃了顿百元早餐，坐出租车前往弘进社。前后夹击的车流无限延伸向两端，对面驶来的车流之中，有好几辆都插着中央报刊的红色社旗。

从宽阔的大路绕进狭窄的小路，就来到了弘进社。这是一栋两层的小楼，旁边建着的高楼大厦让它显得愈加寒酸了。就是如此简陋的小楼，却掌握着地方小报的命脉。想到这里，植木觉得有点难以置信。他推开了印有烫金文字的玻璃门，迎面挡着一面大屏风，没法一眼看到里面。

从旁绕过屏风，才看到长长的营业柜台后的职员们是如何配置的。植木感到霎时有一股威严的风扑面而来：他走进来，却没人对他正视一眼。柜台前的女孩正埋头看着杂志。植木朝乡土报刊科看了一眼，没见到科长名仓，也没见到副科长中田，只见三名职员正伏案工作。名仓出差未归且不必说，中田也不在，恐怕是外出了。不必一上来就与他在这里照面，植木松了一口气。

问了问女孩，说中田会在两点左右回来。乡土报刊科的一名职员忽地起身来到了营业柜台前，询问是哪位来访。这是一个皮肤白皙的瘦削男人，植木还记得一年前来这里的时候见过他，可对方已不认识自己了。植木递出名片的时候，他将名片举在眼前细细地端详一番，又打量了一下植木的脸："啊，原来是您。"

这个男人似乎已经知道其中的原委，立刻换成一副官僚式的倨傲架势："中田副科长两点左右回来，您到时候再来吧。"接着把植木的名片丢到了中田的桌子上。

植木走出小楼，想了想接下来该往哪儿去。与其无所事事地到处闲逛，不如先去和同制药公司打声招呼。他可没心情出去游玩。要拜访和同制药的话，还是和名仓或者中田一起去效果最好，可当下并没有指望。于是他决定即使单独一人也要去试着道歉。他一坐上出租车就盘算起到了那边该说什么话，连久违的东京风光都毫无兴趣欣赏。

和同制药的本社建在河畔，是一栋气派的五层楼房。雪白的方形围墙，加上映照着日光的窗户，一切显得井井有条。植木一边寻思着"接下来要去的地方究竟是哪扇窗户"一边下了车，暂且调整了一下呼吸，又抬头看去。印着"兰奇隆"几个大字的条幅就挂在最高的窗户下。

登上三段石阶，走进铺着光滑大理石地砖的明亮厅堂，只见右手边有一扇接待窗口，身穿绿色罩衫的女孩用手指推开玻璃窗。植木递出名片，说想见宣传部长。

女孩拨通电话，传达了原话。电话那边似乎又反问了句什么。"是Q报社，Q报社。"她重复了两遍。植木光是听到这两句话就觉得像是在受责罚。

"宣传部长不在呢。"女孩抬起头，直直地望向植木，表情僵硬地说。

植木明白这是假装不在，便又请求和次长见面。女孩又拨通了一次电话，次长也不在，还答复说外出时间会很长。植木低头走了出去。

天气姑且还算晴朗，天边却显露出浑浊的红色，暗沉沉的。吃了闭门羹之后，植木总算切肤地感受到了和同制药的愤怒。

果然不该一个人直接来。假如不能央求到弘进社的中田一起来访，对方就根本不愿意见面。虽然能理解对方的愤慨，但也能从态度中看出，他们根本不把Q报放在眼里。植木伫立着，等待出租车。

插着某家著名的中央报社旗帜的大车浑身闪着光开了过来。那辆车就在植木眼前，靠着和同制药的正门口停了下来。一名年轻男子"啪嗒"一声推开大门，大步流星地跃上石阶，消失在大楼中。他的年纪大概只有植木的一半。植木心想，应该是报社的广告部职员来联系业务，不过那个男人并没有像他那样转眼就走出来。植木心想，和同制药的广告订单恐怕只能放弃了。似乎已成定论：要损失掉每个月数十段的版面。不过，绝不是到此为止，恐怕还会有更巨大、更令人绝望的损失，这种预感让他干劲全失。

植木走在热闹的街道上，可色彩简直像是从他的视觉中消失了，走在日本最繁华的街道上，与走在山野间没什么两样。他的喉咙干得不行，在咖啡厅喝的果汁味道简直如同泥水。

快到两点了，植木起身去往弘进社。屋子还是一样地破旧，他却感受到了比刚才强大数倍的压力。绕过屏风之后，总算见到了中田的身影，他正在桌前写着什么。之前的瘦削男子瞥见植木，通知了中田。中田点点头，对走近营业柜台的植木连看都不看一眼，他那刚剃的平头依旧伏在桌上。植木的心跳得更厉害了。

大概保持这个动作整整十分钟后，中田总算抬起了头，朝植木看了一眼，露出像是问好的表情，可脸上不带一点儿微笑。他的面孔很长，整体看来几乎没有毛发，嘴唇也很薄。他像是不得已似的开口说了声"这边来"。植木微微低头，推开了营业柜台一边的隔断门。

屋子一角有一片方方正正的空间，摆放着圆桌和套着雪白外罩的来客专用椅。和中田面对面坐下后，植木毕恭毕敬地鞠了个躬。

"这次给贵社添了太多麻烦，实在太抱歉了。"植木道歉。中田一声不吭地板着脸。

"恕我唐突，您是专门为了这件事来的？"他跷起二郎腿，取出一支香烟。

"没错。我真是坐立不安，再也忍不下去，只能来登门道歉了。"植木一字一顿地说，像是希望对方能读懂自己的诚意和心思，又像是自己给自己壮胆。

"远道而来，辛苦您了。"中田沉闷地回答，"不过，这回的事情，不是您亲自出面就能轻易解决的。您追着我们来回道歉，或许还能说句'真没办法'就网开一面了，但和同不吃这一套，他们已经气愤到顶点了。这也是理所当然的。那可是铆足劲往外推销的商品，却被泼了脏水。就算只是你们这种乡下小报，人家的信用受损，也是会生气的。"

"您说得都没错。都是因为我们没能好好地和编辑部妥善沟通。我看到'兰奇隆'这个名字登上了报也惊出一身冷汗。这事实在是我们办事不力。"

植木尽其所能地道歉，不能贸然唱反调。和同制药那边或许只能放弃了，可要是被弘进社抛弃，就全完了。这种担忧堵在植木的胸口。

"您说没能和编辑部妥善沟通？又不是什么中央大报，小小的地方报纸而已，用这种借口是行不通的！再说了，贵社不是还有着不输给大报的骄傲信念吗？"

"中田先生，请您不要再挖苦我们了。"植木挤出微笑，鞠了一躬。

"不，我可不是在挖苦。您瞧瞧 R 报是怎么处理的吧！不，想必您早就看过了，那才是真正的应对方式。贵社彻底反过来了！哪怕是订正启事，也只用了小小的一段版面，不是吗？是你们自己先用轻率的方式来应对的，真是岂有此理啊！"中田薄薄的嘴唇动得飞快。

"您所言极是。就这一次，请务必从中调停，向和同公司转达我们的歉意。"

"植木先生。"中田一本正经地称呼道，"您好像把这件事想得太单纯了，事态严重得多呢。您以为我打电话过去是恐吓你们逗你们玩的？大错特错！今天名仓科长还没从北海道回来，还不能把我们的想法明确地告诉您。不过，关于和同公司'兰奇隆'问题的澄清广告，暂且先请您免费拿出全四段版面来刊登，和同公司正写着稿子呢。至少这件事，先和您说明白。"

"我明白了。"

植木当即接受了。他估摸着顶多只有半三段，没想到对方张口就是全四段。Q 报的广告栏采用的是三段制，所以必须从专栏部分砍掉一段来弥补。一想到又要去跟森野讨价还价，植木便郁闷不已，可当下只能照单全收。不过这种壮士断腕要是能换回和同制药今后的广告单子，那是求之不得。

"还有，和同公司之后投放的广告，基本上要和贵社解约了。"

"哎，解约？"植木像是突然间被揍了一拳。

"是啊。我说得可能有点儿难听，和同公司对你们这种报纸根本不放在眼里。我们可是拼了老命三叩九拜才拿到单子的。您也考虑一下我们的立场，好吗？我们来来回回不知往和同跑了多少次，才算是讨得了一点儿欢心。发生这种问题，必须先去安抚和同公司愤怒的情绪，那毕竟是大客户，可不能丢了。我们是在做生意啊！对方暴跳如雷，总不能靠嘴皮子外交了事吧？必须展示出切切实实的诚意。实在抱歉了，恐怕只能和贵社全面中止合作了。"

植木突然间听不清四周的噪声了。

六

当天晚上，植木欣作寄宿在神田的旅馆，旅馆坐落在铺着石板的斜坡半腰上。很是僻静，却有些寂寥。门前的大路上，街灯稀稀疏疏，黑影更多。几对互相倚靠的男女慢吞吞地穿过。从房间后方望去，是东京的中心地带，热闹的灯火一望无际。

　　弘进社所在的那个位置也闪着星星点点的霓虹灯。不过，弘进社窗口的灯光一定早已熄灭。他们的职员现在不是已经回家就是在酒馆饮酒吧。这个名叫弘进社、恐吓着地方小报的怪物，一到晚上，其功能就会分解并停止。嘲笑植木、挖苦植木的中田正在做些什么呢？是在酒馆里喝着老板娘斟的温酒还是在狭小的公寓房间里侧躺着阅读杂志呢？他也不过是一个贫穷、渺小的工薪族。可一到明天，他又会变成恐吓植木的人。

　　电话铃响了。市外长途电话终于有人回了。

　　"请问专务在家吗？"

　　女佣回答说不在，语气满不在乎。

　　"我是刚到东京的植木。"说完这句话，女佣的声音就换成了专务的妻子，她的声音有点儿沙哑。

　　"请问专务大约几点能回来呢？"

　　"我想大概十点。请那时候再打来吧。"

　　口吻十分冷淡。专务的妻子还什么都不知道，就像植木的妻子，对植木的工作也是一知半解。植木挂掉电话，让旅馆给自己准备一份夜宵。他今天一整天根本没感到饿。

　　植木索然无味地吃着饭，只听见外面传来三味线、大笑和拍手的声音。

"听上去是宴会。"坐在面前的女服务员说。似乎就是隔壁的旅馆。

"客人,您一个人也太孤单了吧。"女服务员笑了,"要不要试试土耳其浴①?这可是东京特产呢。"

"是吗?但我已经不是那种年龄了。"

"哎呀,有不少上了年纪的人也去呢。"

女服务员注视着植木的鬓角。植木明白那里已经聚起了一束白发,最近这阵子,连体重也一个劲儿地变轻。

收拾掉餐具,女服务员开始铺上被褥。植木坐在窗边的椅子上向外眺望,街灯暗了些。

电话铃响了。植木从椅子前大步走去。

"是从××打来的。"

接线员说明是长途电话。植木刚想着应该是专务,就听见一句"我是小林",是专务那低沉的嗓音,可又像是隔着厚厚的墙壁传来,听得不那么真切。

"辛苦你了。我刚回来,听说你打来电话了?"他关怀的语气中略带急躁,"情况如何?"

"不怎么顺利。"

---

① 土耳其浴,在1960年代的日本广泛指代性风俗店。1984年,在土耳其留学生的抗议下废除了这种名称。

"什么？"

女服务员铺完被褥，默默鞠躬，并关上了移门。植木这才能大声说话。

"看来事情的进展并不如我们预想的那样。更麻烦的是，乡土报刊科的科长名仓去北海道出差了，不在公司，对方的回答模棱两可。"

"那他什么时候回来？"

"好像还要等四五天。"

"是嘛，那你只能留在那儿等他回来了。"专务的口气似乎很是仰仗植木。

"唉，这也是不得已。"

"那边的态度，你觉得如何？"

"跟打电话过来的时候一样。"植木用手捂住听筒说，"接待我的还是那个副科长中田，说了一堆难听的话。这男人还是个得理不饶人的家伙。"

弘进社可能要全面断绝与Q报的合作，这是中田的说辞。坦白说，植木根本没有勇气把这话转达给专务。而且，没有听到科长名仓忠一发话，还不算是最终定论。

"你去和同制药那儿了吗？"专务问。

"去了。我想总之是必须要道歉的，就直接去了。"

"是嘛，那边情况如何？"

"对方说宣传部长和次长都不在,根本不和我见面。"这个还是说实话吧,植木想,"事后我也觉得不太妥当。要是不找弘进社的人一起前去,恐怕会进一步激怒弘进社。所以,我没把这件事告诉中田。"

地方小报能直接接触广告主的情况,仅限于问声好而已,只有"多谢关照"这种营业性质的寒暄才被允许。到了实质性的谈生意方面上,就会有代理商这道厚厚的玻璃墙堵在中间,根本接触不了。广告主的意向要通过代理商的过滤才能获得,而报社的意见必须通过代理商才能传达给对方。代理商并不纯粹只是双方之间的管道,在立场较弱的报社身上,代理商还会夹带自己的特殊意志。

所以,报社的广告部长单独且直接向和同制药谢罪,对代理商弘进社是必须避讳的。更何况,广告主和同制药根本没把Q报这种乡下小报放在眼里。一个寒碜的广告部长形单影只地来访,只会让他们看笑话而已。

"是嘛。"长途电话的另一端,专务的嗓音也变得沉闷。看来专务也已经意识到处于何等的弱势。

"总而言之,在乡土报刊科长出差回来之前,你都留在那儿。除了向他求情,没别的办法了。"

"我明白了。"植木说,"还有关于'兰奇隆'中毒事件的申辩广告。"

"嗯。"

"据说和同制药正在制作文案。听中田说,需要免费的全四段广告,由报社全额免费提供,也是没办法的,问题在于需要全四段,我们这边只有三段的广告栏,要凑足四段,就必须特地从专栏那边拿一段过来。和编辑部的沟通和调整,恐怕只能拜托专务您了。"植木的眼前浮现出总编森野义三那张肥胖的脸庞,他总是愤愤然地大呼"侵害编辑权",从不听植木的解释。

"这件事嘛,行吧,就由我来负责。"专务接受了,"我这边有多少牺牲都能忍了,那边的道歉工作就拜托你了呀。"

说完"拜托"这句话,专务就挂掉了电话。植木缓缓地放下听筒。

植木取出香烟抽了起来。从上往下看,中心街的灯火似乎比刚才更暗了些。植木想象了一下留在原地等待名仓乡土报刊科长回公司的这五六天想必是无聊又坐立难安的一段时间。每天晚上大概都会像这样百无聊赖地望着街上的霓虹灯吧?根本没心情外出闲逛。东京看上去就像是一个没了色彩、被灰色忧郁笼罩的都市。直到宣判的那一刻前,他都好似飘在半空中。即便如此,每天也仍旧不得不去弘进社。也不知道名仓科长会不会变更日程提前回来。每一次都不得不对着中田那张油盐不进的脸卑躬屈膝，挤出笑脸。他眼下的工作内容仅此一项。植木接着抽起第二支烟。身体明明已经疲惫不堪，却没有丝毫睡意。

翌日，植木又去了弘进社。推开大门的同时，心情转瞬变得阴郁。环顾一眼，中田正在和人说话，他似乎瞥见了植木走进来，却装作若无其事，身体依旧蜷在椅子上，两腿大开，一副懒散模样。和他对话的中年男子则是双腿挺得笔直的坐姿，对着中田露出拘谨的笑容。植木立刻明白，这是地方小报的广告业务员。

"中田先生，早上好。"植木隔着营业柜台问好。

"早啊。"中田这才无可奈何地露出刚注意到植木的表情，又把脸转向先来的客人，连"请进"都没说。

中田把书桌抽屉一会儿打开一会儿关上。这个动作看上去毫无意义，植木却明白其中奥妙。抽屉里装的都是来自广告主的整叠广告纸型，那个地方小报的广告业务员简直垂涎三尺。中田这个动作就是炫耀这一堆纸型，想尽可能地压低对方的报价。植木站在一段距离外看着他们讨价还价。那业务员十分为难地苦笑着。中田依旧是满脸不快活的样子，一会儿看看旁边，一会儿和路过的同事说几句话。业务员终究还是输给了诱惑，垂头丧气地走了出来。

"植木先生。"中田从椅子上站起来，打了个呵欠说，"总之，先请进吧。"

植木将嘴里叼着的香烟丢掉。

七

"我已经联系上科长了。"中田直勾勾地打量着植木说。那眼神仿佛是在问：怎么样？昨晚睡得还香吗？

"啊，是吗？那真是麻烦您了。"植木低下头。

"名仓先生说不会从北海道直接回来，要从东北到北陆绕一圈才回来呢。所以，回公司的日程又延长了。"中田嘴角泛出一丝浅笑。

他的颧骨尤其尖，凹陷下去的地方挤出了皱纹。明明很年轻，看上去却像一只老狐狸。

"延长？大概延长几天呢？"

"恐怕要延长三四天吧。"

植木感到没完没了的绝望。竟然要在这种状态下忍受更久吗？是中田一肚子坏水在骗人，想要捉弄我吗？植木甚至不经意间产生了这种错觉。

"我告诉科长说您来了,然后科长说,一直让您等着也不好,请您暂且先回去吧。"

"不过我……"植木喘着粗气,"等多久都没关系。"

"不,是怕我们会耽误您。"中田的口气变得不容分说,"就算名仓先生回来,也不能立刻决定该怎么处理贵社这件事嘛。世上可没有这么简单的事,需要跟和同公司斡旋,我们上头的董事们也还得商量一下。挺费时间的。知道您忙得不可开交,可不能因为这点儿小事就被绑死在东京什么都不做呀。就请您先回吧。"

这点儿小事——对于弘进社与和同制药来说或许的确算不上大事,可对于Q报来说简直是危机四伏。

"不,能等下去的话,无论多久我都会等的,因为我就是为了这件事来东京的。"

"这也是科长的意思。"中田的语气似乎在对植木的死缠烂打表示反感,"总之请您先回吧。就算科长回来了,也得之后才能决定的。"

"那么……"植木像是丢了救命稻草,绝望地问,"什么时候才能通知我们呢?"

"这个嘛,"中田缓慢地说,"名仓先生说要去贵社拜访呢。"

"诶?来我们报社?"植木注视中田的脸。

"没错，名仓先生是这么说的。不光是贵社，还要去当地的各大报社转一圈，顺便一起讨论下这个问题。"

植木低下头。他完全不明白弘进社的葫芦里在卖什么药。

"中田先生。"植木探出上半身。

"怎么了？"

"这件事尘埃落定之前，给我们的广告量应该不会有变化吧？我想问问这个。"

中田的眼神仿佛被植木的气势在一瞬间压倒了。

"关……关于这个嘛……"他略带迷惘地说，"科长什么都没吩咐，这方面大概没变化吧。"

"谢谢了。都拜托您了。"植木道谢说。

中田从桌上取过火柴，胡乱地点上一支烟。

"植木先生。"他翘起另一边的腿，"总而言之，这是个棘手的问题啊，贵社也算是给我们惹出大乱子了。"他的口气像是找回了威严。

"和同公司没那么容易讨好啊。知道贵社很头疼，可我们也一样头疼。我已经说过多少遍了，和同对于我们来说是无可替代的大客户。这件事得好好让贵社负起责任来。再说了，哪怕把责任全推给贵社也没意义呀，和同公司只和我们直接联系呢。"

植木尽量装出没受到侮辱的样子。

"实在对不起，现在除了道歉别无他法。假如您不介意的话，真希望您能和我一起去和同公司道歉。"

"那还是等我们内部都商量好了再说吧。您现在去打听和同的意向没有意义。"中田一字一句地说。

"当然是这样。"植木没有反抗，只是平稳地说，"不过，中田先生，我专程赶来的这份诚意，请您接受。也希望您能转达给名仓先生跟和同公司。"

"我当然心里有数。"

中田半带厌烦地回答。植木从椅子上站起来。

植木坐上了当晚的火车。车窗外，东京那聚成一片的耀眼街灯不停变化，渐渐地，从凝聚到分裂，变得稀疏，也越来越暗。接下来的一整晚都必须在火车上就寝，至少要到明天午后才能回到自己的城市。目的地与东京之间的漫长旅途中，毫无意义，毫无联络，只让人烦躁不堪。很奇怪地，被中田这种毛头小子颐指气使地数落一顿，反倒没那么生气，只是弘进社那栋破旧的小楼里所隐藏的暴力让他怒不可遏。

午后，在雨中走出车站，广告部次长山冈由太郎已经开着公司的汽车来接他，看到植木满脸油光又筋疲力竭的脸庞，他低下头说了句"实在辛苦您了"，帮着提起行李。

"情况如何?"山冈在车中问,他担心得很,眉头紧皱。"不乐观。"植木回答。

大致的情况,自己早在东京就已经告知他了,山冈的问题主要是想了解弘进社的态度。

"一切都要等名仓来找我们才能确定,倒是被中田狠狠挖苦了一顿。"植木说。

"中田这人根本不靠谱。要是名仓先生能来这边,我觉得或许还能平息这件事。在结论出来之前,弘进社的单子依旧照常进行,也算是证明之一了。"山冈安慰似的说,又刻意笑了笑。接着他从口袋里取出折成块的报纸,展开来,说是今天的晨刊。

"是这么印的。"他指着第一面的下方。

按照事先说好的那样,"兰奇隆"的申辩文章占据了全四段版面,纸上用大号铅字写着:日前,本报曾刊登有关"兰奇隆"中毒致使患者死亡一事的报导,但根据警方当局与该社派遣技师的协同调查,确认为完全误报。该公司为值得信任的一流制药公司,所销售的药品绝不存在此种次品,请广大群众照常放心使用。这段文字还兼有宣传软文的意味。

"编辑部那边怎么说?"植木盯着少有的四段广告问。

"编辑部一下就同意了,毫无怨言地给了一段出来。"山冈像是给植木鼓劲似的说。植木也很明白总编有多难缠,不知森野总编露出了什么表情呢?植木将眼神从报纸上抬起来望向车外,车窗被雨重刷着,他所居住的城市像是被一张白色的薄膜包裹着,显得朦朦胧胧的。

来到专务室,专务对着植木摘下眼镜,从椅子上站起身来问好。"辛苦了,真是太麻烦你了。"专务拍着植木的肩膀安慰道,"你说名仓会直接来这边见我们?"

"是的。他们一定要让我先回来,我也只能回来了。"

专务颔首。

"那也是没办法的。既然对方说会来我们这边谈,就只能等了。也不知道会不会有好结果,简直就像在刑场上等着宣判一样。"

专务嘴上是在说笑,可植木觉得再贴切不过了。

"总之,名仓来了之后,我们就尽一切诚意极力地拜托他吧。要是日程确定了,你就要好好地准备一番。"

这是让他准备好款待对方。

"无论多少预算都照出。"专务补充说道,"今天的晨刊,看了吗?"

"看了,是山冈带到车站来的。"

专务点点头,唇边泛出浅笑,那是略带踌躇的微笑。"还有森野老弟那边，"专务提起了总编，"好好说，他还是能理解的。那个人是从大报社编辑圈子出来的，不怎么懂广告和销售这方面的关系。总之，你就大人不记小人过吧。"

八

接到弘进社的乡土报刊科长名仓忠一要来的通知，已经是一周之后。他将在消息传来三天后出发。

植木已经与专务几次三番地讨论过给名仓接风的方案，也大致研究透了名仓忠一的性格与喜好。他乍看有点儿难以捉摸，实际上头脑很聪明，在广告主中的评价也不错。他还是弘进社最有手段的人，据说将来恐怕能成为专务或者社长。他的体重超过七十五公斤，爱好饮酒，年龄三十九岁。

他的妻子三十六岁，有十五岁的女儿和十一岁的儿子。之所以要了解这些信息，是为了选择给名仓科长带回去什么样的伴手礼。本地盛产织物，以一些特殊的织造工艺而闻名。手工织物因无法大量生产而价格昂贵。他们准备送给名仓一匹布，送给他的妻子两匹花纹不同的布。专务在织物店有熟人，已经赶去挑了最好的货。

餐馆也已经订了本市最大的那家，还为当天预约了好几位第一流的艺伎。为了续摊①而特别预约了附近一家时髦的仿东京风格的夜总会。餐馆由植木负责，夜总会则由山冈奔走处理。根据消息，名仓乡土报刊科长将会留宿一晚，旅馆也一样预订了最高级的房间。

"简直就像天皇出巡啊。"总编森野冷笑着对植木说。

总编看来仍旧对植木心存芥蒂。专务出面迫使他让出了一段版面给"兰奇隆"的广告，大概令他心有不甘。就算碰到植木，他也只是望着旁边，甚至不问一声好。在中央报刊这种大型单位待过的人，会把那里的习惯和意识都带进地方小报来。当过大报社的社会部长是他最为自豪的履历，他对营业的态度与其说是没兴趣，不如说是带着轻蔑的态度。他热衷于连专务都不去碰的高尔夫球，也只是为了装装总编的派头。

不过，森野说名仓从东京来简直就像天皇出巡，或许是合适的评价。弘进社的乡土报刊科长名仓忠一每年都会分两次以商讨工作为名，造访各处的小报社。各家报社的广告部自不用说，往往连高层也都会出面款待他。名仓把报社称作客户，可对于那些小报社来说，广

---

① 指日本应酬中特有的喝完一场再喝一场的习惯做派。

告业务的命门都被弘进社捏在手里，这位乡土报刊科长毫无疑问是座上宾。无论在哪里，他都被众星捧月，所有人都在讨好他，想要尽量让他多给些广告单子是当然的。要是得罪了他，业务量骤减，可就糟了，伺候好他可不是一件小事。要是能和和气气地送走名仓，就好比天皇出巡时平安地去往了其他管辖县，总算能松口气。

平时就已经这么出格了，Q报社这次迎接名仓，夸张一点儿说，是赌上了报社的命运。

弘进社乡土报刊科长名仓忠一到达的那天，天气多云，阳光微弱。植木欣作在次长山冈由太郎和广告部两名员工的陪同下去车站迎接。列车到站二十分钟前，他们就来到了月台。植木在等待的时候，不知为何，身体颤抖个不停。

几乎在列车停下的同时，山冈次长就从特二等车厢入口处挤进了下车的客流中。透过车窗，可以看见名仓忠一那矮胖敦实的身影，山冈赶忙鞠一个躬，双手提起名仓的行李。

名仓忠一跟在旅客之后也下了车，他戴着大鸭舌帽，身穿淡棕色的苏格兰粗布西装。这身打扮跟名仓那通红的脸和隆起的躯体很是般配。

植木欣作来到他面前，打了声招呼："名仓先生，欢迎您。一定累坏了吧？"接着又低下了头。

名仓用手指扶了扶宽大的白色帽檐，说了声："你好啊。"

他稀薄的眉毛下，眼睛眯成细缝笑着，厚实的嘴唇微微开启，露出熏黑的牙齿。他的表情绝非不悦。植木有点儿放心了。

准备了两辆汽车，Q报社最高级的社长专用凯迪拉克载起了名仓与植木，另一辆车则由给名仓看行李的两位职员乘坐。山冈坐在名仓前方的副驾驶座上，露出后背。

"这次真是劳烦您了。"植木在车中低头说，"给贵社添了这么大的麻烦，实在是太抱歉了。我本是要立即登门道歉的……"

"我听说了，刚好我去了北海道，不在公司啊。"名仓那白帽子之下的红脸嘻嘻笑着，"我太喜欢北海道了，季节也刚刚好。简直让人流连忘返啊。"

直到汽车抵达报社大门口，名仓都一直用他浑浊的嗓音发表着对登别和十胜平野风景名胜的感想。他的心情并不差，可他又像是故意在避开植木的谢罪，让植木又慌张起来。坐在副驾驶座的山冈时不时地回头附和名仓的话题。

因为早就算准了时间，专务和总编已经在报社大门口恭迎。植木与总编眼神交会，总编望向了一旁。

专务面对走下汽车的名仓低下了头。森野总编也亲切地露出笑容。名仓摘下鸭舌帽，笑盈盈地摆动了几下秃顶的脑袋。

姑且先把名仓请进了专务室。专务室为迎宾打扫干净，陈设得体。名仓忠一坐在正面的沙发上，兼任营业局长的专务、森野总编和植木围着他坐在椅子上。

刚端上红茶和糕点，摄影师就进来了，对着正在寒暄的名仓忠一，从左到右各种角度大打闪光灯，行了一礼后离开了。

"简直把我当成朝中大臣了嘛。"圆滚滚的躯体深深嵌在沙发里的名仓笑了。

森野根本没听懂他的嘲讽，微笑着说："要请您在今天的晚报上露脸了。"仿佛一切都在他的掌控之中。

专务从椅子上站起来，整了整仪态，郑重其事地向名仓屈膝正坐。

"这一次，由于种种差错，我们给和同制药造成了不快，并且给弘进社带来了意想不到的麻烦。我们的广告部长立刻上京谢罪，然而很不巧，名仓先生您当时正在出差，未能见上一面。所幸这次您造访敝社，趁此机会，我们再次向您表达深深的歉意。如此失态完全是我的责任。请您一定要接受敝社的诚意，拜托了！"

伴随着专务的鞠躬，森野和植木也从椅子上站起，低下头。不知为什么，肥胖的森野比植木更加毕恭毕敬。

"哎呀，这可不敢当。"

名仓忠一伸手摸摸秃头，笑了，那是响亮得如同爆炸的笑声。名仓的心情看来不错。之后他看到森野义三肥胖的身躯，还问了"总编体重多少"。一听到超过八十五公斤，就露出佩服的表情，说自己也差不多七十五公斤了，夏天最难熬。森野赶忙从椅子里探出身体，推荐他可以试试高尔夫球，还说能减肥，有益健康。名仓说其实已经有人推荐，开始玩了。森野听到这个，发现进入了自己擅长的领域，立刻开始问这问那，还说起"有空来一局"的客套话。

名仓笑个不停，话题仅限于和工作毫无关系的内容，他的嬉笑究竟是心情并不坏的证据还是在装蒜呢？实在看不透他肚子里打的什么算盘。

一看到植木退出房间上洗手间，专务就赶了过去。"你觉得那件事有戏吗？"专务看来也拿不准主意。

"不清楚啊。"名仓没有一个明确的答复，植木就不可能放心，"我也特别在意，之后再向他确认一下吧。"

"不过，那说不定就是名仓的言下之意啊。他表面上一笑而过，可能暗示着圆满解决吧。太过于一针见血，可能会有点儿尴尬。想要一探究竟也可以，不过还是得看准时机。"专务犹豫不决。

植木刚回到办公桌旁检查工作，次长山冈就一脸担心地凑过来了。

"部长，名仓先生怎么说？"

"没挑明。光说些其他的话，笑个不停。"

山冈自作聪明地歪了歪脑袋。

"那大概就没问题了吧，部长，名仓先生是个大度的人，这多半代表着那件事就此平息了吧。"他注视着植木，为植木鼓劲。

"谁晓得呢。"

听到山冈的话，植木多多少少放宽了心。

九

当天晚上的宴会上，名仓忠一依旧露出那副难以捉摸的笑容。他酒量出众，跟总编和次长山冈是棋逢对手。山冈负责炒热气氛，他瘦削的身子一会儿站起，一会儿坐下，敏捷地行动着。

名仓说起了酒的话题。他曾经在各地旅行过，各种体验相当丰富。森野总编接下了话茬，他对酒也很熟悉，特别是过去曾作为报社的特派员去过外国，便聊起了在外国品酒的往事。一看到名仓没有那方面的知识，露出不感兴趣的表情，森野就慌忙关上话匣子，转移到别的话题上。

他这副模样，很显然就是对名仓忠一阿谀奉承。平时说着并不是为广告在做报纸、编辑就是编辑这种话，总对植木大眼瞪小眼的他，似乎忘记了自己曾说过的一切，对广告代理商弘进社的乡土报刊科长百依百顺。很难说他对广告有了多少新的理解，抑或是他对误将"兰奇隆"的误导文章登上报而感到负有很深的责任，这都不可能。这说明另有其因。归根结底，他是为了在专务面前表现，试图明哲保身。

他对植木依旧不给一个正眼，也绝不搭理一句话，敌意依旧非常露骨。

艺伎们在金屏风的衬托下开始舞蹈，那是伴随着乡土歌谣的舞蹈。名仓眯着眼睛，津津有味地欣赏。跳舞的三名艺伎，正当中的那个最出色，脸蛋也漂亮。名仓的眼睛死死地盯着她。

舞蹈结束，艺伎们靠到客人的身旁，为客人温酒。

"你过来。"专务对舞蹈最好的艺伎说,"去好好陪陪客人。"名仓忠一背靠柱子,圆滚滚的身体斜躺在坐垫扶手上,原本红彤彤的脸更加通红,频频举杯。

"名仓先生,"专务向前探出身子,"这孩子叫牡丹,是本市一流中的一流啊。"

名仓斜着眼打量了一下艺伎,直起身子笑了。

"是嘛,果然很漂亮。"他又偷偷瞧了艺伎一眼,"这样的长相,到东京去,对了,就算到新桥或者赤坂去,也是一流的。那就先来一杯吧。"

他一接过酒杯,众人就齐声笑了。其中,以山冈的声音最为响亮。

艺伎总共有六人。她们弹起了热闹的三味线小曲,客人和姑娘们都唱了起来。负责招待的山冈最为踊跃,还跳起了《供奴》和《活惚》①。

"跳得真好,都可以去当艺人了。"名仓夸道。

专务不会什么才艺,只好婉拒了。森野唱了首《都都逸》②,植木也唱了首蹩脚的《黑田节》③。最后,名仓让

---

① 《供奴》与《活惚》都是歌舞伎舞蹈中扮丑取乐的滑稽戏。
② 都都逸,是三味线曲艺的一种。
③ 黑田节,日本传统歌谣。

年老的艺伎弹起三味线调子，唱了首小曲。他厚厚的嘴唇灵巧地动起来，曲声意外地很是浑厚悦耳。东道主们一起拍手称赞。

"老板，您真是好嗓子，再让我听一次，好不好嘛。"牡丹抱住名仓的手臂，"来嘛，再来一首，再来一首。"

"别说傻话了。"名仓抓住牡丹的手，"怎么能你说唱就唱？"

"哎呀，有什么关系嘛。我可是爱上您的声音了。要是再来一首，我就再爱一次呀。"

大家笑了，这笑声依旧是对名仓的迎合。名仓很快活，看着牡丹又唱了一首。

专务把植木叫到角落里。

"看这情况，应该没问题了。"他说的是弘进社的广告单子，"还是别说些不该说的好，看名仓先生那样子，很明显是心知肚明。估计他打算回东京之后再正式下达通知。独断专行的名仓所下的决定是最有分量的。"

植木也这么觉得。

"名仓好像对那个牡丹情有独钟啊，能不能去找老板娘探探口风？"

植木点点头，悄悄去了隔壁房间。他还是第一次去请求艺伎接客，涨红了脸，结结巴巴地往老板娘走去。

"植木老板,可真让您受罪了。"老板娘看懂他的来意,抿着嘴笑了。

刚回到席位上就听见森野总编邀请名仓接下来去夜总会玩。"不用了,我有点儿累了。果然是年纪不饶人啊。我都不想动了。"名仓瘫倒在地板上大声笑着。

女服务员对牡丹耳语了几句,牡丹点点头,悄悄站起来走了。

当天晚上,植木回到家睡了个好觉。这么一来,名仓忠一的意向也就确定了。他那快活的笑声与顺着东道主意思的行为都默示着谅解。二百三十段版面的天窗总算有救了,那可是Q报社广告总段数的三分之一。漫长的辛苦总算获得了回报。一想起留在东京的那三天里挥之不去的绝望感,就仿佛在深渊旁窥视了一眼又回来了。中田那咄咄逼人的模样被名仓忠一的笑声彻底掩盖。植木一夜无梦,沉沉睡去。他第一次感受到安心感能给人带来如此的熟睡,自己不用再承担责任了。

拜托了妻子在早晨七点把自己叫醒,植木连早饭都没吃,就赶去了车站。为了给名仓忠一送行,专务与森野总编都来了。

"早上好,辛苦了。"

专务对植木露出微笑。植木看见他的脸上也露出了如释重负的表情，专务昨晚一定也睡得很安稳。森野假装没看见植木，扭着身体做出练习高尔夫的动作。

"太好了。"专务来到植木身旁，低声说。

"总算放心了，"植木也回答道，"我到现在才敢说出来，要是每天有七段广告开天窗，我都没法活了。"

专务笑着点点头。植木说的话虽然多少有点儿夸张，可这也代表了专务此刻的心情。

公司的克莱斯勒到达了车站。去旅馆接人的山冈先下车，利索地拎起行李，行李中又多了送给名仓和他妻子的织物作为伴手礼。

"呀，真是多谢了。"

名仓忠一依旧扶着白色的鸭舌帽，满面笑容，那笑容中还隐约藏着昨晚与艺伎风流快活的一点儿扭捏，不过或许是植木他们想多了。名仓忠一发出不得要领的豪爽笑声。

"一点儿小小心意，不成敬意。"专务低头向他问好。

"哪里哪里，是我承蒙各位款待啊。还收下了伴手礼，真是不好意思。"

名仓走在前头，专务紧跟其后来到了月台上。列车很快就要到站，一派忙碌的景象。名仓像是突然想到了什么，喊了句"专务先生"，接着，从植木他们站立的位置往外迈开两三步。

听他的口气，好像忘带了什么东西。专务轻巧地凑到名仓圆滚滚的身体旁。

"专务先生。"名仓开口了。

此刻名仓忠一的脸上，一刻都没变过的豪放笑容突然消失了，稀薄的眉毛之下，那双眯缝眼莫名地闪着严肃的光芒。

名仓把嘴凑到专务的耳畔："我也算是千里迢迢来了这儿，关于这回的麻烦事，我好歹也应该给和同制药带一份伴手礼①回去啊。这个，您心里应该有数吧？"

那是列车驶进月台前短短两三分钟内的事。

专务的脸色变了。他明白"伴手礼"究竟指什么。

"那就，有劳您了。"

名仓坐上列车，再次大声地笑了，向送行者挥着手，消失在特二等车厢中。

Q报社广告部长植木欣作在专务的恳求下，当天就递出了辞呈。

---

① 这里的"伴手礼"指的是日本文化中道义上的代价，如同黑道成员犯错需要切下小指，Q报社牺牲了植木，以他的辞呈来表示歉意。

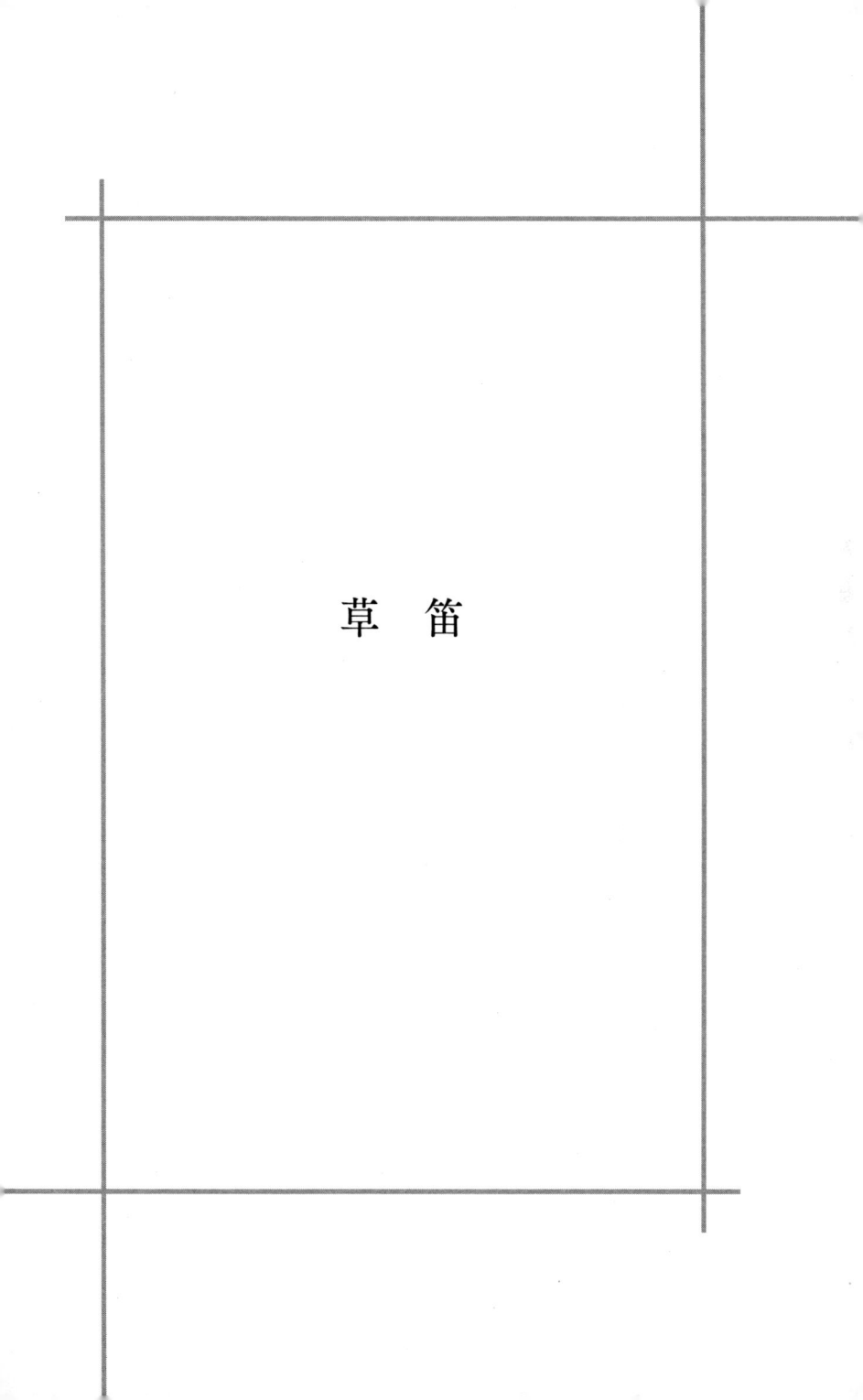

草　笛

那是周吉十七岁时的事,他当时还只是九州 K 市某家小公司的职工。

周吉的双亲在市里开着一家微型饮食店,生意有点起色之后,就把二楼也改造成能招待客人的店面。七十岁的祖母与周吉只能租下附近杂货店的二楼来住。

说是杂货店,其实屋主是搞批发的,只是把小商品堆在自己家里而已。周吉与祖母所租下的房间是面朝大路的八叠大房间。穿过二楼正中间的走廊,有前后两个房间,后面的房间当时刚好空着。周吉租下那个房间一阵子之后,隔着走廊的那个六叠房间有了新的租客。那是一对年轻的夫妇,可住在楼下的房东很快就把他们赶走了,原因是那对年轻夫妻在榻榻米上煮饭做菜,把房间搞得脏乱不堪。

"下次只租给一个人。"房东这么说。于是房间空置了好一阵子。

刚过新年,就来了向房东求租的人,是一个单身的年轻女人。

周吉下班回来，听到走廊对面的移门中不断传来摆放行李的声音。

不一会儿，自家的移门被推开，一个年轻女人跪坐在走廊上。

"今后就要多多麻烦两位了。我姓杉原，请多关照。"

答应她的并非周吉，而是祖母。这就是周吉第一次见到杉原冴子。后来，楼下杂货店的老板娘告诉祖母，她二十二岁。

杉原冴子与周吉之间有好一阵子毫无瓜葛。只在周吉夜班回来打开窗户时，会偶尔见到杉原冴子出门上班。她是长脸蛋，皮肤白皙，有一双大眼睛。

刚满十七岁的周吉，身边几乎没有年轻女子。所以，有杉原冴子这个女人来到同一屋檐下，他总是有点儿愉快的。

这间屋子因为之前那对夫妻的胡来，不允许做饭。杉原冴子是某家公司的文员，常去要好的同事家吃过晚饭后再回家。她早晨一般靠面包来打发，电热器炙烤面包的焦香味经常会飘到周吉的房间里来。吃面包这件事在当时很有文化味道，对于出身贫穷农户的周吉来说是很新鲜的一件事。

然而，杉原冴子与周吉之间依旧形同陌路。他们偶尔会在走廊上遇见，也只是彼此轻轻行礼问好的程度。不过，对于从未和年轻女子交往过的周吉来说，光是这样就很愉快了。

周吉渐渐了解杉原冴子这个人，也是因为通过祖母而间接知道了楼下主妇们交谈的内容。

杉原冴子其实并非单身。她是距离本市三里外名叫N的城下町里一个石版印刷匠的妻子，据说他们是自由恋爱结婚的，可婆媳关系不好，她离开家就是为了离婚，所以进了朋友所属的本市某公司。

"她还真是个特别沉得住气的人。"祖母与房东老板娘是这么说的。周吉不认识其他年轻女人，没法通过对比看出她的性格。不过，她已为人妻这件事还是让周吉感到有些意外。

当时的周吉爱好文学，正和朋友搞一份同人杂志。说是同人杂志，其实不过是油印本。召集来的大多是各种工厂的职工，周吉是其中最年轻的。

那时候，无产阶级文学开始兴起，不过周吉不太懂。同伴中，有人还组织起了"文艺战线"之类的运动，可周吉不感兴趣。他根本不懂文学上的主义和流派。当时的文艺杂志上流行独幕剧，他主要是被独幕剧吸引。他还读过楠山正雄的《近代剧讲话》与中村吉藏的《作剧法》。

实习职工的工资很少，不过父母开的饮食店倒还挺受欢迎，周吉手头的零用钱也不怎么紧巴，几本书还是买得起的，甚至手头比他所有同伴都宽裕不少。同人杂志的费用中，出钱最多的是最年轻的他。

于是，商量同人杂志事务的时候，常常会借用他的房间。

继续用油印，恐怕跟不上印量。推荐换成活字印刷的也是周吉。周吉为杂志写了将近四十页的剧本，其他人也写了很多诗歌。为资金烦恼了好一阵子，总算要出第一期了。刚好在那阵子，杉原冴子搬来了隔壁房间。

*

杉原冴子与周吉开始交谈就是因为那本同人杂志。某次在走廊上遇见冴子，她主动对周吉露出微笑，开口了："经常能看见很多朋友去你家里呀，好像在搞什么文学创作？"

周吉不好意思了。有人当面提起"文学"这个字眼，反倒让他害羞。不过，从年长的她的嘴中说出来，害羞的一面也变得理所应当起来。

周吉回答说要出一本同人杂志，冴子就说下次让我瞧瞧。与她之间除了早晚打招呼，这是第一次对话。

不过，杉原冴子并没有像周吉所期待的那样轻易地出现在他的房间里。实际上，周吉每天都在等待，可她只是下班晚归后直接躲进自己的房间而已。周吉有一种期望落空的感觉。

四五天后，杉原冴子在楼梯上遇到周吉，笑着说："说好要给我看的杂志，怎么还见不着呀？"

周吉根本就没想过主动把杂志拿去给她，还以为她会自己过来呢。

大约过了一个小时，周吉第一次走进了她的房间。他知道这房间在之前那对夫妻在的时候是什么模样，可现在大不相同了。女士书桌、蒙着淡粉色纱布的台灯、收拾得井井有条的书本和窗帘上的花纹，都让房间里弥漫着年轻女孩的气息。周吉感觉被甘甜的空气温柔地包围住了。

周吉把带来的薄薄一本同人杂志交给杉原冴子看。递到她手中时，羞耻与得意的心情交织起来。

"哎呀，还是活版印刷的，真了不起。"她先夸奖了一句。

接着，她"哗啦哗啦"地翻动杂志，视线停留在周吉所写的剧本上。周吉满心雀跃。

"这么薄的杂志上竟然有这么多页留给了剧本,有点儿浪费呀。"

还以为她会对作品发表什么批评,没想到一句话就贬低了编辑方针。周吉感觉像是被溅了一脸黄沙。不过,她的批评一针见血,不像是外行人会说的话。

"我也出过一本诗歌杂志呢。"她说。

周吉还是第一次听说她在文学上也有追求,突然涌出一股亲近感。

"我还留了旧杂志,有机会给你看看。"

周吉脸上火烧火燎地回了自己的房间。他感到一丝兴奋,将杉原冴子的事说给朋友们听,还建议"让她成为我们的同人如何"。众人表示人越多越好,纷纷赞成。

周吉后来对杉原冴子说起这件事,她笑着摇摇头:"不行啊,我现在已经没有那种心情了。要是我以后又有了兴致,再加入你们吧。"

周吉很失望。况且,她拒绝的方式过于成熟了。周吉有一种自己还是小孩的感觉。

不过,因为这次对话,周吉与杉原冴子之间往来得愈加亲密了。她时常会到周吉的房间玩。有时候祖母在，有时候不在。不在的时候，两人就会聊上许久。

不过，杉原冴子从一开始就没把周吉当成同龄人。从她的措辞和语气中，处处能感受到她依旧把周吉当作小孩子来看待。周吉明白，的确是这样，可心中总是不满于此。

两人的关系可以说是波澜不惊。她从没把自己作的诗给他看过。明明之前说过要给他看旧杂志，却从未拿出来。她究竟写了怎样的作品呢？周吉根本无从猜测。他想，那一定是比自己写的成熟很多的高超作品。

杉原冴子是穿着当时还很少见的西装去公司上班的，这对于周吉来说也特别新鲜。能和这样的年轻女性生活在同一屋檐下，自由地交谈，甚至让他感到有些自豪。

从公司回到家，她会换上和服。她穿的和服也常是大片花纹加上惹眼的配色。周吉总是对着那华丽的色彩心跳不已。

两人一起去附近的店里喝过好几次咖啡。走在街上，也会有擦肩而过的男人偷看她的脸，这也让周吉很愉快。正因为过去从没有过这种接近女性的机会，他与杉原冴子在一起的时候，就愈加沉浸在甘甜的气氛中不可自拔。

*

杉原冴子以前几乎没有过访客。可到了三月份左右，她的房间却有一位男客到访。他们一直交谈到很晚，所谈的内容也异常复杂。

这样的事发生了好几次。

"那个人是从N市来的。"她之后告诉周吉。N市就是她所逃离的婆家所在的城市，娘家也在那里。周吉已经隐隐察觉到那个男人到访就是为了替她的婆家说情的。现在虽然夫妻分居两地，但丈夫还是想求她回去。不过，年纪小的周吉没问杉原冴子这件事，他也不愿意开这个口。

某天深夜，那个男人去了她的房间，又走了。突然间，杉原冴子隔着移门呼唤独自在家的周吉。

周吉来到走廊上，只听她在房间里说："快进来。"周吉打开了移门。只见杉原冴子在枕头旁打开一盏台灯，人仍躺在被褥中。印着花纹的被子色彩鲜艳，首先吸引了周吉的眼球。

周吉走进来，杉原冴子依旧躺着，只让他坐在枕头旁。表情中丝毫没有戒备的意思。

"我……可能在这个屋子里住不了多久了。"她仰面望着天花板说。

"为什么？"周吉问。她只说自己无可奈何，看来传话人离开之后，她已经接受了对方提出的条件，从她的话和万念俱灰的表情看得出来。

"不过也说不准。"她最后又补充上了一句话。

台灯的光照亮了她的额头和鼻梁，从她脸颊的下半部到嘴角，一直到下颚，都被阴影遮盖。眼睛四周也满是阴影，显得一片昏黑，这淡淡的明暗勾勒出女人的面庞。从刚才进来起，就闻到房中飘着一股酸甜的气息。周吉再也不能继续待下去，匆忙回到了自己的房间。接着，他打开正面的玻璃窗，将冰冷的空气吸入鼻腔深处。

还有一件事让周吉难以忘怀。那天晚上喝咖啡之后，两人走在逼仄的小巷中。鸦雀无声的小巷中，只有一间屋子还亮着灯。那是一家纯手工油印店，夫妇一同在印刷着。丈夫与妻子分别站在机器的两侧，丈夫将蘸了油墨的滚子在石版上滚过，夹入一张纸，转动机器，妻子则麻利地用水冲湿干掉的石版。

杉原冴子站在路旁，目不转睛地盯着两人的动作。见她观察得这么入神，周吉一开始还以为这家印刷店的工艺很少见呢。

她在原地站了太久，直到周吉说了声"回去吧"，她才总算迈出脚步。两人并肩行走。暗沉的小巷中，寺院的外墙上已经开出了早春的白花，在夜幕中显得朦朦胧胧。

周吉的心跳个不停。杉原冴子走在他身旁，她的手时不时触碰到他的手。周吉有好几次都想豁出去握住她的手。心脏的狂跳让他痛苦不堪。她只是默默地行走着，这反倒更煽起周吉的欲望。然而，走过短短两个街区的昏暗小巷，转眼间就到了敞亮的大路。

来到商店街时，杉原冴子略带寂廖地说："我家和刚才那印刷店是一样的。"

周吉这才明白，她目不转睛地盯着印刷店也好，在昏暗的小巷中一言不发地行走也好，都是在思念自己分居的丈夫。自那之后，屡次有客人造访杉原冴子的房间，有男有女，都是三十多岁以上的人。

某一天，她对周吉说，要去一趟 N 市。她说自从离开 N 市就没有回去过，心里有些牵挂。

她回了 N 市两三天。隔了一条走廊的那个房间让周吉觉得仿佛是仓库。他想见见回到 N 市的杉原冴子。

周吉不熟悉 N 市这个地方。他想见见她所出生的那片土地，也想出其不意地在她面前露个脸，让她大吃一惊。不过，这时候周吉才发现，自己的服装都是少年风格。他想要在遇到杉原冴子时穿一身与她的年龄相配的成熟行头。他将一直以来戴的旧学生帽丢了，买了一顶新的鸭舌帽。

*

周日早晨，周吉坐上早班火车去了 N 市。大概两小时之后，火车渡过长长的桥梁，到站了。

周吉事前打听过杉原冴子老家的住址。他在车站前打听了镇名，那个镇子远离 N 市的中心，几乎算是郊外了。一片房屋的尽头是广阔的农田。时值三月末，田里的青麦长得正旺。周吉没打算一开始就去她的老家。毕竟没什么特别的事要找她，况且这种见面方式很尴尬。比起去家里找她，不如等她出门时在路边偶遇。

镇子很旧，房子很小。可是，一想到这是杉原冴子出生的小镇，周吉就感到一股亲切。

他摸索着找到了她的老家。那是一间有着格子门的小屋子。周吉战战兢兢地从门前走过。走过时，他稍稍窥视了屋子里面，暗暗的，什么都看不清。

他在路边等待。他打算不管多少小时都等下去。道路旁，附近的孩子正在玩闹，主妇们往来经过。可是很长时间过去了,她还是没出现。早春明晃晃的阳光将屋顶与道路照得白蒙蒙的。

周吉几乎站不动了。他总算发觉再等下去也只是无用功,况且连她到底在不在家都不知道。要是她一整天都出门,在这儿等着也是白费劲。

周吉彻底推翻了刚开始的决心,鼓起胆子推开了格子门。走出来的是她格外显老的父亲。周吉不好意思地说自己是从 K 市来找她的,老父亲告诉他,冴子刚才去了河边的土堤。既然是从她工作的 K 市来的,老父还以为是公司要联系她,也就没起疑心。

周吉总算知道了她在哪里,振奋不已,开始往距离此地两个街区的 Y 河畔走去。到处都是麦田,远方的山脉上飘着淡淡的雾霭。路过的人家门口种了许多桃树,能看见田间也种着桃树。

Y 河的长堤几乎一望无际,像周吉在小学地理上学过的一样广阔。或许是因为河太宽,水只在河床正中流淌。水流两边的土堤间长满了数不清的青麦。

周吉站上土堤远望寻找她。接着,发现远处有十几个小孩聚成一群,他们之中有个高挑的女人,周吉一眼就看出是杉原冴子。他从土堤上走过去。冴子不知道周吉来了,依旧在和孩子们玩耍。周吉心想:走近后要怎么吓她一跳？一想到这里，他的心就激动得怦怦直跳。

河床上除了麦田之外，杂草也很多。在杂草之间，还有两三头牛系在一起。在刚发芽的一片青草之中，牛那黄色的躯体仿佛像几笔颜料点缀其上。

周吉来到了她的身旁。她刚才还以为周吉只是普通路人，听到周吉打招呼的声音，才愕然地望向他。确信是周吉之后，又露出更加讶异的表情。她大大的眼睛瞪得更圆了，一瞬间死死盯着周吉。

"你来干什么？"

这就是她说出的第一句话，口气中很明显地包含着惊愕与对周吉的责怪。

周吉涨红了脸，说是来这里玩的。

"你怎么知道我在这里？"

周吉说刚才去家里问了老父，她露出很明显的不悦神情。"我回这儿来没事干，就这样陪小孩子玩而已。"她说了这么一句话。

周吉不知该如何形容自己来找她的目的。说来这里玩，是表达想与她亲近的意思，可同时他又意识到自己根本没这个资格。崭新的鸭舌帽本是为了更靠近她的年龄，可杉原冴子对此也不怎么愉快，直勾勾地盯着看。

"这种帽子一点儿都不适合你。"

周吉立刻脱下了帽子，卷成皱巴巴的，握在手中。

周吉只在那里和她相处了三十分钟。小孩子们在草丛中奔跑打闹。她问周吉来这里有没有跟父母交代过。听到并没有交代过，她又露出了厌恶的表情。

她不快的表情在明朗的阳光下让周吉觉得很美。

即便如此，看在周吉远道而来的分上，冴子还是陪他走了一段路。

然而周吉原来兴致勃勃的心情已经完全不知所踪，变得垂头丧气的。

不经意间，两人看到牛群所在的杂草间，有个高个子青年正一边吹着草笛一边行走。

"那个人可真有诗意啊。"

她的这句话半带揶揄，却让周吉不由得感受到她在文学上的某种天资。吹草笛的青年在宽阔的草丛间往麦田那边走去。

*

两人再次回到同一屋檐下的生活。

可是回来之后的杉原冴子再没和周吉一起去散步了。不仅如此，也不像之前对他那么亲切了。她依旧早晨去上班，晚上回房间，可再也不去成全周吉的等待，也不再造访他的房间。

周吉认为是自己去N市找她而惹怒了她。事实上，自从那次之后，她对待周吉的态度一下子变冷淡了。

周吉在脑海中勾勒出她的脸，借着记忆用铅笔画出她，他自己觉得还挺像的。周吉把画收在书桌抽屉里，时不时取出来欣赏一番。

造访她房间的人越来越多了，几乎每晚都有人来。周吉有种预感：她很快就要回到她丈夫身边去了。

预感很灵验，某一天，她久违地来到了周吉的房间。

"受了你不少照顾呢。不过，因为一些原因，我还是选择回N市了。公司那边，我打算明天就辞职。"这是她即将离别的预告。

周吉为她久违的到来而感到高兴。

她要离开这个屋子，回到N市。这件事周吉早就预料到了，并不觉得特别意外。周吉忍不住从书桌抽屉里取出她的肖像画，在她的面前展开。

杉原冴子稍稍看了一眼，突然露出愠怒的表情。

"你为什么总做这些无聊的事？"

话音刚落，就忽然将周吉手中的画抢了过去，用力撕烂了。周吉瞠目结舌。她撕毁画纸的动作过于激烈，表情无比认真。将她惹怒到这种程度，周吉很后悔。

终于到了她要离开的前一天，她来向周吉的祖母道别。那仅仅只是一声"再见"而已。之后，周吉在走廊上又遇到她。她注视着周吉，却低声说了一句话：

"周吉，请你原谅我。"

仅此一句。周吉不知道这句话到底是什么意思。"请你原谅我。"她这么说是在为撕毁他的画而道歉吗？周吉真正理解这句话，已经是十七岁的他又经过五六年之后了。

*

回到 N 市的杉原冴子给周吉寄来了简朴的明信片。

又过了一阵子，她寄来了同人杂志，封面用五六种颜色油印，花花绿绿的。不过里面倒是眷写版印刷，还印着杉原冴子丈夫的名字。周吉读了里面的诗歌，大失所望，里面毫不规整地印着当时流行过一阵子的象征派句式和一些流于感伤的廉价文字。

周吉读了那些诗，不禁想象那个在 Y 河畔边吹草笛边走的青年该不会就是她的丈夫吧。

之后的两三年里，她陆续寄来了贺年卡，也是油印的，很花哨。周吉想起了与杉原冴子一同在昏暗的小巷中见到的那家油印店。

尔后，又杳无音讯地过去了数年。

周吉去了东京。某一天，在邮件中忽然发现了杉原冴子寄来的信，地址依旧是 N 市。信中说，两个儿子已经长大，现在也在从事石版印刷。

丈夫有了其他女人，几年前离家出走了；自己的年纪也大了，只好给儿子们打打下手。印刷业不景气，日子过得很艰难。现在引进了新的机器，可是手头没钱，能不能借几万日元？她的字依旧和往日一样工工整整。信中还写道，是通过黄页上的通信录查到周吉住址的。

周吉没有回复这封天真的信。当然，也没有寄钱去。要是给她回信或是汇款，她寄来的书信就会愈加频繁。他少年时心目中的那个杉原冴子，转眼间就会变成一个肮脏又不幸的老太婆。

离开出租屋的前一天，面对年少的周吉，她悄然说出"请你原谅我"时的容颜，是如此地美丽与青涩。周吉想把那样的她永远藏在心中。

确　证

一

大庭章二从一年前就怀疑妻子多惠子有不贞行为。章二今年三十四岁，多惠子二十七岁，结婚已有六年。

多惠子性格开朗，喜欢热闹。或许因为章二的性格有些阴郁，妻子倒和他相反了。章二的周围有一种让人难以靠近的沉闷气氛，就算与人见面，也不说多余的话。他会仔细聆听别人说的话，却不怎么回应别人，往往让对方陷入尴尬。就算好几个同事凑在一起聊天，也只有他不能轻松地融入话题之中。况且，他还是个爱憎分明的人，要是遇到讨厌的人，立刻没有好脸色。

多惠子不一样，无论对谁都很亲切。她称不上是美女，不过笑容可掬的人总是讨人喜欢的，算是挺有魅力。

夫妻关系并不差，可也并非特别和睦。结婚已经六年了，章二仍旧不懂得向妻子积极地展示爱情的那种巧妙技巧。不是因为嫌麻烦，而是性格使然，就是做不到。可实际上，妻子开朗的一面的确拯救了他，连他自己都觉得自己的性子实在不可救药。与此同时，他对妻子的开朗也暗自感到满足。

首先，因为多惠子爱与人交往，所以特别喜欢在家中招待客人。每当章二带公司的人回家，就格外地受到她的欢迎。

这种场合下，章二总是不知不觉地就被忽略，一桌子的人都以多惠子为中心，热闹非凡。她的待客手段的确高明。她在老家本是大绸缎庄的女儿，自小家境不错，能拿手地招待客人，也能自然而然地体现出良好的教养。

她的笑声也能博得客人的好感，那是无论谁听到都会感到愉快的声音。所以，只要她离开座位一小会儿，房间里就好像连光线都变暗了，顿时冷清下来。

章二的好友来玩，也经常赞赏多惠子，尤其是同事片仓政太郎，在公司里也经常对章二夸奖多惠子。

"你的夫人真好啊，我算见过不少主妇，没见过比她更好的。我老婆要是有你夫人一半讨人欢喜就好了。"

而且不仅是片仓一个人，章二已经听好几个人说过大意如此的话了。

不过，章二觉得夸奖他妻子的那帮人，有一半是在嘲笑自己阴郁的性格。

该说是不善交际还是没有社交性呢？章二对自己偏

爱孤独的癖好颇有自知之明。可无论多么努力地融入集体，也坚持不了多久。他深切地感受到，要是勉强自己去迎合，就会变成毫无特点的人，反而对不起自己。

大庭章二在关西某家大型陶器公司设在东京的一手销售商会里工作，那相当于陶器公司的母公司资本所创立的子公司。商会设在田村町附近，职员大约三十人，大部分属于销售部。

销售部在东京市内开了好几家专卖店，和几十家零售店有交易。不仅限于东京市内，在附近的县①内也铺开了销售网。因为这层关系，销售部的职员总是不停地跑外勤，此外还要到总公司所在的关西出差。

章二对多惠子产生怀疑，并没有什么确切的根据。只是凭空地产生了这种感觉而已。

不过，一种根深蒂固的直觉让章二如此坚信。话虽如此，多惠子对章二的态度并没有什么变化。假如章二没产生这种怀疑，依旧以新婚后的状态继续维持下去，一点儿都不会有区别。

多惠子是所谓的贤妻良母，对章二的照顾可以说是无微不至。平日里显得有些形式主义的步骤，她从不会

---

① 日本的行政区划为县下设市。

省略，比如：冬天的早晨，她会烧好热水，等着章二去洗脸；牙膏都是挤在牙刷上递给他的；他刚开始洗脸，她就会递上干净的毛巾。

一套内衣，她不会让章二穿着超过三天，随时更换；就连保养头发，她都会连发蜡都帮着涂上；从扣好衬衣纽扣到穿好鞋，甚至系领带，都由多惠子来帮着做。她忙里忙外的时候，章二总是板着脸，多惠子在这时候仍然像要给丈夫提神似的，开朗地说个不停。

料理也是一样。章二对食物有些挑三拣四，多惠子时刻把他的喜好放在心上。章二讨厌鱼和蔬菜，要说有什么偏爱，大概是喜欢吃肉。于是，多惠子会准备层出不穷的肉料理。

为此，她甚至从附近的牛肉店请来会做肉料理的老板，向他讨教牛排的烤法和酱汁的制法。这家牛肉店是把一半店铺辟出来专做牛排和寿喜烧的餐饮店。

总而言之，多惠子比起普通人的老婆实在贤惠太了。在这方面，即便章二开始怀疑她，也没有发现她有丝毫变化。

章二为什么会察觉到妻子有不贞行为呢？一定要给个理由的话，恐怕是从大约一年前开始，妻子外出的次数增加了。反过来说，在这之前，她几乎从不出门。说是增加了，其实并不是突然间变成这样的。

多惠子过去一直在学习茶道和花道，外出购物也时常顺便去看电影。这是她早就有的喜好。所以，对她的外出抱有怀疑是没道理的。可一旦起了疑心，她的一举一动就都让人在意。就算是外出学习茶道，也感觉回来得格外晚。

可多惠子本就是这副性情，人人都喜欢她，去茶道师傅那儿也会被同伴邀请一起去银座逛街。这种事早就习以为常，并不是最近才出现的。

章二不出差的日子里，大概六点左右到家。多惠子对此也很清楚，就算当日要去上培训班，她也必定会准时在家恭候。

当然了，周日那天，多惠子绝不会外出。

那大概是考虑到章二会一整天待在家里吧。多惠子与任何邻居都能融洽地交谈，事实上，她开朗的笑声总是能从屋外的墙根与后门口传来。

不光邻里之间，连推销员遇到多惠子也会不经意地聊上许久。事实上，她略带诙谐的语气让推销员们都很受用。保险公司的年轻业务员也会坐上很久，与她交谈得津津有味。

然而，这帮人一看见章二，都会避之不及般地离去。附近的人在路上遇到他，也只会生硬地行个礼，往往退避三舍。

章二怀疑多惠子这件事，唯一能称得上是证据的，也只有他有时临时从公司回家时发现妻子有三四次不在家。那都是近一年来的事。她时常外出学习茶道和花道，就算不在家也没什么奇怪的。之后回到家，多惠子会说"今天去学花道，被朋友请去玩了"或者"今天去银座购物了"这种话。

这点儿小事或许根本不足挂齿。可一旦起了疑心，就相当于妻子在自己出门时悄悄外出了。

过去，多惠子打算外出的时候，基本上都会在他出勤之前先提起，或者前一天晚上就交代一下。她丝毫不提，也是引起他怀疑的原因之一。

不过，茶道和花道这些事本就稀松平常，没必要次次都提起。朋友一时兴起相约去银座闲逛，也是意想不到的，不可能每次都事先告诉丈夫。因为这种事情就给妻子定罪，章二觉得自己或许有点儿神经质了。然而这种难以言说的疑心，使得无论多么细微的小事都会牵动他的神经。

章二自从产生了这种疑惑，就开始在房事上观察妻子的反应。多惠子的身体并不是特别健康。大概因为这样，她时常会拒绝丈夫的爱抚。那是从新婚时就有的事，近期也没有太大变化。然而最近她拒绝爱抚的时候大多数是在她曾外出的日子里。

上床睡觉之前，她总会在枕旁点亮一盏台灯，捧着书或者杂志读上很久。可外出后的晚上，就算读书，也有一半的时间是半躺着的，然后沉沉睡去。章二触碰妻子的腿的时候，她只说自己累了，把丈夫的手推开。

不过，观察得更加细致入微之后，就发现有时会发生彻底相反的情形。这也是让章二产生疑心的原因之一。

这相反的情况就是，偶尔在白天外出的日子里，她反倒会激烈地渴求丈夫的身体。

章二总觉得在这里面嗅探到了妻子的某种计谋。

二

章二对妻子的怀疑日渐增多，是因为他出差的次数很多。

毕竟是在公司的销售部上班，市内自不用说，还必须到附近县里的直营店和零售店去跑业务。一旦跑到邻县去，就不得不在那儿住上一晚。尤其是月末收款日和结算日的时候，更是忙得不可开交，本来能一天来回的工作会被拖长；本来住一晚的会变成两晚。况且，大约每隔三个月还要去关西的总公司出差一次。

这种与妻子分隔两地的状态助长了他的臆想。来到旅馆，裹上被子朝天躺着的时候，他甚至恨不得立刻跳起来换身衣服，跳上返回东京的火车。

妻子的确在自己外出的时候有不贞的举动——这份坚信在近期变得越来越强烈了。

章二开始设想，假如自己真的猜对了，那么对方究竟会是什么人？多惠子不光在同性中有人缘，更会让男性产生好感。可是，她的出轨对象多半不会是章二不认识的男人。章二觉得应该是与自己有所交际甚至见过许多次的男人。由于妻子纯属家庭主妇，交际范围是有限的。从这一点出发，章二认为妻子的出轨对象就在两人共同的交际范围内。

章二在此之前并不是没考虑过证实疑点的计谋。比如说可以在她外出的日子里跟踪她，然后不动声色地从她话语中的矛盾来了解真相；或者假装要出差，半夜突然回家。这些点子，章二不是没想过。

可是自己不善言辞，故意去套话也不是自己的风格。在交流方面，多惠子要擅长得多。就算有客人来，他一般也沉默不语，不知不觉就变成多惠子在为他代言了。

另外，实际上他使用计谋来试探过两三次，比如谎称今天要去关西总公司，离开家之后又说突然取消了，晚上十一点左右才到家。

可是心跳不已地按下自家门铃之后，多惠子总是好端端地在家，迎接他的样子一点儿都没有异样，只是一个因丈夫改变日程归家而感到惊喜的普通妻子。

章二发觉自己根本不擅长这种阴谋诡计。要是自己的意图太过露骨而被多惠子察觉就糟糕了，便不再继续。

章二并非没想过去委托调查行踪常用的私立侦探社。事实上，他曾经走到过侦探社的大楼前，可无论如何都没有推开入口大门的勇气。

结果，多惠子的这件事还是只能自己亲自去查清了。比起借助他人之手，由自己来探一探究竟更有真实感。

章二反复思量多惠子的出轨对象之后，作出了那人"就在自己同僚之中"的判断。

每当章二稍稍喝了点儿酒，跟四五个同事也称得上是酒友。从公司下班后，就会相互约好去银座后街或者新宿那几家常光顾的店。有时AA制，有时互相请客。另外，为了免得总是一成不变地吃关东煮，酒局之后也会轮流去同伴的家中做客。

因为彼此之间是这层关系，章二会循例把同伴带回家招待。这时候的多惠子一点儿都不嫌麻烦，反倒对来客大为欢迎。

或许因为她的父亲也爱饮酒，她对这种场合的招待简直得心应手。同事们也特别佩服。

尤其是片仓政太郎，总是对多惠子赞不绝口。

片仓比章二小两岁，工作方面很是精干。他是一个性情开朗的男人，在酒桌上一向闹得很欢。可是去过他家好几次之后，章二才知道他的老婆是个瘦削又极度阴郁的女人。大家去他家，她都不乐意招待大家，片仓总是很识趣地一个人忙里忙外。但片仓自己对这件事其实很不满，频繁地抱怨着自己的老婆。

"假使我老婆有你家夫人一半的好也行啊。"这是他经常对章二说的话。

章二想，假如自己的同事中有人在追求多惠子，那么除了片仓不会有第二人。

要去片仓家的话，算上换乘时间，坐电车需要将近一小时。但如果打出租车，就只需要三十分钟左右。

片仓夫妇的关系似乎不怎么样，片仓本人总给人一种想和老婆分道扬镳的感觉。就算不是片仓，任谁也都会想和那种老婆分手的。说实话，即使片仓去找个更好的女人结婚也并不奇怪。

多惠子对片仓最为亲切。片仓总能抛出丰富的话题，说话既圆滑又开朗，在来家里玩的访客中，自然会给多惠子留下最深刻的印象。

再者，片仓同属于销售部，时常要出差。可是章二与片仓管理的片区不同，出差的日子向来是错开的。

章二出差的时候，片仓就会留在公司里。而轮到他出差的时候，章二就留在公司。就算同时去出差，各自回到东京的时间也或早或晚。

考虑到时间上的偏差，片仓趁章二不注意，与多惠子见面的时间是很充裕的。另外，尽管两人都在市内跑业务，可由于片区不同，即使多惠子与片仓在外见面，章二也不会知道。片仓管的片区和工作安排，对于章二来说都是未知的。

这么一想，就发现片仓最近似乎不怎么到章二家里玩了。其他人都来了，却只有他单独掉队。这反而令他身上的嫌疑更重了。

可是还没有确证。假如要彻底查清两人间的关系，章二至少得在公司请十天左右的假。

这本就是不可能办到的事。就算跟踪妻子或者片仓，动作迟钝的自己也不见得能成功。万一失败了，让对方发现了自己的意图，就更糟糕了。按照章二的性格，还是想给对方多留点儿面子的。

有没有不需要借助他人之力、不浪费自己的时间、绝对不引起对方注意又能掌握无可动摇的证据的方法呢？章二开始苦思冥想。

不过这种巧妙的方法总想不出来。他每天净是想着这件事：必须动点手段把真相挖掘出来。就没有什么办法吗？想多了，总觉得答案若有若无。说得夸张一点儿，连在工作的休息时间和回家吃饭的时间里，他也没有一刻停止过思索。

当然，其他人根本不知道章二在想这种事，片仓对章二的一贯态度也没有变化。多惠子什么都没注意到，依旧勤勤恳恳地照顾到他生活中的每个细节。

章二在家要面对多惠子，在公司要面对片仓。依次在家里和公司循环与一对通奸者见面，感觉也很奇怪。

一周过去了，十天过去了，一个月过去了，他依旧在思考。可是，那种凭借自己的手而绝不会让对方察觉又不占用个人时间来实现目的的绝对性方法，怎么都想不出来。

可是，他并没有死心地抛弃这个计划。无论如何都必须想出来，把一切查个水落石出。

那是他上班路上的某一天。

实属偶然，他终于发现了这个方法。并不是别人给他出的主意，也没有外部的暗示让他想到这个。那是在他乘坐高峰段电车被拥挤的乘客包围住、浑身不能动弹时，如同天启一般，灵光一闪，有了这个点子。

想到这个方法的时候，章二觉得没有比这更好的方法了。与此同时，还能对两名通奸者实施报复。

章二当天从公司回家时顺道去了书店，买了一本通俗的医学书。

三

晚上十一点多，章二在新宿那条昏暗的电车路上游荡。只有这个地方仿佛是该区域的盲点，街灯稀少，像黑洞一样笼罩着周遭。其他街区繁华的灯光从下往上地照亮了夜空。

这条昏暗的路上站着几个女人，表情像是在等人。

章二故意从那群女人身边缓缓走过。于是如他所期待的那般，有个女人从他身后追了上来，与他并肩走。

"现在才回家吗？"那是个穿着廉价西装、二十岁左右的女人，"我说，要不要去喝杯茶？"

章二点头。

不说话地跟着女人走，便进入了附近一家小咖啡馆。"来杯咖啡。"她自作主张地点单。

在明亮的灯光下看她，大约有二十四五岁，眼角已经因为疲劳而有了小皱纹，口红抹得格外浓。

"我说，要不要找个地方玩玩？"女人边喝咖啡，边翻着眼珠搭话。

"我不能在外过夜。"

"您太太管得真严啊。算了，按钟点也行。"

"多少钱？"

"短钟点的话，一千日元。"

"太贵了。"章二说。

女人"哼"地一声嗤之以鼻。

章二付了咖啡钱就走出来了。他并不是在乎钱，只是因为这女人的脸意外地白净，他要找的是感觉更脏一点儿的女人。

这种女人只要仔细点儿找，就会发现到处都站着不少。章二像是在将那些女人一一检阅似的在她们面前来回走动。一经过身边，女人们就开始引诱他，可并没有他中意的女人。

章二走了大约四十分钟，终于找到了合适的一个，那是一个将近三十岁的女人，穿着和服，脸和衣服都脏分分的，手上还提着一个像是购物篮的手提包。

这种交易似乎大多是在咖啡馆里进行的。

那女人点了咖啡和蛋糕，"哼哧哼哧"地又吃又喝，黝黑的脸上涂着的白粉已经脱落得斑斑点点。

"我认识一家特别便宜的。"女人率先站了起来，带着章二走。沿着新宿市内电车的旧轨道走，进入了一条小巷。这一带都是廉价旅馆，每一家都毫无例外地挂着"休息三百日元起"的广告牌。

女人不知在小巷里拐了多少弯，很快走进了转角的一家旅馆，显得很是轻车熟路。睡眼惺忪的女服务员走了出来，看来和女人已经很熟，两人交换了一个眼神笑了。章二浑身起了一阵恶寒，但还是忍住了。

走上狭窄的楼梯，正中间是一条走廊，两侧排满了房间。女人像是走进自家房间一样走了进去。

这是一间三叠大的小房间，只有一张寒碜的红色小圆桌。即便如此，房间一角仍放着小小的三面镜，大概还是想装点一下。仔细一看，入口的移门后还拉着一面带着污渍的窗帘，好像舞台幕布。女服务员送来廉价的点心和茶后离开，那女人赶忙催要定金。章二取出一千日元的钞票。

"这么多，够了吧？毕竟房费算我的。"

女人的眼眶上有着黑眼圈。

她打开隔壁的移门，里面铺着被褥，并排放着两只枕头。被褥的一边摆放着格子花纹的浴衣，刚上过浆，叠得整整齐齐。

女人利索地脱下和服，动静很大地换上浴衣，一点儿都不在乎男人的视线。

"你也快换衣服吧。要是超过了时限，必须加付超时费呢。或者你喜欢慢慢来，那也无所谓。"

章二依旧穿着西服站在原地。

枕头旁还点着一盏光线微弱的桃红色台灯。

女人斜视着章二脱下上衣，自顾自地钻进了被子。章二闭上眼睛。

"你……有没有病？"他问女人。

"你担心？"女人露出牙齿嬉笑道，"算有吧。真失礼啊，倒是你自己没问题吗？"

"我没问题。"

"是吗？你要是担心的话，可以预防一下哦。"女人伸手摸索手提包。

"不，不用了。"

"嘿，真勇敢呢。"

女人伸出瘦削的手，熄灭了台灯。

章二翻书了解过，也听别人说过，假如被感染，最快三天、最迟一周之后就会出现自觉的症状。

他等着自己身上出现"异常"。他最害怕的还是梅毒。梅毒的潜伏期太长了。不至于这么巧吧？他心想：也没那么容易能得上啊！

比起梅毒，他还是有很大概率患上自己所期待的其他病。看那个女人的样子，接待的想必都是些低等的客人。况且似乎也没什么钱，治疗方面一定不够及时。

两天过去了，什么都没发生。他翻开通俗医学书，查找到了发病的最初征兆。

先从"男子淋病""急性淋菌性尿道炎"开始。淋菌附着在尿道黏膜上，经过两至三天的潜伏期，就会出现初期症状。尿道产生瘙痒感，并排出黏液状的分泌物。几天后，分泌物逐渐转为脓状。第二周初期，分泌物将略带绿色。这种旺盛期（脓漏期）持续三四周后，炎症会逐渐减退，分泌物再度变为黏液状，黏膜上皮细胞脱落的数量增加。不幸的情况下，这一时期将持续数月以上。可是，自从以青霉素为主、对急性淋病有特效的抗生素投入使用后，有这种症状的病例就明显减少。炎症多发时，将出现尿道黏膜肿胀、尿道狭窄的症状，排尿时将感到剧烈的疼痛。尿道口将发红肿胀，产生炎症；

局部或整体肿胀红热,有压痛感;局部皮肤的淋巴管出现淋巴管炎,呈红线状,且可触摸到……

章二正在等待着这本医书上描述的症状发生在自己的身上。

第三天,他感觉到初期症状开始显现了。章二在心中欢呼起来。

还要再忍耐一下,暂时还没达到预期效果。

章二尽量不让自己的症状被多惠子察觉,在多惠子的面前依旧保持正常的举动。

这段时间里,他没接触妻子的身体。实际上,他真的要去关西的总公司出差三天左右。

炎症对他来说是很痛苦的。只要打一针青霉素,立刻就能摆脱这种痛苦,可他故意放任病情发展,怀着一种恍若殉教者的心情度日。除此之外,没有其他方法能确保病发。他蜷缩在旅馆的被子中,祈祷着自己的症状发展得更快,变得更严重。目的达成之后,他打算尽一切手段来治疗。

一周过去了。

整个过程如他所期待的那样,进展得很顺利:分泌物变为脓状,他能亲眼分辨出其略带绿色。根据医学书中所写,症状无疑到了旺盛期。这个时期的细菌是最活跃的，传染力也一定很强。

多惠子的样子与之前完全没变化，依旧无从判断章二的怀疑究竟有没有猜中。可是章二坚信在自己去关西出差的这几天里，她一定有不贞的举动。片仓在这几天里应该留在东京，没去其他县出差。

这天早晨，正当章二打算出门上班时，发现多惠子在厨房里练习做肉类料理。她的牛排手艺如今已经不亚于专卖店了，有了附近肉店老板的指导，水平正一个劲地往上涨。

"今晚也吃牛排吗？"章二在玄关边穿鞋边问。

"是啊，这回又学会了一种特别的烧法。今天你能早点儿回家吗？"

"今天大概会挺早。"

"那我会做好最棒的牛排等你。"

她依旧露出明艳的表情，爽朗地说着话。在别人的眼中，只能看见一对和睦的夫妇。

吃了肉之后，病情一定会恶化。这是好事，就吃个痛快吧。章二心情愉快地离开了家。

走出门口，立刻碰到了常与妻子聊天的保险公司的年轻业务员。那外务员看到章二的脸，慌忙鞠了个躬。

四

章二在两三天之后,开始不露声色地暗中仔细观察多惠子的状况。

"女子淋病"相比男子更复杂一些。成年女性的尿道与子宫会同时感染,将并发尿道炎与宫颈炎。阴道也可能会受感染,但性成熟期的女子较易恢复。急性淋菌性尿道炎会导致外尿道口发红肿胀,并出现化脓现象。自觉症状为尿道有瘙痒感、烧灼感,排尿时感到疼痛,并产生尿频。急性淋菌性宫颈炎将导致子宫内壁发红,子宫口化脓,下腹部感到不适。女子的急性炎症任其放任后也将转为慢性炎症,尽管症状会减轻,但过程非常漫长。并发症除了男子章节所阐述的几种之外,还有卵管炎、盆腔腹膜炎等……

到了第三天,多惠子似乎出现了奇怪的迹象。不知是不是章二的错觉,她那一向快活的脸上总觉得显出了几分担忧的神色。

章二将她身上即将发生的变化与医学书上的解说文章一一对照。不过,女子与男子不同,更加复杂,不一定立即产生被传染症状。但从多惠子的情况看来,他的意图恐怕实现了。章二又想,这是不是自己的一厢情愿呢？她的样子的确像是有点儿变化，但还不能下定论。

非常凑巧，章二又要出差两晚左右。

他在旅途中就开始期待回来后会有怎样的结果。

这次回来之后，多惠子的症状说不定变得严重。

不，她大概会立刻跑去找医生吧。那也不坏，她要是去看了医生，就一定会在某些地方露出马脚来。无论她如何隐瞒，只要自己密切观察，就绝对逃不出自己的法眼。

出轨对象也是一样，他也要时刻关注第一嫌疑人片仓的状况会有何变化。

章二出差两天后回来了。

当天回到东京的时间已经很晚，他没绕道去公司，直接回家了。

"我出差的时候没出什么怪事儿吧？"他问多惠子。

"没有呀。"

她的脸色很差，看上去像是瘦了点儿。平日立即就会展露出来的笑容也几乎不见了，总之很没精神。

"出什么事了？"章二故意问。

"没有啊！为什么这么问？"多惠子似乎受到了惊吓。

"看你好像没什么精神啊，脸色也不太好。"

"是吗？"她用手捧起自己的脸颊，"可能是太累了，总觉得浑身没劲儿。"

"要不要去看看医生？"

"不用，没那么严重。"

"还是小心点儿比较好。"

章二心想，这下不会有错了。

他又开始进行下一步试验。当天晚上，他伸手摸向睡着的妻子。

"不行。"她无力地将丈夫的手推开，在被窝中垂下了肩膀，"我太累了。"

章二心想，肯定没错了。

到了早晨，多惠子拼命避免自己的异状被丈夫发现。但只要仔细观察就能看得清清楚楚；只要跟她说几句话，她就会露出压抑痛苦的表情；为了不被丈夫察觉，她勉强自己做出若无其事的姿态。而且多惠子去洗手间的次数变多了。即便如此，她依旧煞费苦心地避免引起丈夫的关注。这些情形都被章二看在眼里。

可是无论自觉有多么痛苦的症状，她都无法向章二倾诉。照常来说，传染到了疾病，自然要责怪丈夫。可她并没有——不，她是做不到。

这可怕的病菌究竟是感染自章二还是另一个男人？她正犹豫不决，无法作出判断。既不能告诉丈夫也不能去问那个男人。万一两个人身上都没病,她就会迎来毁灭。

问了丈夫之后,如果丈夫没有病,就相当于她自认出轨;假如质问情人,但结果并非从他身上传染而来,她对那男人也无法交代。也就是说,她同时害怕着双方,都无法诘问。她深陷悲惨的矛盾,正在痛苦挣扎。

章二还在吃早饭,她却钻进了被子里。

"抱歉,你一个人吃完直接出门好了。"

"你怎么了?"

"总觉得身上有点儿发凉,脑袋昏昏沉沉的。"

"那可不好啊,感冒了?找医生看一下比较好。"

"是啊。你先去上班吧,我之后就去看医生。"

"我出门的时候,顺便跟杉村先生打声招呼?"杉村是住在他们附近、常去问诊的医生。

"不用了。我舒服一点儿之后,自己走过去就行。"

章二心想,多惠子差不多到了忍耐的极限。他一个人吃完早饭,一个人做好上班的准备。

"要给你生个暖炉吗?"他温柔地说。

"不用了,我稍后自己生炉子。现在不需要。"

章二出门了。自己出门的这段时间里,妻子一定会去看医生吧。当然了,多半是去看妇科。

话说回来,多惠子已经出现那种症状了,片仓那家伙又如何呢？

为了仔细研究另一名共犯，章二时刻关注着坐在自己办公桌斜前方的片仓。

或许是因为自己在有意地观察，感觉片仓的状态也与平时有些不同。他原本是个快活的人，总是吵吵闹闹的，可现在不知为何显得有些沉闷。看上去是在拼命工作，可表情总显得有些郁结，脸上的皮肤也没了光彩。

章二主动向片仓打招呼，可他没立即回应。看来他那副沉浸在工作中的样子只是装模做样而已，或者说，他在用工作排解自己的痛苦？很有可能。

"怎么样？这几天要不要来我家里玩？"章二十分难得地笑着邀请他。

接着，埋头在账簿中查看着什么的片仓，眼睑好像忽地痉挛了一下。

"来喝一杯吧，我老婆也很欢迎你。"章二追着问。片仓显得很是惊诧。

"为什么？"片仓很快恢复了原状，不动声色地问。

"我老婆说，你总是最快活的那个。"章二直勾勾地盯着他的脸，正面发动攻势。

"多谢了。那么，过阵子就来打扰哦。"对方也不好对付，回答得毫不含糊。

片仓的表情中总像是藏着几分勉强。他说"多谢了"的时候,嘴角有一点儿笑容,却是强颜欢笑。更何况,换作平时的他,早就说出"那今晚就去你家打扰了"之类的话来了。"过阵子"这种回答也很奇怪,语气中毕竟还是有点儿不情愿。

另外,片仓去洗手间的次数似乎也变多了。章二连这种频率都心知肚明。

而且他从洗手间回到办公桌时的表情也被章二看在眼里,回来时总是一脸苦相。那苦相既像是在忍耐痛苦又像是忧心忡忡,很难说清楚到底是不安还是忧郁。

就算片仓面对着办公桌,似乎也不停地因某件事分神,身体蠢蠢欲动。直觉告诉章二,自己的怀疑肯定不会有错。

片仓究竟是从什么时候开始发病的?看他的模样,大概是四五天到一周左右。章二进行了逆推。于是,传染的时间刚好是章二去关西出差两天的时候。在时间上也吻合了。

章二进一步穷追不舍。

他见缝插针地找片仓搭话。

"我说,今晚要不要一起去喝一杯?"片仓一脸阴云地拒绝了邀请。

"不，今天还是算了吧。"

"诶？真稀奇啊。"章二露出笑脸，"平时的你肯定立即大喊赞成的。"

"不，这周我老家来了人。"片仓没精打采地回答，"所以只能失陪了，必须早一点儿回家啊。"

得了这种病，不用说，是最不应该喝酒的。所以他拒绝邀请也是理所当然。说要早点儿回家，其实是偷偷跑到哪家医院的泌尿科去吧。

章二趁片仓离开座位的当儿假装寻找文件，翻了一下他的桌子，又打开了抽屉。他发现抽屉深处有个煞有介事地用报纸裹着的小包。他迅速取过来打开了。

那是抗生素药盒。已经根本不必怀疑了，既然他已经在偷偷服药，就相当于得到完全的确证了。

章二从前天起已经去看病了。既然实验已经结束，就得早日治病。

五

章二回到家时，妻子不在。这可真少见。大门钥匙放在只有他们两人知道的地方，就藏在后门凸窗的窗棂内侧。章二绕到后门口，果然找到了钥匙。

一看时钟，已经七点了。回家的时候妻子不在家，这真是少有的体验。她究竟去了哪里呢？对于一向在他回家之前就等候在家中的妻子来说，算是百密一疏了。章二心想，她大概是因为去看病而晚归了。

正巧是个好机会。

他找遍了全家，把妻子有可能藏东西的地方彻底查了一通。梳妆台的抽屉、衣橱的抽屉、佛坛后面、壁橱中层层叠叠的盒子内侧，只要是他能想到的地方，他都像个入室劫匪似的翻了一遍。

接着，在小小的佛坛之下，他终于发现了要找的东西——是一个平坦、细长的小包，一看标签，正是治疗淋病的药剂。他拆开来查看，发现里面有棉花包裹着的三粒白色药片，标签上写着"二十粒装"。缺少的药品肯定是被多惠子吃了。他将药片重新包好，放回原位。

这么一来，通奸的证据就万无一失了。一点儿都不出章二所料，两边都有了确证。

又过了大约三十分钟，门口响起了多惠子急促的脚步声。大门开了。

章二正阅读着报纸，只见她的和服下摆飘进了视野。

"欢迎回来。抱歉，我回来晚了。"

抬头一瞧，她穿着外出的衣服。章二故意用沉稳的声音问:"你去哪里了?"

"我去买东西了,然后在市场上遇到了邻居。聊得实在太久,一不小心就迟了,抱歉。"

她果真单手提着一只购物袋。

不过,那显然是在说谎。首先,只是买这么一点儿东西,根本没必要特地换上她这身外出的衣服。多惠子脸色阴暗,眼神也很浑浊。她故作亲切地笑着,反倒让人愈加感到黯淡不洁。

"你怎么了?脸色都发青了。"

事实上,她的皮肤也失去了光泽,没了血色。不知是否心理作用,仿佛连眼角都吊了起来。

"是吗?"

"你身体上该不会有什么毛病吧?"

多惠子终究还是惊得一哆嗦。她不禁露出了怯懦的眼神,可立刻又变得十分亲切:"没什么,只不过是这阵子觉得越来越累,不知道是为什么呢……"

章二差点儿脱口而出:"别装蒜了!"可话到嘴边又控制住了。现在还太早。要让她遭受更多的痛苦,要把她逼到进退维谷的境地。

"一定要注意身体啊。"他对妻子说。

多惠子赶忙离开他去准备晚饭了,简直就像在逃命。

"多惠子。"他从身后叫住妻子,"这几天我想把片仓叫来喝上几杯,可以吧?"

要是普通的女人,听到这句话一定明白言下之意了。可多惠子的声音立即从隔壁传来:"好啊,来倒是没问题。不过,能不能延后几天?"

果然是这样的回答。"为什么?"

"我想等最近的疲劳恢复一点儿再说。"

不是疲劳恢复,而是找医生治好了再叫他来才对吧!

片仓也一样。病没治好,是不能喝酒的。我哪肯等到那一天啊,章二心想。

章二有一股冲动,想立即把佛坛下面的药拿出来,甩在多惠子面前,可还是抑制住了。凭一时的感情用事还太早了,必须好好计算一番,用一种让多惠子和片仓刻骨铭心的方式揭穿。再等待一阵子,事不关己地欣赏两人痛苦的样子和蹩脚的掩饰也不错。

最近上床的时候,多惠子彻底拒绝章二了。她想尽办法不让章二察觉到,同时煞费苦心地摆出防御他触碰身体的态势,简直是欲盖弥彰。

第二天早晨,章二怀着轻松的心情去了公司。自己身上已经恢复了一些。要是拖拖拉拉地等到他们两人都痊愈就得不偿失了。必须想出最后的手段来了。章二决定使出最终手段。

公司里,片仓依旧频繁地往返于座位和厕所。章二假装没注意到,背着他冷笑。对了,今天再捉弄他一番好了。

午休时间,他假装前去闲聊,来到心不在焉地坐在椅子上的片仓身旁。

"怎么了?这几天格外没精神嘛。"章二笑着说。

"是吗?"片仓用一只手摸着脸说。

"平时午休的时候,你不是都会出去散步吗?心不在焉地坐在椅子上才奇怪呢。"

"总觉得有点儿累啊。"

章二心想,这家伙说的话跟多惠子简直如出一辙。莫非这两人在得病之后还见过一两次?

"这也就难怪了。"章二抛出最关键的话题,"真不好意思,前几天我擅自打开了你的抽屉。"

片仓的表情似乎变了。

"没跟你说一声,真抱歉。有份东西怎么找也找不到,要交给××商会的账目缺了一张,我心想会不会混进你的抽屉里了,就擅自打开瞧了瞧……我说啊,片仓老弟……"章二故意压低嗓音,"你该不会是得什么病了吧?我看里面装了些奇怪的药啊。"

片仓的脸色这下真的变了，那是既像是羞耻，又像是愤怒，也像是惊愕的复杂表情。

"喂，老实交代……你是不是出去鬼混了？是那种药吧？"片仓听到这句话，立即猛摇头。

"不是，不是，你误会了！前阵子我的大腿上长了些难缠的玩意，怎么都治不好，正郁闷呢。才吃了点儿抗生素，可还是没什么起色。"

"是吗？"

章二没有追究到底，心想这家伙真是巧舌如簧啊。不过他姑且没有当场揭穿，只说了句"保重"。

章二想，总算快把他们逼入绝境了，只差一口气了，就看用什么方法了。不用说，他早就打算将多惠子扫地出门了。可同样是扫地出门，不在她身上打上惨痛的屈辱烙印，他就咽不下这口气。

六

这一天，章二仍旧一路思考着终极手段回了家。不管是走在路上还是坐在电车上，他都在拼命地思索能够达成目的的最佳方案。到了家门口，他发现家里比外头还暗。两边的邻居都已经点亮了明晃晃的电灯，只有自家屋子里还是一片黑暗。妻子再一次不知去了哪里,还没有回来。

估计又去找医生了吧,章二想。不,说不定正和片仓碰头,商量该如何治病呢。那家伙应该是和自己同时下班的。

按照先例,多惠子多半会稍后赶回家,编造一个借口说有事拖得太晚,故作平静地道歉吧。在这种情形下,自己应该如何回应她呢?章二边想边绕到后门口去拿钥匙。

可钥匙不见了。

章二满心狐疑,手伸向狭窄的后门。后门很自然地朝里打开了。

真粗心啊,没上锁就出门了,看来相当匆忙呢。他在靠近厨房的地方脱下了鞋子。邻居家的电灯透过玻璃门微微照亮了自己的家。

紧接着,他滑了一脚。厨房和客厅铺的是地板,多惠子大概把水洒在了地上没收拾。有必要那么着急地出门吗?不,不,对于她来说已经是在拼命了。

浸湿了袜子的这黏糊糊的东西究竟是什么啊?章二疑惑地打开厨房的电灯。一瞬间,映入章二眼帘的是一片血海。

通往客厅的移门倒在地上,移门上轻飘飘地挂着多惠子的和服,血就从那件和服上流下来,如同一条丝带,一直流到了走廊。

看到红色和服旁那条惨白的手臂,章二眩晕了。

杀死多惠子的是附近肉店的年轻店主,他向警方自首了。

他也用切肉菜刀划伤了自己的咽喉,却没死成,随后便向警方自首了。

警察局把章二叫去,给他读了凶手写下的遗书。

……(略)自一年前起,我与多惠子坠入了爱河。在此之前,我曾经教过多惠子烹调牛排的方法和一些其他关于牛肉的料理。不知不觉间,我对她产生了爱意,而她也接受了。

自从有了这层关系,我与多惠子互相默认各自的家庭(也就是我名义上的妻子和她名义上的丈夫)是不存在的。我将自己的爱彻底倾注在多惠子身上。自那以来,为了维持对她的纯粹爱情,我断绝了与妻子的肉体关系,多惠子也同样向我承诺了这一点。相比男人来说,女人坚持下去要困难得多，可是她答应会为了我而坚守这个约定。对我自己来说，一想到多惠子与除我之外的男性（尽管是她的丈夫）发生身体上的关系，我有时会嫉妒得发疯。所以，她的承诺让我欣喜若狂。我相信她的爱情，所以我相信她的话。

然而，我最近才明白这都是一派谎言。我被背叛了，根本不需要什么确证。我对自己的身体再了解不过了。一周前开始，我患上了这种可憎的病。我在这一年里都没和多惠子以外的女人发生过关系。当我发现自己染上淋病的时候，就彻底洞悉了她的不贞（对我来说，多惠子的行为即是不贞）。她在这之前究竟是如何在诓骗我的，也因为我被感染上这可憎的淋病而暴露无遗。肯定是从她的丈夫身上传染而来的。

我为了她，在这一年里与妻子断绝肉体关系，一心一意奉献出爱情，可她践踏了这一切。我能采取的手段只有一种：我不能再容忍她的不贞。两三天前，我责备了多惠子。她哭着向我道歉，可我无法原谅。失去了她，我也不想继续活在世上。我决心与她一起赴死。

可是，这一次她再度背叛了我。她嘴上常说"愿意一起去死"，可当我认真地说起这件事时，她却想从我身边逃离。但我不会让她逃跑。我无论如何都要永远地拥有她。我不愿意将她再交还给那个乖僻又阴郁的丈夫了。社会上的人或许会把我的所作所为归结为胁迫自杀，然而，对我来说，只是坚信着她平日里说的凄美话语，坚信着她一心求死的话语，与她一起赴死而已。这也是为了不让多惠子继续不忠于我……